天《あま》つ御《み》空《そら》へ

妖国の剣士❺

知野みさき

ハルキ文庫

JN118573

角川春樹事務所

目次

Contents

安良国全図《やすらこくぜんず》

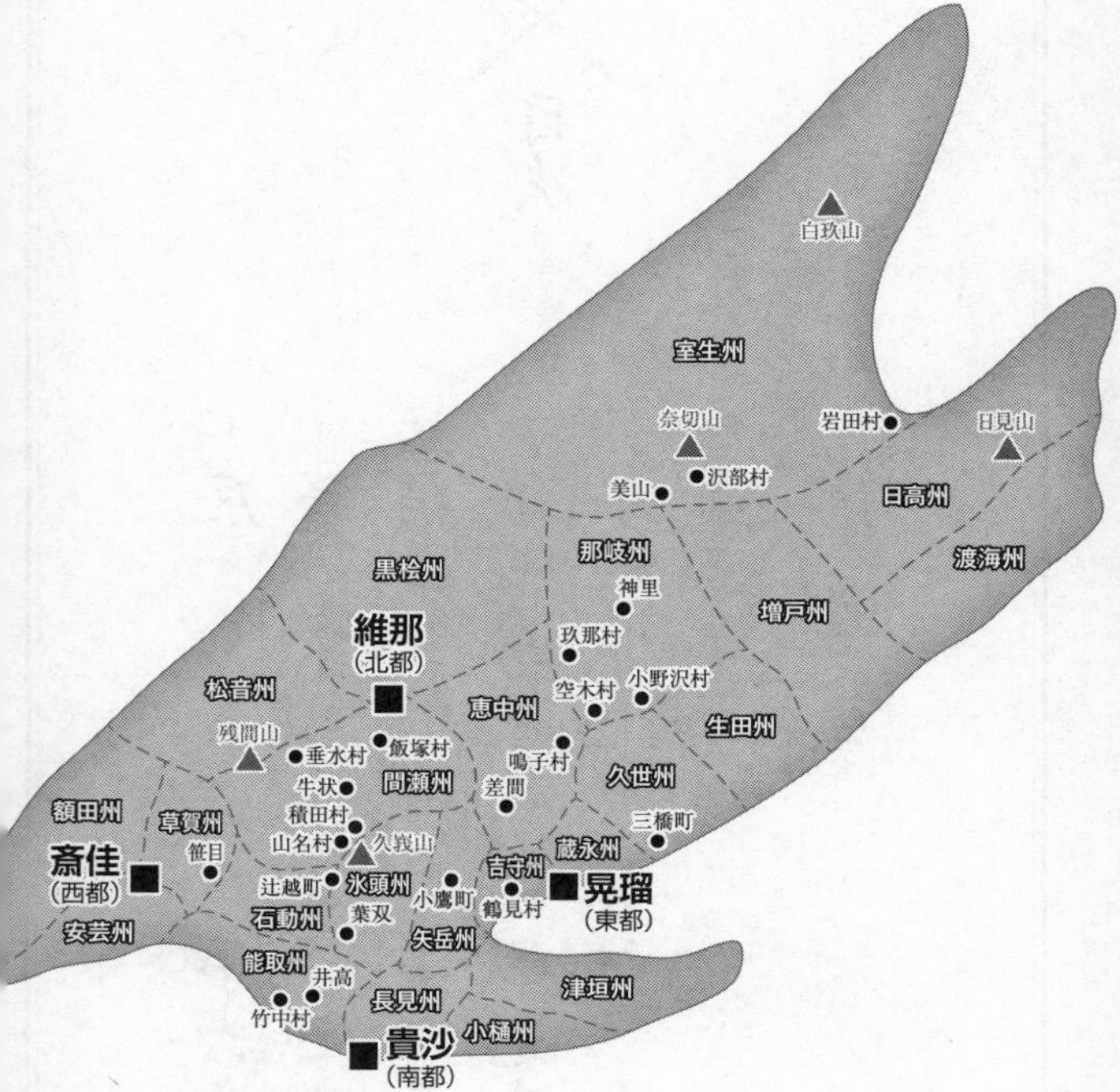

安良国は、四都と大小二十三の州からなる島国である。滑空する燕のような形をしていることから「飛燕の国」と称されることもあり、紋にも燕があしらわれている。東は「晃瑠《あける》」、西は「斎佳《さいか》」、南は「貴沙《きさ》」、北は「維那《いな》」が、安良四都の名だ。

北都・維那《いな》地図

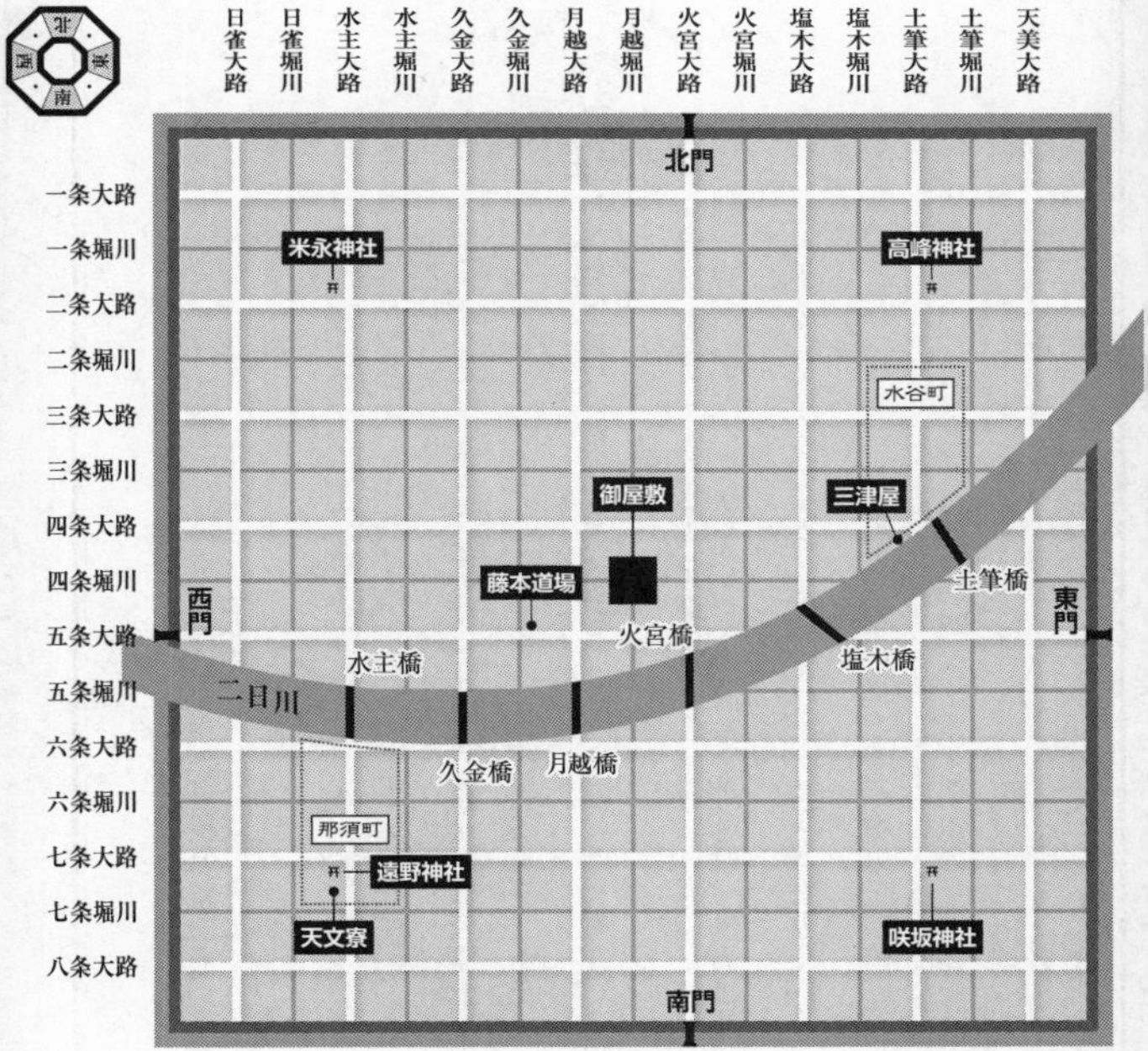

北都・維那は、間瀬州と黒桧州の州境にあり、西都や南都と同じく東都より一回り小さい。都を治める閣老は大老の親類で、三条大路から五条堀川へと都を東西に横切る川は、三日月より細い二日月にちなんで「二日川」と呼ばれている。

登場人物

Character

黒川夏野《くろかわなつの》
男装の女剣士。蒼太と妖かしの目を共有し、理術《りじゅつ》の才能の片鱗を見せる。

蒼太《そうた》
恭一郎と暮らす片目の少年。「山幽《さんゆう》」という妖魔。

鷺沢恭一郎《さぎさわきょういちろう》
蒼太と暮らす天才剣士。安良《やすら》国大老の妾腹の子でもある。

真木馨《まきかおる》
恭一郎の剣友。道場師範をしている。

樋口伊織《ひぐちいおり》
恭一郎の友。理一位の称号を得た天才理術師。偽名は筧《かけい》伊織。

安良《やすら》
現人神にして国皇。現在は二十五代目。

黒耀《こくよう》
妖魔の王。佳麗な少女の姿をしている。

宮本苑《みやもとその》
金色の鳥の姿をした「金翅《こんじ》」という妖魔。人に化けることもできる。

天《あま》つ御《み》空《そら》へ

Sword Fighters Of Yasura

妖国の剣士5

序章
Prologue

四条堀川《しじょうほりかわ》沿いを、黒川夏野《くろかわなつの》は一笠《いちかさ》神社へ向かっていた。

年明けの睦月《むつき》は十五日、八ツまでまだ四半刻《しはんとき》はあろうという時刻である。

今日一日働けば明日は藪入《やぶい》りだと、町中の奉公人たち——殊《こと》に年若い少年少女たちが張り切っているのが微笑《ほほえ》ましい。中には家に帰らぬ、帰れぬ者もいるが、多くの奉公人が年に二度しかない家族とのひとときを楽しみにしている。

夏野は今日も少年剣士の恰好《かっこう》だが、稽古着《けいこぎ》ではなく、昨年西都・斎佳《さいか》を訪ねた時にあつらえた紋付《もんつき》の羽織袴《はおりはかま》姿であった。

安良《やすら》様にお目にかかる——

表向きの理由は理一位《りいちい》・佐内秀継《さないひでつぐ》との会談ということになっているが、一笠神社を訪ねる本当の目的は国皇・安良に謁見《えっけん》するためであった。

安良は無論お忍びで、大老である神月人見《こうづきひとみ》を伴にして来る。

この密会には前述の三人の他、佐内と同じ理一位の樋口伊織《ひぐちいおり》、妾腹《しょうふく》だが大老の長子である鷺沢恭一郎《さぎさわきょういちろう》、そしてその息子——ということにしてある——蒼太《そうた》が集《つど》う。

密会は七ツからだ。

駒木町《こまきちょう》の居候《いそうろう》先から、東都・晃瑠《あける》の北西にある一笠神社まで歩いて一刻ほどの距離である。七ツまでたっぷり時があるが、一番身分の低い夏野としては、誰《だれ》よりも早く、余裕を持って先着していたかった。

昨年長月《ながつき》、斎佳の堀前宿場町が妖魔《ようま》に襲われ、防壁が崩れるという惨事《さんじ》があった。その少し前には理一位・本庄鹿之助《ほんじょうしかのすけ》が毒殺されている。

本庄の毒殺は斎佳の閣老の西原利勝《さいばらとしかつ》が、妖魔の襲撃は老術師の稲盛文四郎《いなもりぶんしろう》が企《くわだ》てたことであった。

生前の本庄は晃瑠行きを希望しており、晃瑠に住む佐内や伊織と共に、妖魔襲撃への対抗策を講じるつもりだった。それは叶《かな》わぬこととなったが、毒殺される前に本庄は佐内に夏野と蒼太のことを記した文《ふみ》を送っていた。

あからさまに「妖魔」だの「妖魔の目を持つ者」だとは書かれていない。しかし「樋口が推《お》すに足《た》る者たち」と書いた上で、「心躍《おど》る一驚《いっきょう》をお待ちあれ」と茶目っ気たっぷりに締めくくられていた。

この文のおかげで、晃瑠に戻った夏野たちは、見込みよりもずっと早く佐内に目通りが叶った。以来、人払いができる佐内か伊織の書斎で会談を重ね、此度《こたび》の密会が実現することとなった。

本町《ほんちょう》を抜け、三条《さんじょう》大橋を渡る。月越《つきこし》大路を北へ、それから二条《にじょう》大路を西へ進んだ。

八ツの鐘《かね》を聞いて半刻余りで、夏野は一笠神社にたどり着いた。

控《ひか》えの間で、七ツまで瞑坐《めいざ》でもして過ごそうと思っていたところ、小者《こもの》が呼びに来て佐内の書斎に案内された。

「申し訳ありませぬ、佐内様。控えの間で過ごすつもりで……」

「よい。今、茶を持たせよう。維那《いな》から荷が届いてな。これらを蒼太にと思うのだが、どうだろう？」

「節用集《せつようしゅう》ですか。これは読みやすうございますね」

字引《じびき》の一種である節用集は仮名《かな》引きで挿絵も多く、漢字に疎《うと》い子供たちや町人に重宝されていた。蒼太も既《すで》に子供用の物を二冊は持っている筈《はず》だが、佐内の差し出したそれは五巻もある大人用の物だ。

新年になって夏野は二十歳、蒼太は十三歳となった。

しかし十三歳というのはあくまで表向きの年齢で、蒼太は実は十八歳だ。山幽《さんゆう》という妖魔の蒼太は、同じ十八歳の人間と比べればまだ幼《おさな》い振る舞いがあるものの、人の子でも十三歳ともなれば元服している者がいる。頭角を現し始めた妖力もあって、出会った頃《ころ》よりずっと大人びてきた。

「蒼太も喜びましょう」

夏野が言うと、「そうか。ならばよい」と佐内は短く応《こた》えた。

一昨年、理一位で最高齢だった土屋《つちや》昭光《あきみつ》が亡くなった。ゆえに今生存している三人の理一位の中では、六十七歳の佐内が一番年上だ。伊織と同じく十代で入塾した佐内は、二十代で理一位となってからずっと一笠神社に詰めていた。色白で背丈《せたけ》は五尺三寸の夏野と変わらぬが、学者然としていて骨ばった身体《からだ》つきをしている。だが背筋が伸びていて所作《しょさ》に乱れがない上に、少し出た顎骨《あごたほね》と眼光の鋭さが相まって、理一位でなくとも一見では近寄りがたい。

茶が運ばれたのち、再び二人きりになると、佐内は夏野や蒼太の「修業」について問うてきた。佐内と面と向かって話すのは緊張するが、これまで会った他の理一位同様、佐内のまとう揺るがぬ気が夏野には心強い。

厳格な人柄《ひとがら》で知られている佐内だが、夏野や蒼太のことは初めに目通りした時にあっさりと受け入れてもらえた。理一位としての関心もさながら、この数年の稲盛率《ひき》いる妖魔襲撃を鑑《かんが》みて、世の平和を保つのに夏野たちの力が役立つとすぐさま判じたようである。土屋や本庄ほど驚きを露《あら》わにしなかったものの、蒼太とその目を宿した夏野に興は尽《つ》きぬようで、多忙ながらも時をやり繰りして伊織と共に集まるようになった。

蒼太も理術——というより、まだ未知なる己の力の源《みなもと》を知りたいらしく、会談の際には耳を澄《す》ませて伊織や佐内の言葉を聞いている。恭一郎の方は反対に座りっぱなしに飽きたそうで、会談がどちらかの神社の敷地内でなされるのを理由に、その合間の警固は夏野に任せるよう伊織に承知させていた。

そんな恭一郎も今日は裃《かみしも》に肩衣《かたぎぬ》という正装で、狩衣《かりぎぬ》姿の伊織の後について来た。蒼太も同じ恰好で、二人の肩衣の両乳には鷺を象《かたど》った鷺沢家の家紋が入っている。

「蒼太、似合っておるぞ」

夏野は褒《ほ》めたが、蒼太は仏頂面《ぶっちょうづら》で首を振った。

「このきも、は、すかん」

「俺《おれ》もだ」

ぼそりとつぶやいた恭一郎は、佐内と伊織に同時に睨《にら》まれ首をすくめる。

「私にはこのような会合はどうも分不相応で、いささか緊張いたしまする」

しれっと言い直した恭一郎へ、佐内がにこりともせずに言った。

「件《くだん》のことは鷺沢、おぬしから大老に告《つ》げるのだぞ」

「は……」

一礼して恭一郎は、手にした刀とは反対側の左隣りに蒼太を座らせる。不安を浮かべて己を見上げた蒼太の背中に触れ、「案ずるな」と囁《ささや》いた。

「黒川は私の隣りへ」と、伊織が夏野を手招く。

斎佳から戻り、伊織の正式な「弟子《でし》」となってから、公《おおやけ》の場の他でも敬称では呼ばれなくなった。理術の師と仰《あお》ぐ伊織はもとより、恭一郎がそれに倣《なら》ったのが、夏野は密《ひそ》かに嬉《うれ》しかった。

伊織たちが現れて四半刻ほどして、安良と人見も到着した。

一笠神社の宮司《ぐうじ》自らが案内してきた二人を、皆で平伏して迎える。

「面《おもて》を上げよ。限られた時が惜《お》しいではないか」

「はっ」

安良の声で佐内がまず顔を上げ、二人を上座へと導いた。

宮司の足音が去ってから、伊織が佐内と頷《うなず》き合う。警固の者たちの気を確かめているようだ。修業の賜物《たまもの》か、じっと一点を見つめて集中することで、夏野にも四つの張りつめた気が書斎から十間《じゅつけん》ほど離れたところにあるのが感ぜられた。役目柄それより遠くに控えさせることはできぬのだろう。佐内の書斎は漆喰《しっくい》を使った離れだが、用心に越したことはない。やや声を低めて佐内が挨拶《あいさつ》をした。

「このようなむさ苦しいところへ足を運んでいただき、恐縮至極でございまする」

「ここがむさ苦しいというならば、字引を改めねばならぬな」

鷹揚《おうよう》に微笑んだ安良は二十五代目。御年十七歳である。

夏野は昨年の春に拝謁したきりの国皇だ。

見目姿は少年でも、国史が始まる前から転生を重ねてきた現人神《あらひとがみ》・安良には佐内や人見が太刀《たち》打ちできぬほどの威厳がある。御城にこもっているせいか肌は白いが、背丈は春から三寸ほど伸びたようで雄々《おお》しさが増して見えた。

そんな安良がまとう気は、今日は鳴りを潜《ひそ》めたように淡い。だが明鏡止水というがごとく澄み切っており、心地良かった。

安良の軽口に、佐内は硬い顔のまま小さく頭を下げた。

「……本日かような形でご足労いただいたのは、ここにいる鷺沢蒼太、そして黒川夏野のことについてご相談いたしたい由があるからでございます」

「そう聞いている。――申してみよ」

「ありがとう存じます」と、一礼してから佐内が恭一郎を見やった。「鷺沢」

「はっ」

前に進み出た恭一郎は、深く頭を下げたのち、まっすぐ安良を見つめた。

「申し上げます」

緊張なぞ微塵《みじん》も感ぜられぬ、静かで落ち着いた声だった。

「私の息子、蒼太は、実は山幽という妖《あや》かしにございます」

身体を固くしたのは夏野と蒼太、そして大老の人見だ。

向かい合っている安良と恭一郎に加え、伊織と佐内は平然としたものであった。

安良様は既にご承知の筈――

昨年拝謁した時に感じたことだ。そのことは伊織たちにも告げてあり、伊織も同意していた。

しかし大老様は……

蒼太が血縁でないことは知りつつ、それでも恭一郎の息子だと――己の孫だと――認めていた。だが、人ではなく妖魔だと告げた時に受け入れてもらえるかどうかは、五分五分だろうと伊織から言われていた。

公にはなっていないが、恭一郎が大老の長子であることを政界の要人たちは皆知っている。市中で浪人をしていた頃はそうでもなかったが、伊織の護衛役に抜擢《ばってき》され、西都での一件が伝わるにつれ、蒼太のことも要人たちの口に上るようになっていた。

非公認とはいえ大老の孫である。しかも理一位の伊織が、直々《じきじき》に指南するほどの理術の才を持つという触れ込みなのだから無理もない。

だが千年以上の長きにわたって、人は妖魔と対立してきた。いくら人に似ているといわれていようと山幽は妖魔に違いなく、大老の立場でこのまま蒼太を受け入れることは、いつ大火事になってもおかしくない火種を身の内に抱えることだ。

安良が人見を見やり、恭一郎もそれに倣った。

「大老様。私と蒼太が実の親子でないことは、大老様も既にご存じでございましょう。私は蒼太に人の振りをさせ、世間の目を欺《あざむ》いてきましたが、蒼太を我が子と思う心に偽《いつわ》りはありませぬ」

厳しい顔で黙ったままの人見へ、恭一郎は続けた。

「山幽は元来、樹海に住み暮らし、争いごとを好まぬ種族です。よって他の妖《あや》かしどものように、人の害となることはまずありませぬ。蒼太の妖力は理術に似ており、その才は樋口様だけでなく佐内様にもお認めいただいております。お亡くなりになった土屋様、本庄様も蒼太の才には瞠目《どうもく》されていました。また、蒼太の性根が悪でないことは大老様も見抜いておられましょう。これからも我々には蒼太の助力が必要です。ゆえに蒼太の正体を打ち明けた上で、これまで通り蒼太を都に――私の手元に置くことをご容認いただきたく、お願いに上がりました」

「……鷺沢、お前はそれがどれほど重大な事だか判《わか》っておるのか？」

「はい」

恭一郎は即座に応えたが、思いの外《ほか》厳しい人見の声に夏野は息を潜めた。

「どうしても承服いただけぬとあらば、私は蒼太と共にすぐさま都を去る所存にございます。鷺沢の名を捨て、都には――人里には――二度と戻りませぬゆえ、けして大老様の不都合にはなりませぬ。どうかお見逃しくださいますよう、平にお願い申し上げまする」

きっぱり言い切って恭一郎は平伏したが、人見は無言のままだ。

夏野は横目で人見を窺《うかが》ったが、恭一郎を見つめる人見の顔からは、その意の是非が読み取れなかった。

……やはり危険が過ぎるのか。

晃瑠を始めとする国の四都は「妖魔知らず」といわれている。実際には仄魅《しきみ》の伊紗《いさ》や山幽の槙村孝弘《まきむらたかひろ》、妖魔たちに王と恐れられている黒耀《こくよう》などが結界を抜けて入り込んでいるのだが、民人はもちろん、要人たちとてそうとは知らぬ。万が一、蒼太の正体が知られれば、都に――否、国中に無用の混乱を招くだろう。

そうなれば、いかに安良様が擁護《ようご》してくださろうとも、大老様の非を咎《とが》める者たちが出てこよう。斎佳の西原などは、その筆頭となるに違いない……

閣老の利勝を始めとする西原家は、代々大老職を務《つと》めてきた神月家を目の仇《かたき》にしている。神月家を貶《おとし》めるどんな小さな機会も見逃す筈がなかった。

沈黙が続く中、面を上げると、恭一郎は覚悟を決めた目で人見を見つめた。

「……この身が利《き》くうちは必ず護ると、私は蒼太と――息子と約束しております。二人揃《そろ》って目こぼしできぬと仰《おつしや》るのなら、私が腹を切りましょう」

「きょう」

思わず口を開いた蒼太を、伊織が片手を上げてとどめた。

本気だ、と夏野は慄《おのの》いた。

恭一郎の腕前なら表の四人を斬《き》り伏せ、そのまま都外へ逃げることもできるだろう。だがそのようなことをすれば、残された大老が罪科に問われる。二人で晃瑠を出ることが叶わぬのなら、己の命と引き換えに蒼太を自由にしてやってくれと、恭一郎は申し出ているのだった。

しかし安良様は、蒼太をお認めくださっていたのでは――？

すがるように夏野が安良を窺った時、安良が人見に微笑んだ。

「もうよかろう、人見」

「はい」

短く応えて目礼すると、打って変わった穏やかな声で人見は言った。

「蒼太と黒川のことは既に、安良様と両理一位から伺《うかが》っておる」

「……さようで」

拍子《ひょうし》抜けした恭一郎がかろうじて応えると、人見はようやく口元を緩めた。

「腹を切らずとも、お前なら蒼太を連れて逃げ切れるのではないか？」

「おそらく」と、臆面《おくめん》もなく恭一郎は頷いた。「しかし、己の代わりに大老様に詰腹《つめばら》を切らせるほど、私は恥知らずでも恩知らずでもありませぬ」

憮然《ぶぜん》として言い返した恭一郎へ、安良が声をかけた。

「鷺沢。大老はお前を試したのではない。除《の》け者にされたことを、年甲斐《としがい》もなく拗《す》ねただけだ。のう、人見？」

「拗ねたなどと……国をたばかるような真似《まね》をした鷺沢の覚悟を問うのは、至極当然のことでございます」

安良に応えて、人見は恭一郎へ向き直った。

「初めに告げられていたら、私は承服しかねただろう。お前の思惑《おもわく》がどうあれ、今この時を待って打ち明けたのは、理一位たちの英断だろうな」

「はあ……」

「――蒼太、ちこう」

呼ばれて蒼太は前に出て、恭一郎の傍へと並んだ。

恭一郎を真似して一礼した蒼太を、人見は温かい目で見つめた。

「術の才を持たぬ私には、人と山幽の区別がつかぬ。私には信じる他ないのだ。安良様や佐内、樋口、鷺沢の言葉を……お前は妖かしにして並ならぬ力を持つそうだが、その力、これまで通り国のために貸してくれぬか？」

「……くに、は、しらん」

物怖《ものお》じせず蒼太は言った。

「きょう、は、おれ、たすけ、た。たか……ら、おれ、も、きょう、たすけ、う」

「そうか」と人見は目を細めた。「それでよい。それで充分だ。これからも父を手助けしてやってくれ」

「かし、こま……」

慣れぬ言葉を口にしながら、蒼太が再度一礼した。

「蒼太」

顔を上げた蒼太へ、今度は安良が声をかけた。

「山幽なら私にも心当たりがある。今は槙村孝弘と名乗っている者だ。樋口によると、お前も幾度か顔を合わせているそうだな」

「……ん」

「黒耀と呼ばれ、妖魔たちが崇《あが》め恐れる者も私は知っている。槙村と黒耀はかつて私を殺そうと躍起《やっき》になっていた時があった」

大老の動揺が大きく伝わった。そして微《かす》かだが佐内の気も揺らいだことで、これは佐内も初めて聞く話なのだと夏野は悟《さと》った。

斎佳で紫葵玉《しきだま》の水流に巻き込まれた時、夏野はいくつかの「絵」を見ている。

吐血した男、雷で焼かれた亡骸《なきがら》、胸を懐剣で刺された少年……

死したのは全《すべ》て安良で、殺《あや》めたのはおそらく黒耀と孝弘と思《おぼ》しき「絵」であった。

そのことは伊織と恭一郎には告げてあったが、伊織から安良へ問い質《ただ》すような真似はしていない。吐血して死した安良は判らぬが、落雷に死したのは十八代目、懐剣で死したのは二十一代安良で、国史では「忍び旅の道中、ならず者に襲われた」ことになっていた。

「黒耀がどうしておるかはしらぬが、槙村は黒耀とは袂《たもと》を分かって、今は私と共に太平の世を目指すべく尽力《じんりょく》してくれている。次にいつ晃瑠を訪ねて来るかは判らぬが、槙村と一度じっくり話してみたいとは思わぬか、蒼太？」

槙村は「味方」だったのか……

暗殺を繰り返した孝弘を安良が知っているのは当然だが、これまで敵か味方か判じ難《がた》かった孝弘が後者だと判って夏野は安堵《あんど》した。

「おれ……」

迷いを見せた蒼太へ、安良はおっとりと続けた。

「父とよく相談してみるがよい」

恭一郎と蒼太が下がると、安良が言った。

「樋口は、これからも蒼太と黒川の指導を頼む」

「承知いたしました」と、伊織。

「佐内には報告を密にしてもらう傍ら、私を鍛えてもらおうか。この身体は以前のものよりもずっと理術に向いておる。お前たちには及ばぬだろうが、理を知るだけでなく、使いこなせるようになって損はあるまい」

現人神と呼ばれる安良は、国民が思っているほど万能ではない。途切れぬ記憶から、理術の礎《いしずえ》となる理と武器となる刀の鉄の精錬法を人に与えたのは安良だが、身体は人と変わらず老《お》いていき、病や怪我《けが》で命を落とすこともある。しかし、国民と同じく、稀《まれ》に術を学ぶに適した身体に恵まれることがあるという。

知識だけでは理術は会得できぬ。理術師になるには天分の感性が不可欠だった。五代前の二十代安良は、理術師のごとく術を使いこなしたといわれている。口ぶりから推察するに、現二十五代安良にはそれを上回る才があるようだ。

「稲盛はまだ見つかっておらぬな？」

「残念ながら……」

「黒川に首を斬りつけられ、身の内に取り込んでいた仄魅がいなくなったのなら、そうそう生き延びられるとは思えぬ。やつの死を決めつけるにはまだ早いが、妖魔たちが大人しくしておるのなら、しばしやつのことは捨て置き、代わりに北を注視することにしよう」

「御意」

稲盛の生死は判らぬままだが、西原利勝は健在である。

斎佳の香具師《やし》の元締め「鷹目《たかめ》の重十《しげじゅう》」曰《いわ》く、南都・貴沙《きさ》の閣老を懐柔《かいじゅう》すべく頻繁《ひんぱん》に遣いを送っていた西原は、近頃、北都の維那にも同様に己の手の者を送っているという。

とはいえ、維那の閣老は神月家と縁故の高梁真隆《たかはしまさたか》だ。何か裏があるのだろうと高梁家も警戒《けいかい》しているが、今のところ謀反《むほん》を臭《にお》わすものはないそうである。そう伝えたのは高梁家に仕える侃士《かんし》で、佐内のところへ届いた理二位からの荷物もこの者が預かって来た。

どうやら今日の密会は、四都の情勢を語り合うのが真の目的だったようだ。

半刻ほど各都の政《まつりごと》について、主に安良と人見、佐内の三名が語った。伊織と恭一郎は時折意見を求められたが、夏野と蒼太には口を挟む余地がない。

話しぶりから安良や人見は、思っていたよりずっと斎佳や貴沙の内情に通じているようだ。国を治める者なら当然のことだとしても、夏野は驚きを隠せなかった。

「ところで黒川」

出し抜けに安良に名を呼ばれて、夏野は慌てた。

「は、はい」

「お前は既に六段の腕前だとか」

「はい……」

夏野は昨年春、安良に拝謁したのちに五段から六段へ昇段していた。じきに一年になるのだが、七段への道のりは六段への倍は厳しいと思われる。

「お前が腰にしているのは祖父、黒川弥一《やいち》の形見《かたみ》だと聞いたが、八辻《やつじ》の剣を帯刀したいと思わぬか？目録によると城の蔵に二本、八辻の剣が眠っているそうだ」

「わ、私にはもったいのうございます」

「そうか？　神刀とも妖刀ともいわれる八辻の剣だ。蒼太の目を宿したお前にこそ、ふさわしいと思うのだが……お前は、八辻の剣に触れたことがあるか？」

「触れたことはありませぬが、見たことはあります」

恭一郎の愛刀は名匠《めいしょう》・八辻九生《きゅうせい》が打った最後の、そして最高峰の剣といわれている。直《じか》に手にしたことはないが、幾度も間近で見たことがあった。

「見るのと触れるのとでは大違いだ。鷺沢、ちとお前の八辻を黒川に持たせてみろ」

「はっ」

安良に促されて、恭一郎が鞘《さや》ごと八辻九生を夏野の方へ差し出した。

おずおず両手で受け取ると、ひやりとしたものが背筋を下りていった。

蒼太のように恐れは抱いておらぬが、いくばくかの理術の修業を経《へ》た夏野は、この刀の放つ気に畏怖《いふ》せずにいられない。

冥土の入り口に立った心持ちといおうか。普段はさほど気にならぬのだが、ふとした折に身じろぐほどの死の気配を感じる。

黒漆《くろうるし》の鞘に黒鮫皮《くろさめがわ》の柄《つか》。下尾《さげお》は黒鳶色《くろとびいろ》、鍔《つば》は角型で透《す》かしも紋も入っていない。拵《こしらえ》は地味だが安物でないことは刀を知る者には明らかだ。だが、拵を見ただけで、中身が千両を下らぬ名刀だと見抜く者はいないだろう。

「抜いてみよ」

安良の言葉に頷いた夏野の目に、眉《まゆ》をひそめた蒼太の顔が映った。

ゆっくり鞘を払うと、手入れの行き届いた刀身が現れる。二尺二寸の夏野の刀より少しだけ長いが、柄を含めても重さの違いはほとんど感ぜられぬ。

細かな板目肌に、なびく杢目《もくめ》が妖しいほどに美しい。

吸い寄せられるように杢目を覗き込んだ夏野の耳元で、知らぬ男の声が囁いた。

——……になるだろう——

思わず息を呑《の》んだ夏野が耳を澄ませると、男の声が繰り返した。

——この刀こそ、あなたの願いを叶える一刀になるだろう——

言うに言われぬ鬼胎《きたい》にとらわれ、夏野は置いたばかりの鞘を手にした。

——この刀こそ、あなたの望む……——

続きを聞くのが恐ろしかった。

声を遮《さえぎ》るべく急いで刀を鞘に納める。

手が震えぬよう一呼吸置いてから、目を伏せて恭一郎へ刀を返す。

「私には……とても使いこなせませぬ」

「そんなことはなかろう」

穏やかな声で応えた安良の顔を、夏野は見ることができなかった。

目を合わせた途端、この世が足元から崩れてしまうような気がした。

荒唐無稽《こうとうむけい》な恐怖だ。

謎の声は淡々としていたものの、陰の気を帯びてはいなかった。ほんの一間先に鎮座する安良の気も澄んだままだ。

なのにどうして、こんなにも恐ろしいのか――

「黒川、樋口のもとで精進《しょうじん》せよ」

「は……」

すっと恐怖が引いて、夏野はようやく面を上げた。

安良は既に夏野を見ておらず、人見に向かって顎をしゃくった。

「そろそろゆかねばならぬな」

「ええ」

伊織が宮司を呼びに立つ。

平伏した夏野たちの前を抜けて、二人が書斎を後にした。

遠ざかって行く安良の気は変わらず淡く静かだが、来た時にはなかった微かな喜悦《きえつ》の色が交《ま》じっているように思えた。

二人の乗物が去ってから、夏野たちも揃って佐内に暇《いとま》を告げた。

「まったくお前は人が悪い」

四人だけになってから、恭一郎が伊織に言った。

「佐内様も佐内様だ。話を通していたのなら、先にそう言ってくれればよいものを」

「それではなんの面白味もないではないか」

澄ました顔で伊織が応える。

「大老様に直々に頼み込まれたのだぞ。台無しにするような真似ができるか」

「つまりお前は俺との友情よりも、御上にへつらうことを選んだのだな?」

「長年の友情を思えばこそ、お前に親孝行の好機を都合してやったのさ」

「親孝行だと?」

「そうだ」と、伊織は頷いた。「これまでのお前の数々の所業……若輩者《じゃくはいもの》でありながら御前仕合を断り、安良一となった稲垣信之介《いながきしんのすけ》を私闘で斬りつけた上で東都を出奔《しゅっぽん》」

「私闘ではない。あれは先生も認めてくれたものだ」

「神月道場の彬哉《あきや》殿だな。彬哉殿はお前を養子にと望んだからこそ、お前の我儘《わがまま》を聞き入れてくださったのだ。お前はそのまたとない養子の話を蹴って、斎佳の他道場へ入門した。斎佳に腰を落ち着けるならそれもよしと、大老様が安心したのも束《つか》の間《ま》、どこの馬の骨ともしれぬ女に入れあげ、結句《けく》、あの西原家縁《ゆかり》の村瀬《むらせ》昌幸《まさゆき》の腕を斬り落とし、晃瑠に続いて斎佳も出奔。お前が亡妻と暮らした四年間、大老様がどれほど心痛なさったことか。妻を娶《めと》ったというのに息子からは一報もなく、西原家からはちくちく嫌みを言われ……」

伊織が言うのへ、恭一郎はばつの悪い顔になる。

「那岐《なぎ》を出て、ようやく便りを寄こしたかと思えば、今度は斎佳で放蕩三昧《ほうとうざんまい》。村瀬のことがあったから西原家は黙っていたが、空木《うつぎ》にいた俺の耳にも届いたくらいだから、他の要人たちには筒抜けだった筈だ。大老様はさぞ肩身の狭い思いをされただろうが、妻を亡くした息子の心情を慮《おもんぱか》り、勘当することなく耐《た》え忍ばれた」

「伊織」

「二年の放蕩ののち、心を入れ替えた息子が東都へ帰って来るという。大老様は余程嬉しかったとみえて、いくつかの家を仕官か養子先にとご用意された。しかれど帰都した息子は仕官も養子も断った挙句《あげく》、裏長屋に住み、高利貸の取立人を始めたではないか。更に三年後、ふらりと旅に出かけたと思ったら見知らぬ子を連れて――しかも『遠縁の子』という触れ込みで――戻って来た。鷺沢家やその縁故に該当する子がいないのを知る大老様が、どういうことかと探りを入れる間に、『遠縁の子』はいつの間にやら『我が子』になっている。慌てたのは大老様だけではないぞ。正面切って大老様に問い質す強者はいなかったが、『大老の初孫』が政に及ぼす影響は、お前の想像を遥《はる》かに超えるものなのだ」

「もうよい、伊織。俺が悪かった」

「む？　これだけの所業をその一言で済ませるつもりか？」

「いや、そのような……」

「此度、蒼太のことを切り出したのは安良様だ。俺もそろそろ潮時《しおどき》だと思っていたから助かった。安良様と佐内様のお口添えがなければ、大老様は大いに思い悩まれたことと思う。誰もが受け入れられることではないのだ。大老様は実に大きな度量をお持ちだが、私情だけでは大老職は務まらぬ。お前の覚悟を安良様や佐内様に知り置き願うことで、大老様ご自身も肚《はら》をくくったのだ。お前はまさか、それが判らぬ阿呆《あほう》ではあるまい」

「だからもうよいと言っておるのだ」

「しかし、両理一位に頼み込み、息子を引っ張り出したはいいが、慣れぬ口上に息子が舌を嚙《か》みはしないかと、大老様は大層肝《きも》を冷やしたご様子であった」

「む？　俺とて口の利き方くらい心得ているぞ」

「そうとも。長年の友である俺はそのことを知っているが、父親でありながら大老様はお前のことをよく知らぬ。大老ともなれば裏長屋を訪ねて行くのは差し障《さわ》りがあるが、神社参りなら名分が立つ。ゆえに、うちの離れをお前に貸そうと思うのだが、どうだ？」

「む……」

恭一郎が言葉に詰まると、伊織はにっこり微笑んだ。

「お前も役目の行き帰りが楽になるぞ。今日明日の話ではないが、友として善処を望む」

「ううむ」

「さよ……めし」

蒼太が伊織の援護に回った。樋口家に住めば、伊織の妻・小夜《さよ》の旨《うま》い飯にありつけるという私欲が多分に交じっている。笑いをこらえながら、夏野も加勢することにした。

「道場も近くなります。稽古に来てくださる時が増えれば、皆も喜びましょう」

皆の中には、もちろん夏野自身も入っている。

「かおう。せんせい。ぐじさま」

恭一郎や伊織の友であり柿崎《かきざき》道場の師範でもある真木馨《まきかおる》、道場主の柿崎錬太郎《れんたろう》、志伊神《しい》社の境内の指南所で子供たちを教える宮司の樋口高斎は、蒼太が日頃から慣れ親しんでいる者たちだ。

「しかしな……」

通り抜けたばかりの一笠神社の鳥居を振り仰《あお》ぎ、恭一郎は言った。

「神社住まいなぞ、堅苦しくてどうも好かん」

「お前が苦手なのは母上だろう。母上には、お前たちにかかわらぬよう俺から言い含めておこう。……効果のほどは保証できぬが」

世話好きな母親の恵那《えな》を思い浮かべたのか、流石《さすが》の伊織も自信を失ったようだ。

水主《みずし》大路を南に歩きながら、恭一郎が切り出した。

「ところで、俺の口上は余興で、維那の話をしに来たのかと思いきや、殿の真の目当てはどうやら黒川だったようだな」

殿、というのは安良のことだ。境内は人気《ひとけ》がなかったが、六ツまで半刻ほどという往来には家や湯屋へ向かう者たちがちらほらといて、安良の名を出すのははばかられた。

「うむ」と、伊織も頷いた。「お前はやはり鋭いな」

「理術師でもないのにか?」と、恭一郎が笑う。

――とすると私は鈍《にぶ》いのか?

「あの、それはどういう……?」

問うた夏野へ、恭一郎よりも先に蒼太が応えた。

「やつし、の……けん」

「鷺沢殿の剣をお借りしたことですか？」

「そうだ。殿はおそらく、黒川の力を試したかったのさ」と、恭一郎。

「私の力？」

「殿はおととし、蒼太にも同じようにこの剣を持たせた。これを手にした時、蒼太には幼少の頃の想《おも》い出が見えたそうだ。黒川はどうだ？　なんぞ見えたか？」

問われて夏野はあの声を思い出した。

——この刀こそ、あなたの願いを叶える一刀になるだろう——

「……声が聞こえました」

あの声がいった「あなた」とは誰のことなのだろう？

その者が望む「願い」とは？

今になって、あの時怖気《おじけ》付いたのが悔やまれる。

一つだけ自信を持って言えることがあった。

「声の主はおそらく、その刀をこの世に生み出した者……」

八辻九生。

二百年ほど前に没した名匠だが、刀を通じて己に届いた声を夏野は疑っていなかった。

第一章
Chapter 1

足早に恭一郎は長屋の木戸をくぐった。

文月《ふづき》もまだ半《なか》ばにならぬというのに、表は肌寒い。例年なら木綿《もめん》一枚でも汗ばむほどだが、今年は残暑どころか真夏でも数えるほどしか暑い日がなかった。

一笠神社で国皇・安良に謁見してから半年が経《た》っていた。

稲盛は行方《ゆくえ》知れずのままである。鴉猿《あざる》の仕業《しわざ》と思《おぼ》しき小規模な結界破りはいくつかあったが、昨年、一昨年のような大規模な襲撃は今年に入ってから聞いていない。

その代わりでもなかろうが、天災が続いている。

梅雨《つゆ》の長雨で、斎佳や貴沙を含む西や南の地方で水害が重なった。殊に氷頭《ひず》州の西側にある石動《いするぎ》州では川の氾濫《はんらん》が二度続き、家屋の半数余りが流された村もあった。

梅雨が明けたと思ったら、夏を飛ばして秋がきたかのような涼《すず》しさだ。野菜は既に高騰《こうとう》していて、米の値も上がりつつある。

加えて近頃《ちかごろ》は地震が増えた。一月《ひとつき》ほど前の地震は晃瑠も揺れた大きなもので、北の室生《むろう》州にある奈切山《なきりやま》の噴火が原因だという。噴火は一度だけですぐに収まったが、奈切山の近くの村はもとより、三十里は南にある那岐州府・神里《かみさと》でも家屋の倒壊とそれに伴った火事でかなりの死者が出た。

井戸端を通りかかると、二軒隣りに住む滝勇次《たきゆうじ》が洗っていた顔を上げた。

「よう。今、帰りか?」

「ああ。お前はこれからだな」

滝は博徒で、自身をやくざ者と呼んではばからない。荒事も得意らしいが、博打《ばくち》で暮らしを立てているため、起き出すのは賭場《とば》が開く昼過ぎか夕刻だ。

二寸もある顎《あご》の傷を歪《ゆが》ませて、滝はにやりとした。

「働かざる者食うべからずだ。それはそうと、なんだか堅苦しいのがまた来てたぜ」

「そうか」

「あんなのがうろついてちゃあ、おちおち眠ってられやしねぇ」

「すまないな」

伊織の警固をするようになってから、御城や清修寮《せいしゆうりよう》からの遣いが増えた。

「まったくだ。……まあそれもあと三月《みつき》半か」

その昔四人の人死にが出たというこの長屋には、もともと八軒中五軒しか店子《たなこ》がいなかった。独《ひと》り者の男ばかりで、まともな職に就《つ》いている者は一人もおらぬ。昼間でも薄暗く不気味なことから、「無頼《ぶらい》長屋」とも「幽霊長屋」とも呼ばれており、振り売りさえ近寄らない。皐月《さつき》の半ばに店子が一人夜中にぽっくり死したことがきっかけか、家主はとうとう取り壊しを決意したようだ。師走にはお祓いの上で取り壊すから、霜月末日までに出て行くように言い渡されていた。

「残念至極だが、致《いた》し方あるまい」

「ははっ。おめぇはやっぱり変わりもんだな。理一位様のお屋敷より、この無頼長屋を好むたぁ……いいじゃねぇか。離れで飯付きなんだろう？」

長屋の取り壊しを聞いて、樋口家では──殊に伊織の母親の恵那が──張り切って離れの手入れを始めたらしい。

──気が早いにもほどがある──

苦笑交じりの伊織から話を聞いて恭一郎は呆《あき》れたが、樋口家への引っ越しはもはや免《まぬか》れぬようである。

「今更屋敷暮らしなぞ堅苦しいだけだが、もう逃げられん。──お前はどうする？　女のところへでも転がり込むか？」

「よせやい。女と過ごすのはあれの一時だけで充分だ。一緒に暮らすなんざ、それこそ堅苦しくてやってられねぇ。俺はまた似たような長屋を探して引っ越すさ」

「羨《うらや》ましいことだ」

本心である。

噴き出した滝を置いて、恭一郎は己の家へ向かった。

引き戸が閉まっていたから、いないのかと思いきや、蒼太は家にいた。

掻巻《かいまき》をかぶって腹這《はらば》いになった手元には、節用集《せつようしゅう》と文がある。

「きょう。ふ、み」

亀のように顔だけ上げて言う蒼太の横に、苦笑しながら座った。

「そんなに寒いか？」

「さうい」

「文を見せてくれ」

「いな。ひ……かし」

「維那で火事だと？」

人見からの文によると十日前、北都の御屋敷——閣老の役宅——で小火《ぼや》騒ぎがあったという。類焼もなく、屋敷内の者だけで収められたのだが、このことについて三日前、西都から安良へ訴状が届いたそうだ。

委細は明日九ツに津久井《つくい》にて、と文にはあった。

津久井は幸町《さいわいちょう》にある料亭だ。塩木《しおき》大路から一本しか離れていないにもかかわらず、静かで落ち着いた座敷が密談する要人たちに好まれていた。

翌日、伊織を清修寮に送ってから、恭一郎は蒼太を伴って津久井へ向かった。何か思うところがあったのか、指南所に行く筈《はず》だった蒼太は、自ら袴《はかま》を穿《は》いて同行を主張した。

市中の密会ゆえに正装ではないが、二人揃《そろ》って袴姿で身なりを整え津久井へ行くと、座敷で待っていたのは大老の人見ではなく、嫡男《ちゃくなん》の一葉《かずは》だった。

腹違いだが、恭一郎の弟である。

「一葉か。久しぶりだな」

「ご無沙汰《ぶさた》しております」

元服《げんぷく》した一葉は城下へ出て来る機会が増えたが、兄弟で顔を合わせることは滅多《めった》にない。人見の妻にして一葉の母親の亜樹《あき》が、妾腹《しょうふく》の恭一郎を嫌っているからだ。一葉の外出には常に伴が付いており、行き先は家の者に筒抜けである。公用以外でまみえることは難しく、最後に会したのは年始で、一葉の志伊神社参拝の折にひととき言葉を交《か》わしたきりだった。

恭一郎たちの到着と共に膳《ぜん》が運ばれ、蒼太が早速箸《はし》をつけた。

「おぬしが来てくれたとは助かった。父上との会食はどうも落ち着かぬ」

「兄上、それでは父上がお気の毒でございます。父上は兄上にお会いするのを、いつも楽しみにしております。本日はどうしても外せぬ御用がおありで……」

「では、その御用とやらに感謝せねばならぬな」

恭一郎が微笑《ほほえ》むと一葉もそれに倣った。

「ええ。おかげで私も久方ぶりに兄上にお会いすることが叶《かな》いました。蒼太にも……よく来てくれた、蒼太。此度《こたび》の命《めい》には兄上だけでなく、おぬしも含まれているのだ」

「ん」

予見していたかのごとく蒼太は頷《うなず》いた。

「命、というのは？」

「文に記しましたように、維那の御屋敷にて小火がありました。火はすぐに消し止められ、大事に至らずに済んだのですが、焼けたのが出納帳《すいとうちょう》の一部だそうで、これに対して西原様が高梁様が公金横領をしていると訴え出てきました」

「横領だと？」

「はい。小火はその証拠隠滅のために、高梁様が仕組んだことだと――」

「それこそ西原が仕組んだことであろう」

上位階級かつ目上でもある西原利勝だが、その本性を知る恭一郎は呼び捨てだ。

「それが目付の調べによると、他から閣老の印の入ったそれらしき文書が出てきたそうです。驚いた高梁様が確かめたところ、印がなくなっていたのが判《わか》りました」

「それはそれで高梁様の落ち度になるな」

「そうなのです。そのような都合のよい言い訳が通用するかと、大名たちも騒ぎ出しております」

「どうせ、西原側の者ばかりだろう」

「主な者はそうです。しかし……」

「他にも同調する者がおるのだな？」

「ええ」

言葉巧《たく》みに己の傀儡《かいらい》を増やすのが西原のやり方であった。

西原自らが維那を訪ねたとは聞いていないから、全《すべ》ては使者を通じてのことであろうが、それなら尚のこと尻尾をつかむのが難しい。

西原が送った使者や、西原家に与《くみ》する大名家のことなどを一葉がしばし細かく語った。

「それで、父上はなんと?」

「兄上と蒼太に維那に赴《おもむ》いて欲しいと。印を探し出し、高梁家の無実を明かすために」

「成程《なるほど》。それで蒼太か」

「はい。蒼太は失《う》せ物探しが得意だとか。樋口様の直弟子《じかでし》でもありますし、此度の命に適役であると……それで兄上は、表向き、その」

「蒼太の用心棒だな」

言葉を濁《にご》した一葉に、恭一郎は苦笑してみせた。

「あくまで表向きは、です。父上は兄上の才覚にも期待しております」

むきになって言う一葉が可笑《おか》しかった。

「大老様の期待に応えられるよう、誠心誠意務めて参ろうではないか」

「大老に代わりお願い申し上げまする」

「こら、よせ」

丁寧《ていねい》に頭を下げた一葉をからかい口調で叱咤《しった》すると、一葉ははにかんだ。

この半年で二寸は背丈《せたけ》が伸びたと思われる。

一昨年初めて顔を合わせた一葉は十五歳で、同年代の少年より幼い身体《からだ》つきをしていた。総じてまだ細いままだが、今年十七歳の一葉の引き締まった腕や顎は、二年前とは比べものにならぬ。

「背丈はいくつになった？」

「五尺……五、六寸といったところでしょうか」

「大きくなったな」

「まだまだ兄上には及びませぬ」

「これからもまだ伸びるさ」

「父上も五尺八寸に届きませぬし、私も伸びてせいぜいあと一、二寸でしょう」

「見下ろされるのは癪《しゃく》だから、それならちょうどよい」

六尺近い恭一郎の台詞《せりふ》に微笑むと、一葉は黙ったままの蒼太を見やって言った。

「私のことより、蒼太のことを気にかけてやってください。見たところ年明けに会ってから変わらぬ様子――蒼太、どうだ？　毎日しっかり食べておるか？」

「……ん」

蒼太が山幽《さんゆう》だと一葉は知らぬ。

山幽の妖力は十代が一番強く、大人になるにつれて少しずつ衰《おとろ》えていく。未熟な身体では暮らしに不便なため、大方の山幽は一通り成長し切った二十代の前半で仲間の血を飲むことによって老化を止める。

蒼太は十歳の時に嵌《は》められ、仲間の赤子の心臓を食べたことで成長が止まってしまった。

その分、山幽独特の念力に加え、失せ物探しや予知などの「見抜く力」に恵まれているのだが、育たぬ身体を持つ蒼太の葛藤を思うと恭一郎はやるせなくなる。

「兄上、蒼太は肉を食べぬということですが、何かその、滋養になるようなものをちゃんと食べさせていらっしゃるのですか？」

「まあ……魚やら卵やらは折々に食わせておる」

「樋口様は案ずるなと仰《おつしや》いましたが、どうも私は気がかりで……」

「伊織はなんと言ったのだ？」

「蒼太のように計り知れぬ才を持つ者には少なからず、その代償として不便を強《し》いられる者がいる。言葉がおぼつかないのも、身体が歳《とし》に追いつかぬのも、蒼太の抜きん出た才ゆえかもしれぬ……と」

「伊織が言うならそうなのだろう」

うまいことを言うものだ、と伊織に感心しつつ、もっともらしく恭一郎は頷いたが、一葉はどうも不服らしい。

「しんぱ、いらん」と、蒼太も不満げである。

都――人里――で怪しまれぬよう、伊織は蒼太に術を施《ほどこ》した守り袋を授けたが、顔つきはともかく背丈を誤魔化《ごまか》すには限りがあった。この三年で伸びた背丈は三寸足《た》らず。しかも術のおかげでそう「見える」だけで、ひとたび守り袋を外せば、出会った頃と変わらぬ背丈四尺ほどのあどけない顔をした子供が現れる。

できることなら恭一郎は都を離れ、蒼太と二人、放浪の旅に出たかった。

その昔、三國《みくに》殿や奏枝《かなえ》がそうしたように——

亡き妻の奏枝は蒼太と同じく山幽で、恭一郎と夫婦になる前は、老剣士・三國正右衛《しょうえ》門《もん》と「祖父と孫」という触れ込みで諸国を渡り歩いていた。

年を取らぬ山幽——しかも子供——と一緒では、ひとところに長くはいられぬ。あと十年ほどは「親子」で通じようが、二十年もすれば「祖父と孫」になろう。

「——それよりも、維那へ行くのは俺と蒼太だけか？　伊織はどうする？」

話をそらすのを兼ねて訊《き》いてみた。

「稲盛の行方も判っておりませぬし、西原家も高梁家のことで手が一杯な様子。よって樋口様の警固は、その……黒川殿にお任せせよ、とのことです」

蒼太の正体はまだでも、稲盛文四郎のことは知らされているらしい。

それもそうか。

誇らしさと共に、恭一郎は目の前の弟を見つめた。

元服式は二年前に済ませてある。大老の正式な跡目として、安良に目通りを果《は》たしてもいた。歳は恭一郎の半分でも、一葉は世間ではもう「一人前」だ。

——しかし政《まつりごと》はさておき、女の方はどうなのだ？

十七歳ともなれば、妻を娶《めと》っている者も少なくない。

「黒川が気になるか？」

夏野の名を出すのを躊躇《ためら》った一葉を、からかうつもりで恭一郎は問うた。

「黒川殿は昨年、六段に昇段されたと聞きました。理術の修業の傍《かたわ》ら、剣の稽古《けいこ》も欠かさぬそうで、来年には七段になるやもしれぬと樋口様が仰っていました。剣の腕前は兄上に劣《おと》りましょうが、これまでの功績もありますし、何より樋口様とは直弟子という近しい間柄。黒川殿なら樋口様の警固に適役と思われます。しかし念には念を入れねばなりませぬので、樋口様には兄上が留守《るす》の間は帯刀をお願いしようかと――」

滔々《とうとう》と応える一葉に、恭一郎は苦笑を漏《も》らした。

「黒川の腕は俺も信頼しておる。俺はその、女子《おなご》としてどう思うかと問うたのだ」

「……兄上こそどうなのですか？」

「なんだと？」

思いも寄らぬ反撃だった。

「兄上は黒川殿のことをどう思っていらっしゃるのかと、お訊きしているのです」

「俺がどうとは……黒川は道場の後輩に過ぎん」

「それだけではありますまい」

きっぱり言われて、恭一郎は面食らった。

「黒川殿には、樋口家や真木殿のお申し出を差し置いて、蒼太の世話を任せたことがおありでしたね」

「蒼太が黒川を選んだだけだ」

「これまでに幾度も一緒に旅をしていらっしゃいます」

「全て伊織が絡んだことではないか」

「……斎佳では一夜を共にされたとか」

傍らの蒼太が目を丸くした。

「莫迦《ばか》を言え」

流石に恭一郎も少しだけ声が高くなる。

「蒼太を探していた時に、八坂《やさか》家の女中の家に二人で世話になっただけだ。同じ部屋で飯を食って寝たというだけで、そのようなことは誓《ちか》ってなかった」

「……」

一葉と蒼太に無言で見つめられて、仕方なく恭一郎は続けた。

「大体、あの黒川だぞ？　まだ小娘で、色気のいの字もないではないか」

「確かに袴姿は女性《にょしょう》にはとても見えませぬが、兄上は黒川殿が女性の恰好《かっこう》をしたところを見たことがないのですか？」

「ないことはないが……」

「それに小娘と仰いましたが、黒川殿ももう二十歳。世間では年増《としま》の仲間入りでございます。黒川殿は剣にも術にも秀でており、人見知りの蒼太にも慕《した》われているお方。なればこそ兄上の奥方にふさわしいと私は——」

「待て一葉」

落ち着きを取り戻して、恭一郎は一葉を遮った。

「黒川にはな、既に同郷の許婚《いいなずけ》がおる。黒川にも腹違いの兄がいてな——」

「氷頭州司の卯月義忠《うづきよしただ》殿ですね」

理一位が直弟子に望んだ者だけあって、夏野の身上はとっくに調べられているようだ。

「そうだ。その氷頭州司の幼馴染《おさななじ》みで都詰めの州司代、椎名由岐彦《しいなゆきひこ》が黒川の許婚さ」

「黒川殿に許婚がおありとは初耳です。椎名殿なら春に御前仕合で見かけましたが、既に三十路《みそじ》過ぎで、黒川殿とはお歳も離れておりますし……」

「俺とてとっくに三十路を超しておる。しかも椎名より二つも年上だ」

由岐彦は現在三十二歳、恭一郎は三十四歳である。

「それはそうですが……兄上の方が剣も強く、男振りも勝《まさ》っていると私は——」

「それは身贔屓《みびいき》というものだ」と、恭一郎は破顔した。

「しかし……」

「しかしもかかしもあるものか」

一葉の前では笑い飛ばしたが、夏野が己に好意を寄せていることは恭一郎も気付いていた。それが敬慕の念を越えつつあるのも感じていたが、由岐彦が夏野へ懸《か》ける想《おも》いを恭一郎は知っている。夏野の気持ちを確かめたことはないものの、卯月家と椎名家のつながりを考えれば、やがての夏野と由岐彦の祝言は自明のことと思われた。

「きょう……」

何やら蒼太は、まだ非難がましい目つきをしている。

「なんだ？」

「……しらん」

むっつりして応えると、蒼太は一葉の方を見た。

「かし、くう」

恭一郎が一葉と話している間に、蒼太の膳はすっかり空《から》になっていた。

「そうだな。給仕を呼んで何か出してもらうか」

蒼太の関心が夏野から菓子へ移ったことに安堵《あんど》して、恭一郎は頷いた。

「わげ、つ、くう」

「贅沢《ぜいたく》を言うな。菓子は選べぬ」

「和月《わげつ》なら手土産《てみやげ》に持って参りました」

和月は季和《きわ》という老舗《しにせ》菓子屋の看板菓子である。蓮《はす》の実から作られる蓮蓉餡《れんようあん》がみっちり詰まった饅頭《まんじゆう》で、甘い物好きな蒼太のお気に入りの一つだった。

一葉が差し出した風呂敷《ふろしき》包みを受け取りながら、形ばかり蒼太が頭を下げる。

「かたじけ、な……」

礼を言いながら、蒼太はさっさと風呂敷と中の箱を開けた。つい先ほどの仏頂面《ぶっちょうづら》はどこへやら、口元を緩めて油紙に包まれた饅頭を一つ手に取る。

まさか、これを「見抜いて」ついて来たのではあるまいな……？

満足げに饅頭を食《は》む蒼太を見やって、恭一郎は内心苦笑した。

「兄上、私どもも食べましょう」

「そうだな」

二人の膳はまだほとんど手が付けられていない。

「酒には早い時刻ですが一本つけてもらいましょうか？　私もご相伴《しょうばん》いたします」

「ん？　おぬし、酒が飲めるのか？」

「まだほんの少しですが……」

襖戸《ふすまど》を開けて給仕を呼ぶと、一葉は酒を注文した。

二口、三口で頬《ほお》が赤くなった一葉に無理強《むりじ》いすることはなかったが、弟と酒を酌《く》み交わせた喜びが恭一郎の胸を満たす。

維那行きの委細を詰め、八ツの鐘が鳴る前に恭一郎たちは津久井を後にした。

†

夏野が伊織の護衛役を任されて三日目、佐内が志伊神社を訪ねて来た。

樋口家が神社の敷地内にあることと、伊織自身が侃士号を持っているため、伊織が自宅にいる間は警固を免除されている。もとより夏野は伊織から理術の指南を受ける時の他は隣りの柿崎道場で過ごすことが多く、今日も合間を見計らって道場で稽古に励《はげ》んでいた。

佐内の訪問は朝のうちに知らされていた。約束の八ツの鐘が鳴る前に着替えて樋口家に向かったのだが、佐内は既に到着していた。

小夜に案内されて伊織の書斎へ向かい、平伏して遅れた詫《わ》びを告げる。

「詫びは不要だ。私が早く着いただけだ」

穏やかな声で佐内が言った。

「それより一昨夜の地震を感じたか？」

「はい。揺れは微弱なものでしたが、ひどく近く感じました」

一昨日の夜半、微《かす》かな地震があった。

眠りの深い者ならおそらく気付かなかっただろう小さなものだったが、夏野が数えただけでも五十を超えるほど静かに続いた。

「一月前の地震は奈切山の噴火が原因だ。しかし、一昨夜のものは晃瑠の真下が揺れているようだった。安良国は島国だ。どこも何かしらの地脈でつながっておるから、晃瑠で地震があっても不思議はないが、真下というのは私が知る限り初めてだ。もとを突き止めようと追ってみたが、たどり着くに至らなかった」

「私もです」と、伊織が応えた。

夏野は「近い」と感じただけだが、二人はそのもとを確かめるべく揺れを追跡したようである。

奈切山の噴火では、山から三十里ほど離れた那岐州府・神里でさえ家屋の倒壊や火事による死傷者が出た。十万からの人が暮らす東都で同じ規模の地震があれば、その被害は甚《じん》大《だい》なものになろう。昨年、斎佳が見舞われた災難が思い出されて夏野は眉《まゆ》をひそめた。

斎佳の防壁の倒壊は黒耀と蒼太によるもの、水害は紫葵玉《しきだま》から放たれた水流によるものだった。紫葵玉を取り出したのは稲盛だが、刀で瑕《きず》つけてしまったのは夏野であった。

瑕を封じずに放つことを選んだのは稲盛だと、のちに伊織は慰《なぐさ》めてくれたが、夏野はいまだ後悔の念を拭《ぬぐ》い切れぬ。

伊織の指南のおかげで、夏野は理術の基本である「感じ取る」ことに長《た》けてきた。殺気だけでなく様々な人の気を読み取れるようになったばかりか、集中することで、うっすらとだが、風や雨、陽光などから大地の気ともいえるものまで感じ取れるようになってきた。

いまだ「術」どころか「詞《ことば》」も学んでいない。しかし夏野に焦《あせ》りはなかった。

何故なら理術の本質は森羅万象の理《ことわり》を学ぶことにあり、気や物事を感じ取り、見極めてこそ、それらを変化させる——術を操る——ことができるからだ。

伊織の直弟子となってまだ一年にならぬが、人の強い感情にあてられる時もあれば、物を凝視《ぎょうし》しているとふとそれらが揺らいで見えることもある。この世が物や気で埋《う》め尽くされているような息苦しさを感じることもあれば、全てがつながったような一体感に安堵することもあった。己の、世を見る目が大きく変わりつつあるのを夏野は自覚していた。それが蒼太の目に負うだけでなく、修業によってもたらされたものであるということも。

「樋口とは御城で少し話したのだが……このところの天災がまことに天災なのか、私には疑わしくなってきた」

「それは、つまり……」

もしも天災ではないとしたら、それらを引き起こせる者は限られてくる。

「黒耀の仕業ではないかとお考えなのですね」

躊躇いながら夏野は言った。

「うむ。その者は雷を操るそうではないか。都に出入りし、斎佳の防壁を破壊するだけの念力も持っていると聞いた」

黒耀の正体は山幽の少女だ。

そのことを今の夏野は知っており、伊織にも明かしてあるが、佐内や人見には知らせていない。というのも、どうやら己の正体は他言無用と、蒼太は黒耀から口止めされているらしい。

斎佳から戻ったのちに、夏野が「見た」ことを話しながら、伊織と恭一郎も黒耀について蒼太に問うてみたという。だが蒼太は頑《がん》として応えず、反対にこれ以上の追及は恭一郎の命にかかわると、つたない言葉で必死に訴えたそうである。

伊織も恭一郎も夏野の見たことを信じてくれたが、蒼太が口を割らぬからには、黒耀の正体を他に漏らすのははばかられた。恭一郎の命が脅《おびや》かされているとあらば尚更《なおさら》である。

安良様は黒耀の正体をご存じなのだろうが……

「黒耀なら、噴火や地震、大雨を起こすこともできるやもしれませぬ」

黒耀の落雷で焼かれた狗鬼《こうき》を思い出して、夏野は応えた。

「安良様の暗殺を何度も企てたという者だ。槙村《くわだ》という男が味方についたこの数百年は大事に至らなかったようだが、いまだ安良様のお命を狙《ねら》っているのではなかろうか？」

「黒耀が晃瑠に入り込んでいるとお考えですか？」

「少なくとも、一昨夜の地震はその者の仕業ではないかと思うのだが」

「ありうることです」

一つ頷いて伊織が続けた。

「しかし何ゆえ安良様を弑《しい》そうとするのか、私にはまだ理解しかねます。うまく暗殺できたとしても、安良様は再び転生なさるでしょう。過去の文献《ぶんけん》を見る限り、安良様の転生の合間を見計らって、黒耀が天下を取ろうとしたというような記述はありませぬ。天下を意のままにする気がないのなら、何ゆえ黒耀は安良様のお命を狙うのか」

「……その理由を、安良様はご存じなのではないかと思う。暗殺の記録を残さず、私たちにも告げていなかったのは、黒耀と何か特別な確執《かくしつ》があるのではないかと……」

渋面を作って佐内は言った。

初春に安良に謁見した時まで佐内は――大老さえも――安良の過去のいくつかの死に、黒耀と孝弘が関与していたことを知らされていなかった。大老ほど近しくなくとも、その一生のほとんどを晃瑠と国皇・安良を護《まも》ることに尽くしてきた佐内にとっては、「遺憾《いかん》な事実」であったという。

伊織よりも安良に会う機会が多い佐内は、既に幾度か黒耀や槙村孝弘という山幽のことを訊《たず》ねてみたそうだが、うまくはぐらかされて終わっていた。

「しかし、多少なりとも明かしてくださったということは、此度は私たちが役に立つとお考えなのでしょう」

「それはそうなのだが……槙村は今年はまだ姿を現していないようだな」

「ええ。蒼太にもお呼びはかかっておりません」

「私も槙村に会ってみたい。そのように安良様に願い申し出ているのだが、いまだお声がからぬ」

「私もです」と、伊織が頷いた。

夏野と蒼太は幾度か顔を合わせており、恭一郎も一度だけ——孝弘が蒼太を憎む山幽の女を晃瑠に連れて来た時に会っていた。だが伊織は一度も孝弘を見ていない。

「伊紗とやらのもとにも、現れておらぬのだな？」

夏野の方を向いて佐内が問うた。

「はい。聞いた限りでは来ておらぬようです」

嘘《うそ》ではなかろうと夏野は思っていた。稲盛に取り込まれていた娘を解放した夏野へ、仄《しき》魅《み》の伊紗は少なからず恩義を感じているようだ。嶌田屋《しまだや》という色茶屋に住み暮らす伊紗は、稀《まれ》に夏野に遣いを寄こす。伊紗が客を取り始める前のひとときに落ち合うのだが、孝弘とは今年は一度も顔を合わせていないそうで、ほぼ世間話に終始している。

「他に新しく入り込んでいるものはおらぬか？」

「十日ほど前に一人見かけました。追ってみましたが、途中で尾行に気付いたのか、その足で北門から出て行きました」

蒼太の目を取り込んだ夏野の左目は、影を映すことで人に化けた妖かしを見抜く。

「定住しているものは、いまだ伊紗だけしか知りませぬ」

「守り袋に符《ふ》呪箋《じゆせん》か。樋口、おぬしの才には驚かされるばかりだ。そして何より、おぬしが稲盛のような愚《おろ》か者でなくてよかった」

術の張り巡らされた都で暮らすことは、妖魔《ようま》には耐え難い。よって稀に結界を超えて都に入り込んだものがいても、けして長居をすることはない。蒼太には守り袋、伊紗には符呪箋という、伊織の作った小道具が二人の都暮らしを可能にしていた。

「本来ならお咎めを受けて当然の所業。言い逃れるつもりはありませぬが、蒼太と伊紗が東都で暮らすようになったのは鷺沢がきっかけです。私はむしろ、鷺沢の創意と剛毅《ごうき》に驚かされてばかりです」

「鷺沢……か」

つぶやいた佐内の口角に、微かに苦笑らしき笑みが浮かんだ。

妖魔の蒼太や伊紗が「妖魔知らず」といわれる都にいたこと、それを手引きしたのが大老の息子だったことも、佐内には「遺憾な事実」に違いない。

「剛毅なのは認めるが、あのような無茶をするとは大老の器ではないな。おぬしたちだから明かすが、鷺沢が大老の嫡男とならずにまことによかった」

「その点は大いに同意いたします。また鷺沢自身、跡目を継《つ》がずに済んだことを、誰よりも喜んでおります」

「……面白い男だ」

「お褒《ほ》めの言葉として鷺沢に伝えましょう」

「いや、褒めてはおらぬ」

佐内は否定したが、目元がやや和《やわ》らいだ。

いまだはっきり笑った顔を見たことがない。だが恭一郎や蒼太、そして蒼太の目を宿した己をすんなり受け入れてくれた佐内に夏野は感謝していた。

佐内が帰ると、夏野は伊織に問うてみた。

「樋口様は本当に、黒耀がおとといの地震を起こしたとお考えなのですか?」

「ありうる、と言っただけだ。しかし近頃の黒耀は、安良様よりも蒼太に執着《しゅうちゃく》している様子。蒼太も恭一郎もおらぬのに、脅《おど》しにもならぬことをわざわざ晃瑠でなすとは思えぬのだが、蒼太曰《いわ》く、黒耀は大層気まぐれらしい。そういった者の考えや振る舞いは、どうも俺の物差しでは量《はか》りかねる」

「山幽は争いを好まぬと聞いておりますが……」

黒耀について、夏野が最も気になっていることであった。

「そうだな。山幽のことを記した文献は少ないが、それは彼らが樹海に潜《ひそ》んで暮らしているからだろう。蒼太によると、人どころか、他の妖魔たちとも滅多《めった》にやり取りせぬそうだし、恭一郎の亡妻も同じことを言っていた」

奏枝殿も……

奏枝は人間に捕らわれ、非業の死を遂げた。同情の方が遥かに大きいものの、恭一郎を想う夏野はやはり、微かな嫉妬《しっと》——というよりも羨望《せんぼう》——を覚えてしまう。

「なればこそ、俺には黒耀と槙村が解《げ》せぬ。槙村が心を入れ替えたのはよしとしても、そもそも血なまぐさいことを好まぬ山幽が、何ゆえ安良様暗殺を思いついたのか。それも一度ではなく何度も試みたのか」

あの「絵」を見てから、夏野も繰り返し自問していることである。

「安良様のおかげで我々人間は生き延びてきた。ゆえに鴉猿《あざる》のような人を憎む妖魔が安良様を狙うのなら領ける。だが人とも妖魔ともかかわらぬ山幽が、自ら手を下す理由……俺が思うに、山幽たちにとって、安良様はそうまでしても排除せねばならぬ『悪』だったのではなかろうか」

密《ひそ》やかな声で伊織が言った。

「まさか、安良様が悪などと……」

「ありうべきこととして挙《あ》げたまでだ。二十一代安良様がお亡くなりになったのちに黒耀と槙村が袂を分かったならば、およそ二百年前のことだ。その頃何が起きたのか——安良様は話してくださらぬが、誤解が解けたのだろう。槙村は安良様を選び、黒耀は妖魔どもの王となることを選んだ」

「誤解、ですか」

「あくまで俺の推察に過ぎぬがな」

眼鏡《めがね》を外して、伊織は目頭を押さえた。

「佐内様が仰るように、安良様は全てをご存じなのだろう。だが、それを教えてもらえぬのは、俺たちの力量や信用が足りぬからか、それとも俺たちには言えぬ他の理由があるからか……遺憾を覚えたのは俺も同じだ。俺は安良様を信じたいが、こうも謎《なぞ》が多いままではどうにもやり切れぬ」

伊織の目には、見慣れぬ鬱屈《うっくつ》の色が浮かんでいた。

「人の命は短いものだ。生き長らえたいと望む気持ちは俺にもある。天下はいらぬし、そのために稲盛のように他者の命を犠牲にしようとも思わぬが、一生を費《つい》やしても学べることはほんの僅《わず》かだ」

「まことに」

夏野が頷くと、眼鏡をかけ直した伊織が問うた。

「安良様のことを、恭一郎と話したことがあるか？」

「鷺沢殿と？　いいえ、鷺沢殿とは剣や蒼太の話ばかりです」

「そうか」と、伊織がようやく微笑んだ。

「あの、鷺沢殿が何か……？」

「蒼太に黒耀の正体を問い詰めたのち、恭一郎が言っていたことがある。『人に似て人に非《あら》ず』といわれているのが山幽だ。とすると、もしや安良様も人の振りをした山幽なのではないか、と」

「まさか！」

「俺もそう言った。安良様が人なのは間違いない。俺の目にも妖魔には見えぬし、これまでの怪我《けが》や病の様子からみても身体は人そのものだ」

夏野のように妖魔の目を持つ訳でもないのに、妖魔を見抜く天賦《てんぷ》の能力が伊織にはあった。人に化けたものも、常人の目には映らぬものも、妖魔なら伊織には「見える」という。

「そしたらやつはこう、のたもうた……」

——山幽だというのは冗談《じょうだん》だ。俺とて安良様が人なのは疑っておらぬ。ただ、転生を繰り返し、前世の記憶を保ち続けているなら不死も同然ではないか。さすれば安良様は、身体は人でも心は妖かしと変わらぬのではないか？　知恵に長けているのだから、妖かしにたとえるなら、さしずめ山幽だろうと思ったまでだ——

「身体は人でも、心は妖かし——」

「まったく侮《あなど》れぬ男よ、恭一郎というやつは」

伊織は苦笑を漏らしたが、夏野は戸惑《とまど》いを隠せない。

「そんな、恐れ多い……」

「しかし案外正鵠《せいこく》を射ている気がする」

「樋口様まで」

「人も妖魔も基《もと》は同じだと、前に話したことがあったろう？」

「ええ」

「つまりそういうことだ。安良様は人に味方してくださる傍ら、妖魔を駆逐《くちく》しようとなさってこなかった。安良様が山幽に似ているという恭一郎の勘は、けして的外れではないと俺は思うのだ。人と妖魔を隔《へだ》てている理は大きいようで、もしかしたらほんの紙一重《かみひとえ》なのやもしれぬ。人と神を隔てている理も……なればこそ、稲盛はあがいているのやもな」

夏野には思いも寄らぬ考えだった。

「なんにせよ、国が大きく動き始めたことは確かだ。事を収めるのに我らの力が必要とされれば、安良様も今少し事情を明かしてくれるだろう」

「何やら……」

楽しそうですね、と言いかけて、不謹慎だと思い直した。

「楽しんではおらぬ」と、読んだがごとく伊織が言った。「天災であれ黒耀であれ、罪なき命が失われるのはやりきれぬ。だが歴史が一つの節目を迎えようとしているならば、今この時に居合わせた己を幸運に思う」

「良い方に歴史が変わるのならいいですが、もしも悪い方に傾《かたむ》いたらどうするのです?」

「そうならぬよう最善を尽くすまでだ。もっとも俺たちが『良い』と思っていることに後世の者たちが同意するとは限らぬがな」

「そんな」

「まあそれも一興だ」と、落ち着き払って伊織は言った。

鷺沢殿を剛毅だと仰ったが……

樋口様も負けてはおらぬ、と夏野は思った。

†

翌日、道場で稽古中だった夏野を、樋口家の下男が呼びに来た。

「真木様もご一緒にお連れするよう、伊織様から言いつかっております」

ちょうど馨と立合稽古をしていたところであった。

「恭一郎たちになんぞ起きたか」

馨と顔を見合わせたのも束《つか》の間《ま》、急ぎ、師である柿崎錬太郎に断りを入れる。慌ただしく着替えると、夏野たちはくぐり戸を通って樋口家へ向かった。

伊織は夏野たちを迎えると、人払いを下男に申し付けて下がらせた。

「まあ、入れ」

書斎に腰を落ち着けると、夏野たちを交互に見ながら伊織が切り出した。

「今朝方、御城に颯《はやて》が届いた。恭一郎たちは無事、維那に着いたそうだ。当面は御屋敷に逗留《とうりゅう》することになる」

安良の住む「御城」にちなんで、三都の閣老と、安良国二十三州の州司の役宅は「御屋敷」と呼ばれていた。大老の神月人見と、東都閣老の神月仁史《ひとし》の役宅は御屋敷より小さいが、御城勤めで安良に直《じか》に拝することができるという誉《ほま》れがある。

「それはようございました」

ひとまず恭一郎たちが無事だと判って、夏野は胸を撫《な》で下ろした。

颯は小筒を持たせた鳩《はと》で、書付程度の物しか運べぬが、国で一番速い通信手段だ。

晃瑠から維那を結ぶ東北道は山を含めて五十里ほどだが、恭一郎たちは三日で駆け抜け、朝一番で入都したと思われる。

「では何ゆえ俺たちを呼びつけたのだ。稽古中だぞ？」

師範として剣術に心血を注ぐ馨が、仏頂面で問い詰めた。

「すまぬ。先生にはこれからご挨拶《あいさつ》に伺うが、馨にはしばし俺たちと行動を共にしてもらいたい。お前は俺たちに次いで事情を心得ておるゆえ……」

「事情とはなんだ？」

「恭一郎からとは別に、御城に届いた颯があった。那岐の神里に住む理一位、野々宮《ののみや》様からだ。神里で稲盛と思しき亡骸《なきがら》が見つかったそうだ」

「なんだと？」

「神里で？」と、夏野も思わず問い返す。

死したというのはともかく、神里でというのが引っかかる。

「そうなのだ。本物かどうか、俺はこの目で確かめて来ようと思う。野々宮様と直にお話ししたいこともあるしな……大老様は反対されたが、安良様と佐内様は後押ししてくださった。恭一郎の代わりに黒川を伴うが、何分神里は遠い。黒川だけでは道中不便だろうという大老様のお心遣いもあって、お前が抜擢《ばってき》されたのだ」

「……お前と黒川の用心棒か」

「私のことは心配無用でございます」

頼りないと大老に言われたも同然だが、安良一といわれる恭一郎の代わりになれぬことは承知している。ただ、伊織の警固の助っ人はともかく、己の身まで案じられては剣士として面目《めんぼく》が立たぬと夏野はやや膨《ふく》れた。

「冗談だ、莫迦者《ばかもの》」と、馨が鼻で笑った。「不便、と大老様は仰ったのだ。世間体もあるからな。世間は知らぬのだ。お前が色気のいの字もない男勝りの剣士だということをな」

直弟子となった己の身元は知られている。六段の侃士とはいえ、妙齢の女子が壮年の男の伴となると、邪推《じゃすい》する者が少なからずいるらしい。

「しかし神里までとなると、行って帰るだけで少なくとも十日、所用も入れると半月ほどか。――給金は出るのだろうな？　俺はそろそろ畳《たたみ》を替えねばならぬのだ」

「もちろんだ。密旨《みっし》だが勅命《ちょくめい》だぞ」

「ならば喜んで拝命つかまつる。――なあ、黒川」

おどけて夏野の背中をはたいた馨に、夏野は曖昧《あいまい》に頷いた。

――色気のいの字もない――

確かに私は色気がないが……

馨の先ほどの台詞が気にかかり、どうもすっきりしない夏野であった。

第二章 Chapter 2

三条大路から五条堀川にかけて東西に維那を横切る川は、三日月より細い二日月《ふつかづき》に似た形から二日川と呼ばれている——と、恭一郎が蒼太に教えた。

蕎麦屋《そばや》・三津屋《みつや》は水谷町《みずたにちょう》の四条大路を一本南に入った通りにあり、二日川を背にしていた。店先に暖簾《のれん》は出ていなかったが、引き戸越しに恭一郎が声をかけると、見知った顔が蒼太たちを迎えた。

「鷺沢様、お待ちしておりました。どうぞ二階へお上がりください」

「たか、や」

「蒼太様——あ、ええと、蒼太」

慌てて呼び直した貴也《たかや》へ、恭一郎が微笑《ほほえ》んだ。

「維那の水には慣れたか？」

「はい。お頭にはよくしていただいております。全《すべ》て鷺沢様のおかげでございます」

「言うようになったな」

「偽《いつわ》りは申しておりません」

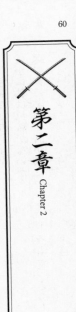

思い詰めたように貴也が応えると、恭一郎が再び微笑む。

「おぬしの心は疑っておらぬ。此度《こたび》のおぬしたち親子の働き、高梁様からも謝意を預かって来た」

「恐れ多いことでございます」

応《こた》えたのは土間で平伏していた貴也の父親、貴一《きいち》だ。

昨年斎佳で知り合った貴一は、西原家に仕《つか》える隠密《おんみつ》「西の衆」の一人だったが、西原利勝とその側近に理一位毒殺の濡《ぬ》れ衣《ぎぬ》を着せられたことで西原家を見限った。長男長女の二児を連れ、斎佳から維那に移ると、恭一郎の口添えで高梁家に仕える身となった。

貴一の長男の貴也は十三歳、長女の奈枝《なえ》はまだ四歳だ。

二人の案内で、蒼太たちは三津屋の二階へ上がった。

三津屋は高梁家――ひいては神月家の隠密たちがつなぎに使う店だ。神月家の隠密たちは、東風《こち》――安由《あゆ》の風――にちなんで「安由」と呼ばれているのだと、蒼太はこれも恭一郎から教えられていた。

二階には、やはり安由の一人である仙助《せんすけ》という男が控えていた。

「店は開けておらぬのか？」

「鷺沢様がいらっしゃるというので、今日は夕刻からと蕎麦打ちには告げました。奈枝も近所に預けてあります」

昼餉《ひるげ》はここで、と蒼太は言われて来た。蒼太の空腹を察したのか貴也が申し出た。

「蕎麦をご所望《しょもう》でしたら、私が打ちましょう」

「蕎麦が打てるのか？」

「門前の小僧というやつでございます」と、貴一が応えた。「私どもが出払っている時に蕎麦打ちの万作《まんさく》と一緒に店を任せることがありますゆえ」

貴一たちの前に三津屋に住んでいた安由は、今は南都の貴沙にいるという。三津屋は表向きは蕎麦打ちの万作の店で、二階は貸し部屋ということになっている。万作は近くに住む息子の家から通っていた。

仙助は三津屋の裏の長屋に住んでおり、普段は飴《あめ》売りをしながら市中を探っているそうである。五十代の小男で、顔つきも物腰も柔和だが、恭一郎を見つめる細い目には隠密の矜持《きょうじ》が見て取れた。

「腹ごしらえは後ですることにして、先におぬしたちの話を聞きたい。此度の騒ぎ、既に目星をつけた者たちがいるそうだな？」

恭一郎の問いに、一番年上の仙助が応える。

「三人おります。その内の一人が印を隠し持っていると思われます」

「印がまだ都にあるという根拠は、偽造書か？」

「ご推察の通りでございます。小火《ぼや》が起きて七日後に、西原家が高梁様の公金横領を訴えました。目付の井出《いで》様がすぐに調べに乗り出され、高梁様が横領を促《うなが》すように指示した偽造書が見つかったのがその翌日——つまり八日前でございます。更につい二日前にも、似たような偽造書が家で見つかったと、勘定方の谷中殿が申し出ました」

これらのことは既に、御屋敷で閣老の高梁真隆《まさたか》から直々《じきじき》に聞き及んでいた。

――蒼太が恭一郎に連れられて、北都・維那の南門を抜けたのが昨日の朝である。

晃瑠から維那まで五十里足らずの道のりだ。「日に百里を駆ける」といわれている山幽《さんゆう》の蒼太の足なら一日もかからぬ距離だが、鍛《きた》えられた恭一郎と一緒だとそうもいかぬ。それでも三日でたどり着いたのは恭一郎ならではなのだが、もとより蒼太には高梁家の騒動など他人事《ひとごと》だ。晃瑠を出て、恭一郎と二人で行く旅路は開放感に満ちていたが、維那の防壁を見た時はなんとも気が重くなった。

蒼太は、安良から鉄製の特別手形を賜《たまわ》っている。

ゆえに門は難なく抜けたが、思いの外、維那の空気は軽く感じた。

防壁に施《ほどこ》された結界だけでなく、四都の中には術が張り巡らされていて妖魔《ようま》には息苦しい場所だ。しかし、守り袋を身につけていても落ち着かぬ都暮らしだったのが、昨今は術の重圧をほとんど感じぬようになっていた。

都を護《まも》る術は都内の神社が要《かなめ》となっており、神社には安良の一部といわれる御神体が祀《まつ》られている。ほんの数回だが安良に会い、言葉を交わしたこと、そして夏野と共に伊織のもとで修業をするようになったことで、都の術に慣れてきたのだろう――と蒼太は考えていた。とすると、維那の術なぞ恐るるに足らぬように思える。安良が住む東都には八つの神社があるが、他の三都には半分の四つしかない。大路も東西南北で一本ずつ少なく、ゆえに三都は東都より一回り小さかった。

北都の中心に位置する御屋敷で対面した維那の閣老・高梁真隆は、大老の神月人見よりは若く見えた。髷《まげ》には白髪《しらが》が交じっているものの、胸板が厚く、背丈も恭一郎と同じくらい高い。五段の侃士で、今も日に少なくとも半刻《はんとき》は竹刀を振っているという。

「高梁様曰《いわ》く、二通目の偽造書の印はごく新しかったそうだな」

「ええ。日付は半年ほど前でしたが、清修寮が検分したところ、朱肉の乾き具合からして、押印されて二日と経《た》っていないだろうと。初めの偽造書が見つかった翌日より、目をつけた者たちは昼夜見張っております。つなぎに託した見込みも否《いな》めませぬが、都外に持ち出したとは思われませぬ。もしも印が都の外で見つかれば、それだけで高梁さまの嫌疑は晴れましょう。二通目は谷中殿宛《あ》てではありましたが、谷中殿はまるで身に覚えがないとすぐに井出様へ届け出ておりますし、清修寮に検分を頼んだのも井出様です。高梁様が己を貶《おとし》めるようなことをする由もないので、三人の目付の内、井出様と榛野《はるの》様は此度のことは何者かの策略だとお考えのようですが、もう一人の目付の江口《えぐち》様と大名たちを説得するのは手間がかかりそうです。閣老なれば当然なのですが、高梁様は清修寮にあれこれ便宜《べんぎ》を図《はか》っておりますから、西原寄りの大名は清修寮の検分をも疑ってかかるでしょう」

「うむ」

「みこ……に、あう」

蒼太は口を挟んだが、仙助には伝わらなかったようだ。

「印はまだ、都にあると言っておる」

「それは——心強い。ご子息はあの樋口理一位の直弟子《じかでし》だと聞いておりまする」

「そうだ。言葉はいささか不自由だが、その分物事を見抜く力に長《た》けている」

高梁が用意させた墨絵を見ただけだが、金印は純金で重さは五十匁《もんめ》ほど。印面は一寸四方で、三行に分けて「安良国維那閣老」と彫《ほ》られている。

昨日、一通りの挨拶《あいさつ》が済むと、蒼太は恭一郎と共に小火になったという文書蔵へ行った。文書蔵はほんの一部が焼けただけだ。文書蔵では何も感じなかったが、次に向かった屋敷内の御金蔵で、金印が仕舞われていた船簞笥《ふなだんす》に触れてみたところ、脳裏《のうり》にぼんやりと浮かんだ顔があった。持ち出された軌跡はたどれなかったものの、漠然と男と金印は結界の内側、すなわち都に「ある」と蒼太は感じた。

「出納帳を処分するためだけに、己の屋敷に火をつける莫迦《ばか》がどこにいる——そう高梁様は仰《おつしや》ったのですが、西原寄りの大名——殊に竹田吉則《たけだよしのり》なぞは、それこそ己の悪事を隠すための高梁様の策略だと……小火の翌日に文書が見つかるなぞ出来過ぎだとこちらが申し立てれば、これぞ天の配剤であると勝ち誇る始末。まこと、腸《はらわた》が煮え繰り返ります」

顔に凄味《すごみ》はないが、怒りを込めた声で仙助は言った。

「天の配剤、か。竹田の物言いは西原の入れ知恵だろう。西原は常に一捻《ひとひね》りうがったことを言い、裏があると見せかけた上でその裏、更に裏をかく。騙《だま》されてはならぬと警戒させておきながら、その上をゆく嘘《うそ》で騙そうとする油断のならぬ策士だ。——それにしても的が三人だけとはありがたい。束の間《つかま》によくぞそこまで調べ上げたものだと、高梁様も感心なさっておられた」

「貴一の働きが大きゅうございます。目をつけた者の中でこの三人が、近頃錠前師《ちかごろじょうまえし》のもとに出入りしていたのを突き止めたのは貴一です。貴也も交代で見張りに出ております」

「怪しげな合鍵《あいかぎ》を請《う》け負いそうな錠前師を教えてくだすったのは、仙助殿です」

仙助と貴一が互いに功績を譲《ゆず》り合う。

見張りをつけている主な三人の身上や住処《すみか》などを恭一郎が訊《たず》ねる間に、貴也が蕎麦を打ちに階下へ立った。細かい話は大人に任せることにして、蒼太も貴也の後を追う。

かまどに火を入れてから貴也が問うた。

「長旅で疲れてないか？」

「つかて、ない」

「鴨《かも》はまだだけど、万作さんが仕入れて来た鶏《にわとり》があるよ」

「とい……いらん」

「そうなのか」

「にく、たぺん」

「それも理術の修業のためか？　肉が駄目なら卵はどうだ？　蒼太はおれと同い年だと父さんが言ってたけど……もっと食べないといつまでも小さいままだぞ」

昨年既に蒼太より一回り大きかった貴也は、この一年弱の間に二寸ちょっと背丈が伸びていた。首や腕も太くなり、身体つきだけなら四つ年上の一葉より逞しいくらいだ。貴也に悪気がないことは判《わか》っているのだが、つい先日、一葉にも似たようなことを言われたばかりである。

いつまでも「こども」のまま……

何を食べようが、何年経とうが、育たぬ己の身体が恨《うら》めしい。

黙ってしまった蒼太へ、貴也が慌てて続けた。

「けど、小さくても蒼太はおれなんかよりずっとすごい。理一位様は滅多《めった》に直弟子を取らないんだってな。御屋敷では理一位様の直弟子が来るって噂《うわさ》になってたそうだから、下手《げしゅ》人《にん》は今頃、戦々恐々としているに違いない。しかもお父上の鷺沢様は、安良一といわれる剣士様で——あの時の剣さばき、おれは一生忘れないよ」

己のことはともかく、恭一郎を賞賛されたことが嬉《うれ》しかった。

「……たま、こ、くう」

「よし。鶏の代わりだ。蒼太の分には二つ入れよう」

「ん」

冷夏なのは晃瑠だけではない。それどころか晃瑠よりも幾分冷えた空気の維那で、温めた汁に茹《ゆ》でたての蕎麦はありがたかった。

「む、そこらの蕎麦よりずっと旨《うま》い」

「うま、い」

恭一郎と二人して舌鼓《したつづみ》を打つと、貴也が嬉しげに一礼した。

「これなら蕎麦打ちとしても身を立てられるな」

「しかし、私は父の跡を継ぐつもりで――」

蒼太とは反対側の右目だが、貴也も片目が不自由だ。隠密になるには不利だろうが、貴也の決意は固いようだ。斎佳での恩返しというよりも、父親の貴一との絆《きずな》を感じて蒼太は羨《うらや》ましくなった。

「貴也」と、余計な口をたしなめた貴一を、恭一郎がとどめた。

「よい息子だな。二人とも――仙助も――これからも高梁様をよろしく頼む」

恭一郎の言葉に、恐縮した三人が頭を下げた。

おれは「よい」「むすこ」だろうか……?

それよりも、いつまで「むすこ」でいられるだろう――?

卵をすり込みながら、蒼太はちらりと恭一郎を窺《うかが》った。

視線に気付いた恭一郎が温かな目を向ける。

その迷わぬ瞳《ひとみ》に安堵《あんど》しつつも、物悲しさは拭《ぬぐ》えなかった。

†

仙助たちからの報告を基に、蒼太と恭一郎は下手人と金印の行方を追った。

此度は文書蔵と御金蔵、更に船簞笥の鍵と、三つの鍵が使われている。どれもこじ開けられた形跡はないことから、下手人は鍵を盗んだか、合鍵を作ったと思われた。

安由たちが絞り込んだ的は三人。

表御祐筆《おもてごゆうひつ》の岩田章雄《いわたあきお》、高家《こうけ》の米倉英明《よねくらひであき》、天文方《てんもんかた》の多嶋徹茂《たじまてつしげ》である。それぞれ文書蔵に出入りすることがあり、屋敷内にも詳しい。また三人揃《そろ》って能筆家として知られていて、高梁の筆跡も見慣れている。高梁からの冷遇《れいぐう》を声高にこぼしているのは岩田だけだが、それだけでは到底決め手にならぬ。仙助が目をつけていた錠前師は二人で、三人はこの二月ほどの間に、どちらかの錠前師を訪ねていた。

無論、下手人は一人だけとは限らない。二人――もしくは三人で共謀《きょうぼう》したこともしれなかった。

付け火の証拠を上げることは難しいが、金印の盗人は男たちを見ただけで見当がつくように蒼太には思えた。

三津屋を出たその日の夕刻と翌日は、岩田と米倉に「会う」ことに費《つい》やされた。

蒼太と恭一郎のことは御屋敷の内外の要人に知られているものの、不愉快《ふゆかい》に思う者がいる中で、御屋敷を長々と調べることはできなかった。的の三人がそれぞれ違う役目に就いていることもあって、まずは御屋敷の外で顔を確かめることにした。

案内役の貴也と並んで歩く蒼太の一町ほど後ろを、恭一郎がゆっくりついて来る。気を張らずとも、このくらいの距離なら恭一郎の気を見失うことはない。離れて歩いているのは、普段着とはいえ、蒼太と恭一郎が並ぶと人目を引きやすいからだ。

岩田は三十代前半、米倉は後半と、脂《あぶら》の乗り切った年頃だった。

見張り役にそれとなくつなぎをつけ、それぞれの屋敷から少し離れたところで岩田と米倉を待ち伏せたが、二人とも御金蔵で頭に浮かんだ男とはどうも違う。

次の日、仙助の案内で三人目の多嶋を見に行くことになった。

天文寮は御屋敷の敷地にはなく、維那の四社の一つである遠野《とおの》神社の隣りにあった。遠野神社は御屋敷から一里ほど南西に位置する那須《なす》町にあり、水主大路と七条大路が交わる南西の角にある。飴売りの恰好《かっこう》をした仙助につかず離れずで天文寮の傍《そば》まで行ったところ、見張り役が多嶋の留守を伝えた。出勤してまもなく遣いが来て、多嶋は目付の井出のもとへ出向いたそうである。

四ツを半刻ほど過ぎただろうか。

昼餉《ひるげ》には早いが、多嶋はしばらく戻りそうにない。多嶋が戻るまで人通りの多い水主大路で待つことにして、一旦天文寮を離れ、仙助が多嶋の留守を恭一郎に告げるために通りを引き返して行った。

蒼太は少し後から仙助を追った。仙助を呼び止め、客を装《よそお》った恭一郎が微《かす》かに頷《うなず》くのが見えて、蒼太は黙って二人をやり過ごした。そのままぶらぶらと表店を覗《のぞ》いて回り、水主橋の南の袂《たもと》からほど近い、一軒の屋台の前で足を止めた。屋台といっても、竿《さお》にかけた荷箱の前に火鉢《ひばち》と床几《しょうぎ》を出しただけの、振り売りと変わらぬ小さなものである。

火鉢で男が饅頭《まんじゅう》を炙《あぶ》っている。両面にほどよい焼き跡がついた饅頭にそそられ、蒼太は懐《ふところ》に手をやった。懐には小さな巾着《きんちゃく》を忍ばせてあり、中には恭一郎からもらった小遣いがいくばくか入っている。

一つくれ、と男に頼もうとした時、見知った気配が蒼太に届いた。

はっと顔を上げて、辺りを見回す。

黒耀だった。

水主橋の上に佇《たたず》んでいる。

二町は離れているものの、森で育った蒼太には、欄干《らんかん》にもたれて微笑む黒耀の顔がはっきりと見える。

ちらりと振り返ってみたが、恭一郎はまだ仙助と話していた。

黒耀が意味深長に二人を見やったのが判って、蒼太はおずおず橋へ向かった。

水主橋は二日川を五条堀川から六条大路にかけて渡す橋だ。二日川は斎佳の長瀬川《ながせがわ》と同じくらいの川幅だが、一条橋から八条橋まで変わらぬ様式の斎佳に比べ、維那の橋には一つ一つ個性があった。

水主橋は他の橋より反《そ》りが大きく、黒耀は真ん中より少し南にいた。

唐草《からくさ》模様が入った茶褐色《ちゃかっしょく》の袷《あわせ》に、似たような色の頭巾《ずきん》をかぶっている。地味な身なりだが、男女かかわらず通りすがりに窺う者がいるのは、頭巾をしていても判る黒耀の類《たぐい》まれな佳麗さゆえか。

『黒耀様、どうしてここに……？』

三間ほどまで近付いてから、蒼太は山幽の感応力で問うてみた。

『お前に会いに来た。それくらい判らぬか？』

黒耀が己のためにここにいることは推察していた。

『おれは何も……』

夏野の進言で黒耀の正体は恭一郎や伊織に知られてしまったが、他言無用と言われた通り、蒼太は沈黙を貫いてきた。

『お前がどれだけ強くなったのか知りたくて来た』

『おれは』

『あの男はどうだ？』

黒耀が顎《あご》をしゃくった先には、一人の若い男がいた。

血色の良い男は、夏野と同じく二十歳《はたち》そこそこだと思われる。商家の奉公人らしく店の名が入った前掛けをし、風呂敷《ふろしき》包みを背負っていた。蒼太が立ち止まった饅頭売りと挨拶を交わしたが、足は止めずに橋へ向かってやって来る。

『あの男を殺してみろ』

『……できない。都でそんな力は使えない』

欄干に手をかけ、通りを眺める振りをしながら蒼太は応えた。

『できぬことはなかろう。お前は昨年、斎佳の防壁をも壊したではないか』

『あれは、黒耀様の助けがあったから』

「蒼太」

近付いてきた黒耀が人語で呼んだ。

「何を睨《にら》みつけてるの？　お天道様が出て、気持ちの良い日になったではないの」

空気はひやりとしているものの、雲一つない青空が頭上にはある。だが蒼太には、嘘でも微笑むだけの余裕がなかった。

「……しょ、こ……」

しどろもどろに黒耀が使っている「橡子《しょうこ》」という人名を口にすると、黒耀は蒼太の背中を撫《な》でてにっこりとした。

『防壁を壊した時のような、大きな力を振るう必要はない。人なぞ心ノ臓を握り潰《つぶ》してやるだけでいい。容易《たやす》いものだ』

斎佳で防壁を壊したことがきっかけか、はたまた修業の成果か、都でも念力が使えるようになったのは確かだ。殺すには至らなかったが、斎佳では貴一たちを襲った西の衆の心臓に「触れて」いた。あの後、小さな物を動かしてみるなど、念力を自分の意志で使えることは確めてあったが、人を相手に試したことはまだなかった。

できる、とは思う。

だが……

黒耀が指したのは、縁もゆかりもない男だ。誰《だれ》の敵でもない、おそらく善良な——一人の見知らぬ若者である。

『さあ、早く殺せ』

『でも黒耀様』

『あの男を殺さねば、私が鷺沢を殺すぞ？』

脅しつつ黒耀が見やったのは仙助だ。その隣りには恭一郎がいる。

「ごらん、蒼太。あそこに飴売りがいますよ」

『黒耀様は、都では力は使えないと……』

術が張り巡らされた都では、己とて大した力は振るえぬと、初めて出会った時に黒耀は言っていた。

蒼太が言うと、黒耀は手を伸ばして蒼太の髪に触れた。

他の者なら即座に振り払うところだが、蒼太はじっとなすがままに任せた。

黒耀の細い指がこめかみを――そして左目の、鍔《つば》でできた眼帯の上をなぞる。

角と視力を奪われた時の痛みと恐怖がよみがえり、蒼太はぐっと両拳《りようこぶし》を握り締めた。

『お前にできることが私にできぬ筈《はず》がなかろう。人一人の心ノ臓を握り潰すなど、都であっても私には容易い』

『やめて。お願いだ』

懇願《こんがん》しつつ、蒼太は恭一郎へ力を送ろうとした。斎佳で夏野を護ったように、己の力で恭一郎を包み込めぬものかと考えたのだ。

蒼太の頬《ほお》から手を放して、黒耀が嘲笑《ちようしよう》する。

『お前の目を宿す黒川ならともかく、赤の他人の鷺沢をあのように護れはしまい』

『黒耀様』
『さあ、早く決めろ。あの男を殺すか、鷺沢を死なせるか』
恭一郎が胸を押さえたのが遠目に見えた。
黒耀が恭一郎の心臓に「触れた」のだ。
「きょう」が殺される――！
慌てて蒼太は男の方を見た。
男は橋番とも挨拶を交わし、のんびりと橋に足をかけたところだった。
右手を開き、夢中で男の心臓を妖力で探った。
男がはっとして立ち止まり、恭一郎と同じように胸を押さえる。
とらえた男の心臓が、己の手の内で早鐘を打っている。
男の息遣いが恭一郎のそれと重なって聞こえた。
早く。
早く。
「きょう」が「しんで」しまう――
右手を握り締めた途端《とたん》、男が血を吐いたのが見えた。
膝《ひざ》が折れ、橋の袂《たもと》に崩れ落ちる。
どよめきと悲鳴が上がった。
二度、三度と震えた男の心臓がはっきり止まっても、蒼太は拳を緩めなかった。

『よくやった、蒼太』

驚きを装い、目は痛ましげに男へ向けながらも、人には聞こえぬ山幽の言葉で黒耀は喜びを露《あら》わにした。

『都で人を殺《あや》めることができるとは……お前の力は本物だ』

賞賛とも嘲笑ともとれる黒耀の笑い声が頭に響く。

『此度こそ、終わりにできるやもな』

小走りに恭一郎が橋へ近付いて来るのが判った。

橋の袂の男の亡骸《なきがら》を、群集の後ろから覗き込む。

こちらを見上げた恭一郎と目が合った。

拳を握り締めたまま、蒼太はただ立ち尽くした。

†

夏野たちが神里への道中にある那岐州空木村に到着したのは、出立して三日後だった。

空木村では小夜の弟・菅原良明《すがわらよしあき》が迎えてくれた。伊織に続いて妻の小夜も晃瑠に移った今、良明が家守として伊織の家で暮らしている。

二年前は夏野と変わらぬ背恰好だった良明は、伊織と並ぶほどまでに成長していた。十七歳となり、父親にして鍛冶屋《かじや》の完二《かんじ》の跡を継ぐべく見習いをする傍ら、毎日欠かさず道場へ通い、年初めに三段に昇段したという。

「上達したな」

夏野が声をかけると、良明はまだそこだけ少年らしさが残った顔ではにかんだ。

「黒川殿は六段に昇段されたとか。私の歳には既に五段の侃士《かんし》でございましたね。なかなか追いつけませぬ」

「追いつく気があるだけ見上げたものだ。どれ、夕餉まで稽古をつけてやろう」

六尺超えの大男である馨に言われてぎょっとしたのも束の間、すぐに竹刀《しない》を取って来た。夏野も交じって三人で一刻ほど稽古をし、夕餉を運んで来た完二と共に穏やかなひとときを過ごした。

伊織も馨も酒は控え、翌日明け六ツに空木村を発《た》ったが、神里へ着いたのは更に三日後だ。空木村から峠《とうげ》を一つ越えねばならなかったが、州府へ続く街道とあって道は悪くなかった。予定よりも早い昼の九ツ過ぎに、夏野たちは神里の結界の内側へ足を踏み入れた。

州府だけに、街道上の番所では番人が手形を確認している。伊織は身分を隠すため、偽名の「筧伊織《かけい》」でも手形を持っており、道中はそれでやり過ごしてきた。

一方、夏野が所持しているのは安良から賜った鉄製の特別手形である。ただの少年剣士だと思っていた夏野がひとかたならぬ身分だと判って、番人の腰が急に低くなった。

「黒川様……もしや野々宮様をお訪ねに？」

「うむ」と、頷いたのは伊織だ。「野々宮様も黒川様がおいでになることはご存じだ。お忍びゆえ身分も御用も明かせぬ。手形より推《お》して量れ。他言も無用である」

密《ひそ》やかに、だが貫禄と共に伊織が言うと、「はっ」と番人は平伏した。

「黒川様。野々宮様がお待ちです。急ぎましょう」

恭《うやうや》しく伊織に促されて、夏野も精一杯厳《いか》めしい顔をして頷いた。

晃瑠の北門や州境の関所、各町村の番所を同じような口上で抜けて来たが、要人扱いされることにどうにも慣れぬ。

番所から充分離れると、馨が含み笑いを漏らした。

「やっと神里まで来たか。それにしても黒川も出世しおったのう。三年前に初めて小鷺《こさぎ》で会った時は、世間知らずの小生意気《こなまいき》な小僧だったというのにのう」

馨と初めて出会ったのは小鷺町——東都西門の堀前宿場町——の居酒屋だった。

「世間知らずで生意気だったのは認めますが、小僧とはあんまりです」

形ばかりむくれてみせたものの、あれから三年も経ったのかと思うと感慨深い。

身体つきはさほど変わっておらぬが、女なれば致し方なかろう。だが侃士号を賜っただけで一人前になった気でいた三年前の己を思うと、顔から火が出るほど恥ずかしい。

真木殿にもえらそうな口を利いて、私はまこと、世間知らずだった……

「西門から入ってすぐ、ぽかーんと阿呆《あほう》面をさらしておったな」

「そ、それは初めて晃瑠を見たからで——」

「なのに今は黒川様か」

「先ほどのは便宜上《べんぎじょう》のことではありませんか」

「男の恰好をしておるのも便宜上のこと、と言っておったな」

「真木殿も、女子の恰好をしてみれば判ります」

むすっとして夏野が応えると、伊織が小さく噴き出した。

「……いろんなことがあったな」

つぶやいた馨の声には、想《おも》い出を懐《なつ》かしむと同時に、未来に対する憂《うれ》いが含まれている
ように感ぜられた。

返答に迷った夏野を気遣ったのか、馨が伊織を見て問うた。

「野々宮様の屋敷は遠いのか？」

「ここから二里ほどだ」

「まだ二里もあるのか」

「亡骸が置かれている番屋までは一里もない。ゆえに先に番屋に寄ろうと思う」

「それを先に言え」

「無茶を言うな」と、伊織は苦笑した。「俺は唇《くちびる》は読めても心は読めん」

「心まで読まれてたまるか。……俺が今何を考えているか、本当に判らぬのか？」

「――飯はいつ食うのだ？　稲盛の亡骸を確かめる前か？　後か？」

「む……読めぬと言ったくせに、この嘘つきめ」

「飯のことはお前が決めればいい。先に食いたいか？　後がよいか？」

二人のやり取りは頼もしいが、稲盛の死を確かめるまでは油断できぬと、夏野は気が気
ではない。

「黒川、お前はどうだ？　先がよいか、後がよいか？」

「真木殿がお決めになってくださいい」

「本当に俺が決めてよいのだな？」

「……後の方がよろしいかと思います」

小声で言うと、馨はからかうことなく頷いた。

「ならば後にしようではないか」

神里はどことなく故郷の葉双《はふたつ》に似ていた。

町の大きさは葉双の三倍はあるだろう。だが賑《にぎ》わっているのは街道沿いのほんの一画に過ぎず、御屋敷や武家が連なる向こうには田畑が見えている。ただ葉双ほど平地ではなく、町を囲む山々の山腹には段々畑がいくつも並んでいた。

目指す番屋は町の中心部、州司の御屋敷の隣りにあった。

夏野たちが到着すると、遣いが走ってすぐに野々宮を連れて来た。昼過ぎには着くに違いないと踏んで、州司の小野寺雅俊《おのでらまさとし》と茶を飲んでいたという。

馨にはやや劣るが、野々宮も六尺はあろう堂々たる体軀《たいく》の持ち主だった。髪は短く刈《か》り込まれていて、鍛《きた》えられた腕にはいくつかの傷跡がある。剣士ではなさそうだが、武道家なのは間違いない。

「野々宮善治《よしはる》だ。黒川、晃瑠からの長旅ご苦労であった」

「黒川夏野と申します」

短い挨拶を交わすと、野々宮は早々に夏野たちを庭の物置と思しき小屋へいざなった。

人払いをすると、伊織を見やって野々宮はにやりとした。

「達者《たっしゃ》で何よりだ、樋口」

「野々宮様こそ、ご壮健で安心いたしました」

「すぐに来てくれて助かった。亡骸の他にも、お前にちと見せたいものがあるのだ」

「私も同じです」

「――さあ、検《あらた》めてくれ」

冷夏とはいえ、凍《こお》るほどの寒さではない。亡骸が見つかって八日も経つというのに腐臭はなかった。怪訝《けげん》に思ったのも束の間、棺《ひつぎ》に入った亡骸を見てその理由が判った。

亡骸は既に干《ひ》からびていた。

またそれは紛《まぎ》れもなく、老術師・稲盛文四郎のものであった。

†

亡骸を検めたのち、州司は引き止めたが、野々宮が丁重《ていちょう》に固辞して夏野たちは野々宮の家へと向かった。

町の北東にある野々宮の家は、屋敷と呼ぶにはほど遠く、家屋は九尺二間の馨の小屋と変わらぬ大きさである。ただし庭には蔵と小さな道場があった。

「後にしたのは賢明だったな、黒川。心置きなく腹を満たせる」

「はあ……」

酒が入った茶碗と共に、馨が手にしているのは鹿の干し肉だ。

二つあるかまどの一つで味噌汁《みそしる》を温め、もう一つで米を炊《た》いているところであった。

空腹だったが、稲盛の亡骸を思い出すと干し肉に手を出す気にはなれず、夏野は米が炊き上がるのを待つことにした。

「それにしても、あの爺《じじい》がなぁ……」

稲盛を爺呼ばわりして馨がつぶやいた。

稲盛の亡骸は、神里に住む猟師《りょうし》が棺ごと山中で見つけたという。妖魔の多くは夜行性であるため、猟師たちは日中は獲物《えもの》を追って少しばかり結界の外に出ることがある。棺が見つかったのは山中の結界のすぐ外で、暮れ六ツに近い時刻だった。発見者とは違う猟師が同じ場所を明け六ツ前に通っており、棺が朝にはなかったことを証言していた。

干からびた亡骸は術によるものだと、伊織と野々宮は疑っていない。

亡骸を「土に戻した」伊織の術を、夏野は見たことがある。稲盛に捕まり、囮《おとり》とされたのちに力尽きて、理一位・土屋《つちや》昭光《あきみつ》は間瀬《ませ》州の山名《やまな》村《むら》で死した。その土屋の亡骸が稲盛の手に渡らぬよう、伊織は術ですぐさま骨に変えたのだ。土中に横たえられた亡骸からはみるみる水気が失われ、乾いた肉塊《にくかい》がやがて塵《ちり》となって大地に交じっていった。

似たような術が稲盛にも使われたようである。

施したのはおそらく鹿島《かしま》だろうが……

どことなく腑《ふ》に落ちない気がして、夏野は考え込んだ。

「鹿島も莫迦な男よ。あれほどのことができるのなら、まっとうな道をゆけばよかったものを、西原にいいように使われた挙句《あげく》、汚名を着せられ、家も取り潰しとは」

妖魔襲撃と理一位毒殺の首謀者は鹿島正佑《しょうすけ》だったと、西原利勝は安良に申し立てていた。公《おおやけ》な申し言ではなかったというのに、西原が別の理由をつけて鹿島家を取り潰したことで噂《うわさ》が噂を呼び、理二位を剝奪《はくだつ》された鹿島は、いまや反逆者として国中に知られていた。

「しかし、何ゆえ鹿島は、稲盛の亡骸を神里まで運んで来たのでしょうか？」

「そのことよ」

夏野の問いにもっともらしく頷いて、馨はまた干し肉を口にした。

「稲盛は安良様に成り代わり、国を牛耳《ぎゅうじ》ることに執着していた。神里はその名の通り、神の里。安良様がお生まれになったという土地だ。鹿島は稲盛を慕《した》っておったそうじゃないか。師と仰いだ稲盛の亡骸をせめて安良様縁《ゆかり》の地に埋めてやりたいという、弟子の情けではなかろうか？」

「お前は心優しい男だな、真木」

同じく干し肉を齧《かじ》りながら野々宮が言った。馨はむっとしかけたが、野々宮の声にも顔にも嫌みは微塵《みじん》も見られない。

「では、野々宮様はどうお考えなのですか？」

「判らぬ」

きっぱり応えた野々宮は、至って真面目《まじめ》な顔をしている。

「鹿島が何か企《たくら》んでいると思うたが、あのように亡骸を置き去りにした確たる理由は思いつかぬのだ。亡骸や棺は俺も検めたが、怪しいものは見つからなかった。俺は斎佳で一度鹿島に会ったことがある。おっとりしていて世間擦《ず》れしておらぬように見えたゆえ、案外真木が言ったように、亡骸をここまで運んで来たのは稲盛への温情からかもしれぬ。置き去りにしたのは、猟師に見つかりそうになったからやもな。だが一方で、あれほどの術が使える者ならば、俺の見立ては誤《あやま》りで、実は鹿島は稲盛よりも油断のならぬ術師だったのか……樋口、お前はどう思う？」

「私は鹿島をよく知りませぬが、人柄や生《お》い立ちは清修寮の者に聞きました。あれだけ紫《し》葵玉《きだま》の間近にいた鹿島が己の力で生き延びたのなら、寮はやつを見くびっていたことになります。しかしながら、私には寮も野々宮様の見立ても間違っていたとは思えません」

伊織は迫りくる水流を防壁の上から見ている。

同じく紫葵玉の間近にいた夏野が助かったのは、ひとえに蒼太の力によるものだ。のちに「護り」を失った夏野は水流に巻かれてあわや命を落とすところであった。

「亡骸が見つからなかった者は他にもおりますゆえ、鹿島は死して行方が判らぬままなのではないでしょうか。よしんば生き延びていたとしても、此度術を施したのはやつではない誰か……」

「他の理術師ということか？」

苦々しい顔で馨が伊織に問うた。

「鹿島家取り潰しを受けて、四都の清修寮、清修塾にいる者を始め、各地に勤める理術師は所在を全て検めてある。とはいえ、それだけで稲盛の意を継ぐ者はおらぬと思うのは早計だ。だが稲盛のような、理術師ではない術師はこちらには調べようがない」

「一難去って、また一難か」

つぶやいて馨は茶碗に残っていた酒を飲み干した。

「あの亡骸は、明日にでも茶毘《だび》に付しましょう」と、伊織。

「うむ。稲盛だと判ったからにはもはや無用だ。俺とお前でなるたけ散らしてしまおう」

伊織が頷くと、野々宮は夏野に向き直った。

「お前が見せたいというのは黒川のことか？」

「はい」

再び頷くと、伊織はその理由を語った。

百も数えぬうちに、野々宮が目を見張った。次に眉根《まゆね》を寄せて夏野を睨みつけ、再び目を見開いたかと思うと、低く唸《うな》った。

「山幽の目……そのようなことが……」

腕を組んだ野々宮に真っ向から凝視《ぎょうし》されて、夏野はなんとも落ち着かぬ。

慣れた口調で伊織がこれまでの顚末《てんまつ》を話す間、馨は舌鼓を打ちながら酒と干し肉を交互に口に運び、夏野は恐縮しながら水をすすった。

やがて米が炊きあがったが、食べながらも伊織と野々宮の話は滔々《とうとう》と続く。問われれば応えるものの、夏野は主に箸を動かしながら二人の話に聞き入った。

空腹は野々宮も同じだったらしく、釜《かま》の飯がみるみる減っていく。大人四人とはいえ、五合は炊いた米があっという間になくなった。味噌汁は茄子《なす》と茗荷《みょうが》と枝豆の他、きゅうりまで入った具だくさんなもので、これも鍋《なべ》一杯にあったのが飯と前後して空になっていた。飯も汁もそれぞれ二杯ずつ食べた夏野は人心地つき、伊織も同様と見えた。馨と野々宮はまだ足りぬようだったが、一通り話を終えたのちに野々宮が立ち上がった。

「俺が見せたいものは向こうにある」

そう言って野々宮が案内したのは、二町ほどの畑を挟んだ隣家だった。

馨が言った通り、神里は初代安良が生まれ育った土地である。また、この土地にいた豪族が、のちの神月家となった。当時はただの盆地だったのだが、国史と共に「神の里」として人が増え、やがて町になった。加えて神里は、刀匠・八辻九生が鍛冶場を構えた町でもあった。野々宮曰く、この隣家は八辻の鍛冶場の跡地に建てられたものだという。

八辻が没しておよそ二百年が経っている。通称「八辻宅」と呼ばれるこの家屋はありふれた茅葺《かやぶ》き屋根の入母屋《いりもや》造りだが、小屋に過ぎぬ野々宮の家の八倍ほど大きい。幾度か建て直されているとはいえ、最後に建てられたのは随分《ずいぶん》前らしい。柱も板戸も年季が入っている上に、壁の漆喰《しっくい》はところどころはげかけている。しかしこの家とその周囲が、野々宮の敷地と変わらぬ強い術で護られていることが夏野には感ぜられた。

「客だ、駿太」

野々宮が声をかけると、内側から引き戸が開いた。

「野々宮様」

出迎えた者を見て夏野は思わず目を見張った。馨はもちろん、伊織も少なからず驚いたようである。

名前からして男、声からして少年かと思った「駿太」は、夏野より五つほど年上の女であった。

「家守の駿太郎《しゅんたろう》だ。駿太、こちらは晃瑠から来た樋口伊織、黒川夏野、そして真木馨だ」

「駿太郎と申します」

五尺三寸の夏野よりやや小柄で、着物も男物かと思うほど地味だ。だが、胸と腰つきは紛《まご》うかたなき女のものである。紐《ひも》で一つにくくられている髪も腰までと長い。

「樋口伊織と申します。黒川は私の直弟子、真木は護衛役であります」

「私はただの端女《はしため》ゆえ、そのようなお言葉遣いは無用にございます、樋口様」

「……便宜上、女子の恰好をしておるという訳ではなさそうだな」

馨が身体を折って、夏野の耳元で囁《ささや》いた。

「真木殿」

これも声を潜めてたしなめた夏野を振り返って、野々宮が言った。

「袴《はかま》を穿《は》いておるが黒川は女子だ。だが腰の剣は飾《かざ》りではないぞ」

「そうお見受けいたしました」

駿太郎は短く応えたが、それが女子のことか剣士のことか、はたまた両方か、夏野は判じかねた。

野々宮が神里に家を構えて八年目だという。

理一位を賜ったのは伊織より一年早い、十六年前のことで、当時二十六歳だった野々宮は今四十二歳だ。三十路になるまでは維那で過ごし、それから国を巡る旅に出た。

「旅に出たのは安良様の勅命だったが、俺は黒桧《くろべ》の村の出だ。都の暮らしは窮屈《きゅうくつ》だったからちょうどよかった」

神里に家と蔵は建てたものの、家で過ごすことは年に百日もないらしい。

「この家には以前、音吉《おときち》という者が住んでいた。俺の留守中は音吉が家守をしてくれていたのだが、六年前に亡くなった。音吉は奈切山の麓《ふもと》にある沢部村《さわべむら》の出でな。亡くなった音吉の代わりに、村が駿太を送ってきた」

伊織は神里を訪ねたことがあったが、それも六年前で、音吉が亡くなる前のことだという。野々宮と最後に顔を合わせたのは一年前で、野々宮が晃瑠を訪ねた折だった。

「新しい家守のことは聞いておりましたが、まさか女性とは思わず……」

「駿太の父親は猟師で男児を望んでいたそうだ。弟が生まれれば名を改めるつもりだったが叶わなかった。……駿太、お前はもうゆけ。飯は済ませたがまだ足りん。後で握り飯を持って来てくれ」

「はい」

一つ頷いて、駿太郎はしなやかな足取りで家を出て行った。

「神里にいる間はここに泊まってくれ」

野々宮の言葉に夏野は安堵した。宿は野々宮に任せてあると伊織から告げられていたが、町中から一里は離れたこの辺りに宿屋があるようには見えなかったからだ。夕闇を町中まで戻るのは億劫《おっくう》だし、かといってあの狭い小屋にこの三人と一緒では、どうも気まずいと思っていたところだった。

「先に俺の家に案内したのは、黒川や真木を確かめたかったからだ。樋口は既に知っているが、希書といえるものは俺の蔵ではなくこの家の地下蔵に隠してある。ゆえに黒川と真木の人柄次第《しだい》では、町の宿屋に引き返してもらおうと思っていた」

夏野と馨は無事に野々宮の御眼鏡に適《かな》ったらしい。

野々宮はまず台所から酒を、それから奥の部屋へ行くと一冊の書を持って来た。

「これだ。俺がお前に見せたかったのは。先だっての地震で沢部村の村長の蔵に罅《ひび》が入ってな。直すために中の荷物を運び出した時に見つかったそうだ」

野々宮が伊織の前に差し出したのは日誌だった。

「随分古いものですね」

「そうだ。日付を見てみるがいい」

「八九四年……二十一代安良様がお亡くなりになった三年後ですな」

今年は国暦一〇八五年である。百九十年余りも前の書物としては、日誌の状態は悪くなかった。

「うむ。ここの記述を読んでくれ」

栞《しおり》が挟まれた箇所に伊織が目を通す。

「……八辻が白玖山《はくさん》に？」

「白玖山に行った者がいたことだけでも驚きだが、それが八辻とは面白いだろう？」

日誌から顔を上げた伊織が、内容を夏野たちにも嚙み砕《くだ》いて教えた。

八九四年、刀匠・八辻九生が沢部村を訪れた。

《砂鉄を採《と》りに白玖山へ行くという。伴は一人だけ。あまりにも無謀であるため、奈切山でも砂鉄は採れると勧《すす》めておいた》

《二人が戻って来た。伴の者は砂鉄を背負っていた。奈切山で採れたものだと八辻は言ったし、そうに違いないが、二人が村を訪ねてから一月《ひとつき》も経っている》

というようなことが、月をまたいで書かれていた。

八辻が沢部村に寄ったのは、旅支度《たびじたく》を整えるためだったようである。村長が引き止めたのは、奈切山の北側に人里はなく、まったくの未開の地であるからだ。

国の最北にある室生《むろう》州は国土の四分の一を占めるほど広いが、南の四州との州境にいくつか村があるだけで、安良国四都二十三州の中で一番貧しい州だ。沢部村と神里の間にある州府の美山《みやま》でさえ、その小ささから「村」扱いのままである。

白玖山は頂上に万年雪をかぶった山で、四都の中心にある久尞山に劣らぬ高さなのは知られているものの、奈切山から更に五十里ほど北にあるために、道のりや麓の様子は定かではない。過去には公用で理術師を含めた一行を送ったことも幾度かあったが、いずれも途中で引き返すか行方知れずとなっていた。

記述があった八九四年、八辻は既に刀匠として名を馳《は》せていた。ゆえに八辻が伴を連れて沢部村を訪ねた際、村長は迷わず己の屋敷に二人を泊めた。

八辻は旅の目的を明かさなかったが、「偶然耳にして」村長は二人が白玖山を目指していることを知る。砂鉄は近くの奈切山でも採れるため、村から通ってはどうかと勧めたが、旅支度が整うと二人は出て行ったらしい。

「砂鉄や鉱石は隣りの日高《ひだか》州にある日見山《ひみやま》の方が知られているが、奈切山でもこれらは採れる。沢部村にはそれらを売って身を立てている者もいる。しかし、山中の採掘は危険が多く、結界の外にある奈切山へは日中のみの日帰りだ。二人の身を案じていた村長は、一月ほどして再び現れた二人を喜んで迎えたが、疑問は残った……」

一月もどこに身を寄せていたのか。

二人はまさか、本当に白玖山まで行ったのだろうか――

神里からなら奈切山の方が日見山より断然近いが、そもそも刀工自身が砂鉄の採掘に出向くことはまずない。

「樋口様は、二人が白玖山から砂鉄を持ち帰ったとお考えなのですか？」

夏野が問うと、伊織はにやりとして日誌を差し出した。

「うむ。この八辻が伴として連れていた男、槙村ではなかろうか?」

「えっ?」

伊織が指し示したところへ、夏野は目を走らせた。

《伴は総髪の二十歳過ぎの若者で——》

無論、これだけでは孝弘だとはいえぬ。だが、孝弘の——山幽の助けがあれば、八辻が白玖山へ行くことも可能だったと思われた。

「記録によると、八辻九生が没したのは八九四年——日誌の記述と同年だ。とすると、この時持ち帰った砂鉄で、八辻はあの恭一郎の刀を打ったのだろう……」

伊織が孝弘のことを野々宮に語る間に、駿太郎が握り飯と共に戻って来た。

握り飯を置いてすぐ駿太郎は辞去したが、折敷《おしき》を受け取った際、駿太郎の特徴ある手のひらに気付いた夏野は野々宮に訊ねてみた。

「駿太郎殿は弓を嗜《たしな》まれるのですか?」

「よく気付いたな。駿太は弓の名手だ。あの身体で一町はゆうに飛ばす」

「一町も」

「半町なら的を外すことはまずない」

女武芸者は少ない。己は剣、駿太郎は弓だが、常から男だけの道場で切磋琢磨《せっさたくま》している夏野は駿太郎に少なからず興を覚えた。

家は土間と囲炉裏のある座敷が広く、寝所と納戸が一つずつしかない。地下蔵への入り口は納戸の中にあり、納戸はそれだけで野々宮の小屋ほど広かった。夏野は遠慮《えんりょ》したのだが、野々宮に言われて、駿太郎の寝所を使うことになった。

日誌を読み終えた伊織は、旅の疲れもどこへやら、夜半まで他の書を読み漁《あさ》る気で、納戸の入り口に行灯《あんどん》を灯《とも》して座り込んだ。野々宮が国中を歩いて集めた地下蔵の希書の中には、伊織が目にしたことのない書がこの六年でいくつも増えていた。

酒と握り飯で腹が満たされた馨が先に床を取り、野々宮、夏野と続いた。

夏野たちの滞在中、駿太郎は野々宮の家で過ごすそうである。

布団は貸し物屋が運んで来たという真新しい物だが、駿太郎が寝起きしているという寝所のそこここに野々宮の気配を感じた。

端女だと駿太郎殿は言ったが……

野々宮との男女の仲を勘ぐって、夏野は一人でどぎまぎした。

二人は歳《とし》も身分も大きく違う。

だがそれは己と恭一郎にしても同じことで、秘めた恋を思い出して夏野の胸は疼《うず》いた。

闇老・高梁真隆の窮地を救うために維那に向かった恭一郎——と蒼太——である。

今頃どうしているだろうかと、想いを馳せるうちに夏野はいつしか眠りに落ちた。

†

旅の疲れもあって、夏野は明け六ツまでぐっすり眠った。

翌朝、茶毘に付された稲盛の亡骸が、伊織と野々宮の手によって町の外で散骨された。

稲盛の始末を颯で晃瑠に知らせた伊織は、この機にしばし神里に滞在するつもりだ。町中から戻って来ると理一位たちは家にこもり、互いの見聞をここぞとばかりに語り合った。

護衛役を免《めん》じられて暇《ひま》になった夏野と馨は、野々宮の道場を借りることにした。

だが、剣士ではない野々宮の道場には竹刀が見当たらぬ。

「迂闊《うかつ》だったな……真剣でやるか？」

「ご冗談が過ぎます。私が町へ戻って買って参ります」

にやりとした馨に呆《あき》れたところへ、竹刀の束と稽古着を抱えた駿太郎が戻って来た。

「こちらをお使いください」

「これはまた気が利くではないか」

「朝のうちに野々宮様から言いつかっておりました。戻りが遅くなりまして、申し訳ありません」

荷物を渡して下がろうとした駿太郎を、馨が引き止めた。

「お駿、おぬしも一緒にどうだ？」

「素人《しろうと》の私では、とてもお二人の相手は務まりませぬ」

「ただの稽古だ。素人相手に無茶はせん」

「稽古の妨《さまた》げにございます」

「おぬしは弓の名手だそうだな。一つその腕を見せてくれんか？」

「私の弓なぞお目汚しでございます」

すげなく応えて一礼すると、駿太郎は踵《きびす》を返した。

「面白い女子だな」

「ええ」

客人に対して無礼ととれなくもないが、馨は夏野と同じく、駿太郎の毅然《きぜん》とした振る舞いが気に入ったようである。

午後の一刻を稽古に費やした。

晃瑠の柿崎道場でも師範の馨と打ち合う機会はそうない。剛腕の馨は充分手心を加えてくれたが、稽古をやめるまでに五本あった竹刀の内二本が折れた。

汗だくでへとへとの夏野がふと振り向くと、戸口から駿太郎が顔を覗かせていた。いつからいたのか判らぬほど駿太郎の気配は淡い。だが、湯浴《ゆあ》みの用意があると告げた顔には、先ほどにはなかった好奇心のようなものが浮かんでいて夏野は嬉しくなった。

夏野は駿太郎が用意した湯を使ったが、馨は町中の湯屋に行くついでに酒を買って来ると、稽古着のまま出て行った。

湯浴みを終えて着替えると、夕餉までのひとときを夏野は周囲を散策して過ごした。

故郷の葉双に似ているというだけではない。野々宮の家の周りは殊に、どこか郷愁《きょうしゅう》を感じさせた。ゆっくり歩きながら自然の息吹に身体を任せると、心地良い気が己の内外を行き交い疲れを癒《いや》した。

その夜から三夜続けて、夏野は同じ夢を見た。

真っ赤な炎。

少しずつ打ち伸ばされていく刀身。

刀工の微かな息遣いが、槌音《つちおと》と爆《は》ぜる火の合間に聞こえる……

熱気が感ぜられるほど生々しい夢である。一度ならともかく三夜も続けてとなると、ただの夢とは思えぬと、夏野は伊織に打ち明けた。

「過去見だろう。八辻の鍛冶場があった土地とはいえ、黒川には驚かされてばかりだ」

「しかし過去見は予知と同じく、蒼太の目のおかげかと思います」

「うむ。それでもその力を受け入れ、使えるようにしたのは黒川の才と努力だ」

「八辻と槙村が一緒に砂鉄を採りに行ったのなら、あの鷺沢殿の刀は、八辻が槙村のために打ったのでしょうか？　私が聞いた八辻の声……八辻が『あなた』と呼んだのは槙村のことだったのでは――？」

「そうだな……」

伊織の横で野々宮も考え込んでいる。

野々宮は安良の勅命で旅に出ていたのだが、その使命は術か剣に秀でた者を探すことだったという。野々宮は国中の人里を旅して回り、術か剣の才を持つ者を見つけては、その者が埋もれぬよう便宜を図《はか》ってきた。

「槙村という山幽も同じ勅命を受けているのであろうな」

「おそらく」と、伊織が頷く。

「八辻の剣を使いこなす、並ならぬ力を持つ者、か」

「安良様が今少し、我らに心を開いてくだされば……」

初春の謁見以来、伊織も佐内も安良と思うように話せていない。伊織が御城に呼ばれる時は公用で他の要人が同席していて、佐内が安良に術を指南する折は城内で護衛役が近くに控えている。安良に唯一単独接見できる人見にさえ、「暗殺は過去のことだ」と詳しく語らぬそうである。

安良様は「神」で、我らは「人」だが――

それこそ人知を超えた思惑があるのやもしれぬが、こう秘密裏にされると、自分たちはかくも力不足で信頼に足りぬのかと心寂《さび》しくなる。

――夏野の不安を煽《あお》るように、四日目の明け方、地震が起きた。

どん！　と、真下から突き上げるような地響きに夏野は飛び起きた。

慌てて部屋を出ると、座敷で眠っていた伊織が身体を起こして問うた。

「どうした、黒川？」

「今、地震が――」

「地震？」

怪訝な声で問い返されて、夏野は戸惑った。

「……申し訳ありませぬ。その、寝ぼけていたようで……」

消え入るような声で伊織に謝り、部屋へ引き返すも、すっかり目が覚めてしまった。

着替えて、夏野は縁側から表へ出た。

明け六ツの鐘が鳴る前だが、夜明けは近い。それに蒼太の目を宿す夏野は、常人よりも夜目が利く。辺りを散策しようと夏野は歩き出したが、一町もゆかぬうちに視線に気付いて足を止めた。

闇の中で夏野を——というより、気配を見極めようと目を凝《こ》らしている者がいる。

駿太郎であった。

向こうにはまだ夏野の姿は見えていないようだが、夏野には駿太郎の気が伝わった。

瓜畑《うりばたけ》を横切って駿太郎のいる野々宮の家の方へ近付くと、駿太郎も気付いたようで、夏野の方へ歩み寄って来た。

手には弓を持っている。

駿太郎の背丈よりも一尺ほど短い猟弓《さつゆみ》だ。

「黒川様でしたか」

「お駿」

男名で呼び捨てるのは気が引けて、馨に倣って「お駿」と呼んでいた。

「無礼をいたしました」

「私の方こそ、起こしたようですまない」

「寝付けぬようなら、朝餉をご用意いたしますが……」

空腹で目覚めたと思われているようである。

「あ、その、空腹なのではなく、地震が」

「地震？」

「いやあの、寝ぼけていたようで……」

慌てて夏野が言い繕《つくろ》った時、今度は微かだが確かに大地が揺れた。

駿太郎が驚きに目を見張った。

「……また奈切山でしょうか？」

「私には判じかねる」と、率直に夏野は応えた。

予知……だったのだろうか？

的中にはほど遠いが、夢で見たような大地震であれば、今頃町中が大騒ぎになっていた筈だ。当たらずによかったと胸を撫で下ろした。

ふと、一筋の強い気を感じて夏野は振り向いた。

夏野の様子に駿太郎も身を固くする。

「黒川様？」

「おぬしも感じるか？」

「いいえ、私は何も――」

「ここで待っていてくれ」

気を追って、夏野は畑を引き返した。

「お伴します」と、弓を携《たずさ》えたまま駿太郎もついて来る。

そろそろと密やかに気の後をつけて行くと、畑の端の、瓜が植わっている中に三尺ほどの穴が開いていた。

夏野が近付くと、気は穴に吸い込まれるように消えて行った。

「危のうございます」

「平気だ。しかし灯《あか》りが欲しい」

恐怖は感じなかった。

ただ、強く惹《ひ》かれるものがある。

駿太郎が走って家から龕灯《がんどう》を持って来た。

灯りのもとで見ると、穴は深さも三尺ほどで、真ん中に地中に半分埋まった物が見える。

「私が」

夏野が止める間もなく、駿太郎がひらりと穴の中へ飛び下りて、難なく埋まっていた物を掘り出した。

長四角の塊《かたまり》は文箱《ふばこ》ほどの大きさだ。穴の中から手渡されたそれを脇《わき》に置き、夏野は駿太郎へ手を差し伸べた。

一瞬驚いた顔をしたものの、駿太郎はすぐさま夏野の手を取って、これも軽々と穴の中から身を引き出した。

外側の土を払うと鉄製の箱が現れた。表は錆《さ》びついているものの、夏野が手をかけると思ったより容易く蓋が外れる。

箱の中に錆はなかった。

収められていたのは紗に包まれた懐剣だ。

漆塗りの、模様の無い真っ黒な柄《つか》には見覚えがあった。

柄に手をかけ、そっと引き抜いた時、夏野はそれをどこで見たのか思い出した。

これは黒耀が手にしていた――

まだ少年だった安良が、黒耀に胸を刺された時に使われた懐剣だ。

「黒川様」

駿太郎が灯りを向けた先を見ると、箱の底に折りたたまれた文があった。

おそるおそる開くと、流麗な手で短く記されていた。

《この刀では力不足であった。次の一振りに望みを託す》

力不足とはどういうことだ？

黒耀はこの剣を使って安良様を殺した。槙村もその場にいたのを私は見ている……

あの時、槙村は黒耀と共に安良様暗殺を試みたのだと思っていた。だが、この懐剣を八辻に打たせたのが槙村――ひいては安良様――だとしたら、槙村は既に安良様についた後で、安良様は黒耀を討とうとして返り討ちにされたのか――？

次の一振りとは、恭一郎の刀に間違いない。

文を書いたのは槙村だろうか？

とすると、安良様は黒耀を討つために、八辻にあの刀を打たせた……?

黙り込んだ夏野を、駿太郎はじっと見守っている。

「……なんだ。瓜泥棒かと思ったら黒川か」

いつの間にやら近くに来ていた馨がつぶやくと同時に、六ツの捨鐘が鳴り出した。

第三章
Chapter 3

あれが黒耀《こくよう》……

己の胸に触れて、恭一郎《きょういちろう》は橋の上で見た黒耀の姿を思い起こした。

死した若者の驚愕《きょうがく》と苦悶《くもん》に歪《ゆが》んだ顔を見て、恭一郎はすぐさま蒼太を探した。

恭一郎が橋の上に蒼太《そうた》を見つけた時、すぐ後ろで踵《きびす》を返した女がいた。

騒ぎを聞きつけた人々が橋の南の袂《たもと》に集まる中、女は反対に北へ橋を渡って去って行ったが、踵を返す前の一瞬に恭一郎はその顔をしかと見ていた。

袖頭巾《そでずきん》をかぶった少女であった。

顔つきからしてまだ十二、三歳といったところだろう。白い肌に黒々とした瞳《ひとみ》。少女らしい血色の好《よ》い唇には薄い笑みが浮かんでいた。

橋の上で立ち尽くす蒼太へ恭一郎は思わず足を踏み出したが、仙助《せんすけ》が己を追い抜いて行ったことで役目を思い出した。

そののち一刻《いっとき》ほど辺りにいたものの、天文方《てんもんかた》の多嶋徹茂《たじまてつしげ》は戻らず、蒼太を案じた仙助の進言でその日は引き上げることになった。

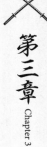

「ご子息の顔色が優れませぬ。日を改めて出直しましょう」

「すまぬな」

「いいえ。死者を目の当たりにしたのも一因でしょうが、維那《いな》に着いてからずっと慌ただしゅうございました。術の才はおありになっても、ご子息はまだお小さい。今宵《こよい》はゆっくりお休みなされますよう……」

仙助が先に御屋敷に走ったおかげで、人払いされた恭一郎たちの部屋を訪ねたのは閣老の高梁真隆《たかはしまさたか》だけだった。

二人を労《ねぎら》った高梁が去ったのち、恭一郎は蒼太に問うてみた。

「あの男は何者だ?」

「しらん」

「あの女子が椽子《しょうこ》とやらか?」

「ちかう。しらん」

うつむいて拳《こぶし》を握り締めた蒼太へ、それ以上問うことはしなかった。

蒼太は湯屋にも行かず、夕餉も食べずに布団にもぐり込んだ。

蒼太の様子から、恭一郎は事の次第を推察していた。

水主《みずし》大路《おおじ》で仙助と話している間に、すっと胸に触れたものがあった。それは柔らかくも冷たく、肌を突き抜けてくる感触に恭一郎は微《かす》かな吐き気を覚えた。

――あれは黒耀の脅しだったのだ。

あの男を殺さねば、俺《おれ》を殺すとでも言われたのだろう……見ず知らずの男と恭一郎の命。どちらかを選ばねばならなかったから、蒼太は恭一郎を選んだのだ。

あの男には悪いが、俺が蒼太でも同じ道を選んだ。

しかし、この俺が人質とは……

忌々《いまいま》しいやら情けないやらである。

蒼太はその昔、仲間の赤子の心臓を食《は》んだ。えぐり取ったのではなく、いつの間にか手中にあったと聞いている。恭一郎が蒼太に初めて出会った時も、角を取り戻した蒼太は、己を捕らえていた一味の男の心臓を妖力を使って握り潰《つぶ》したそうである。その後も妖魔《ようま》たちを相手に、似たような妖力を振るってきた。

他の山幽《さんゆう》はどうか判らぬが、黒耀も同様のことができるようだ。一昨年、辻越町《つじこしちょう》で死した百人の女子はおそらく、黒耀によって心臓を止められた。

妖魔の王といわれる黒耀だ。

人を百人殺したところで、眉唾《まゆつば》とは思わなかったが――

己の心臓に「触れた」黒耀の手を思い出すとひやりとする。

斬《き》り合いや災厄《さいやく》の中で覚悟する死とは違う。

あのように理不尽《りふじん》な死に迫られたことはかつてなかった。

……今日のあれは小手調べだ。

都の術に怖気付《おじけ》いていた蒼太はもういない。蒼太の妖力は、いまや都の中でも人を殺せるほどまで強くなったと黒耀は――蒼太自身も――知ってしまった。

黒耀はまだ安良《やすら》の命を諦《あきら》めていないらしい、と恭一郎は思った。

いずれ俺の命と引き換えに、蒼太に安良様暗殺を「選ばせる」のではないか……？

だがそうまでして黒耀が安良を殺《あや》めたがる理由は、やはり思いつかなかった。

話を聞く限り、黒耀は天下を望んでいるようには思えぬからだ。

ただの遊びという方がまだ頷《うなず》ける。

こっちは命懸《が》けの遊びだがな……

ついにやりとしてしまったのは、人心地ついて肚《はら》が据《す》わったからだろう。

刀掛けから愛刀の八辻九生《やつじきゅうせい》を取り上げると、恭一郎は座ったまま鞘《さや》を払った。

刀身に鈍く映る己の影の他、恭一郎には何も見えぬし、聞こえぬ。この上なく己の手に馴染《なじ》んだ刀には違いないが、恭一郎にとってはそれだけだった。

蒼太と黒川《くろかわ》。

安良様が二人にこの刀を持たせたのは、黒耀を討たせようとしているからか？

強くなったとはいえ蒼太の妖力は黒耀のそれにはまだ敵《かな》わぬようであり、剣術もからきしだ。だが夏野《なつの》なら、蒼太の「護《まも》り」を盾《たて》に黒耀を討つことができるやもしれなかった。

相手は並の妖魔ではなく、恭一郎の剣も並の刀ではない。もしもこの刀でしか黒耀を討てぬとあらば、それを成し遂げられる者は夏野の他ないように思われた。

布団の中で蒼太が身じろぎしたのが判った。

「怖いか？」

「……」

「いつまでも隠れてはいられぬぞ？」

刀を鞘に納めて、刀掛けに掛け直した。

「……わかて、う」

頭まですっぽり布団をかぶった蒼太が小声で応《こた》えた。

と同時に、微かに腹が鳴る音が聞こえて、恭一郎は微笑《ほほえ》んだ。

「皆もう夕餉《ゆうげ》は済ませた。お前の膳《ぜん》はとっくに断ったぞ」

「わかて、う」

「そうか。判っておるか」

くすりとして恭一郎は、行李《こうり》の上に置いてあった紙包みを蒼太の枕元へ放《ほう》った。

客を装って、仙助からつなぎを受けた時に買った飴《あめ》である。

布団からそろっと小さな手が出たかと思うと、包みをつかんで再び布団の中に消えた。

かさかさと包みを開く音を背中に行灯《あんどん》の灯《ひ》を落とすと、恭一郎も横になって目を閉じた。

†

見知らぬ男を殺めた翌日、蒼太は恭一郎と共に再び天文寮へ向かった。

仙助の代わりに貴也《たかや》が伴をする予定だったが、「気が散る」と言い張って断った。貴也はしょんぼりしていたが、もしもまた黒耀が現れたらと思うと、親しい者はできるだけ遠ざけておきたかった。

同じように脅されれば、己はまた恭一郎を救うために、他の誰《だれ》かの命を奪うだろう。

でも、いつまでも隠れてはいられない――

全《すべ》てが終わったら都を出よう、と、恭一郎は言う。

蒼太もその日を待ち望んでいるものの、どこまでが「すべて」なのか恭一郎にも判っていないようである。

「いなもり」が死ぬまでか、「さいばら」が諦めるまでか――

稲盛《いなもり》については一つ朗報があった。一葉《かずは》から恭一郎宛《あ》てに颯《はやて》が届き、那岐《なぎ》州府・神里《かみさと》で稲盛と思《おぼ》しき亡骸《なきがら》が見つかったというのである。夏野と伊織《いおり》、馨《かおる》の三人が、亡骸を確かめに早くも神里へ向かったと書付にはあった。

稲盛が死したのなら、後は西原利勝《さいばらとしかつ》だけだ。

――いや、黒耀様がいる……

黒耀と出会った水主橋に差しかかったが、黒耀の気配はどこにも感ぜられない。橋の上でちらりと振り返ると、昨日と同じように一町ほど離れてついて来る恭一郎がいる。

振り向かずとも恭一郎がいることは判っているのだが、蒼太は気が気ではなかった。

天文寮にたどり着く前に、蒼太は多嶋を見つけた。否、多嶋かどうかは判らぬが、御金蔵で浮かんだ顔を持つ男が六条堀川を越え、更に南へ歩いて行く。

天文寮の方から、今日は中間の恰好をした仙助がやって来て、蒼太へ頷いてみせた。

——蒼太が御金蔵で「見た」男は、やはり多嶋であった。

仙助を始めとする安由《あゆ》——神月方の隠密——たちは色めきたったが、金印が見つからねば多嶋を糾弾《きゅうだん》するのは難しい。

慌ただしく、八日が過ぎた。

幾度か御金蔵と船箪笥《ふなだんす》、偽造書にまで触れて、金印を思い浮かべる度に、それはいまだ都に「ある」と感じた。だが失《う》せ物探しが得意とはいえ、蒼太は千里眼ではない。八日の間になんだかんだと理由をつけて天文寮と多嶋宅を訪ねてみたが、金印を見つけることはできなかった。

公言してはおらぬが、いまや多嶋が疑われていることは本人も周りも承知している。

「錠前を変えましたから、御屋敷には戻せぬでしょう。勘定方を始め、他の者も疑われまいと警戒しております。しかし小さな印一つのこと……隠そうと思えばいくらでも、どこにでも隠せます。このままでは全てがうやむやになってしまいます」

「安良様はもとより西原の申し言を信じておらぬ。だが、大名たちを承服させるためには確たる証拠が必要だ。今、印だけが見つかっても、それが多嶋方であれば西原は濡れ衣《ぬぎぬ》だと騒ごうし、高梁様方なら己の申し言の正しさを説くに違いない」

日が経《た》つにつれ、御屋敷でもどことなく蒼太を責める目で見る者が出始めた。

己がどう見られようと構わぬが、己の「しくじり」で恭一郎が責めを負わされたらと思うといたたまれない。

「蒼太はしくじってなんかないさ。おれは蒼太を信じているよ。おれたち安由が、必ずあいつの尻尾《しっぽ》を捕まえてやるから……」

慰《なぐさ》めを口にする貴也に蕎麦《そば》を馳走《ちそう》してもらってから御屋敷へ戻ると、神里から颯が届いていた。

亡骸は稲村で間違いないとのことである。

一息ついたのも束《つか》の間《ま》、颯が着いたその夜、蒼太は夢を見た。

†

広い鍛冶場で刀工が一人、刀を打っている。

少しずつ打ち出されていく刀身と刀工の息遣い。

鎚音《つちおと》は鬼気迫るものではなく、強くも淡々としていた。

刀工の目を通して炉の赤い炎をじっと見つめていると、炎の中の黒い一点がぼんやりと大きくなっていく。

それは人影となり――やがて恭一郎の姿に変わった。

――息を呑《の》んで、蒼太は飛び起きた。

「蒼太」

暗闇《くらやみ》の中、恭一郎の声が聞こえた。

「案ずるな。大した揺れではない」

言われて初めて、床が揺れているのが判った。

恭一郎が言う通り地震は微かですぐに止まった。

「もう一眠りしろ」

恭一郎が微笑んだのが、夜目の利く蒼太には見えた。

人の恭一郎には己の顔は見えまいが――

見えなくてよかった、と、蒼太は思った。

再び布団をかぶったが、とても眠れたものではない。

夢の中で、恭一郎は血溜《ちだ》まりに座り込んでいた。

眠るがごとく穏やかな顔をしていたが、明らかな「死」がそこにあった。

少しずつ、恭一郎の身体が血溜まりに――その下の闇へと引き込まれていく。

恭一郎の傍らにあるのは愛刀の八辻九生だ。

常から死の気配を漂わせている刀だが、恭一郎と共に闇に溶け込みつつあるそれこそが、禍《わざわい》の元凶だと夢の中で蒼太は感じた。

――「きょう」を死なせるのは黒耀様じゃない。

あの刀が「きょう」を殺す――

†

朝餉《あさげ》を食べたのち、恭一郎が高梁に呼ばれて行った隙《すき》に、蒼太は刀を持ち出した。

普段着に刀を背負った蒼太を見て門番は怪訝《けげん》な顔をしたが、蒼太が重々しく一つ頷いてみせると、慌てて頭を下げて送り出した。

恭一郎と晃瑠《あける》で暮らし始めて三年が過ぎた。「れいぎ」やら「しきたり」やらには閉口するが、「かたがき」は使いようだと、伊織の「じかでし」になって蒼太は学んだ。

表へ出ると、火宮《ひみや》大路を北へ向かう。

北都・維那は南門付近が一番栄えている。蒼太たちは東門から入都したが、それは東北道を使ったからで、多くの者は道幅が広く、より護《まも》りの堅い東西道と南北道を好む。よって南門は、他の三都から出入りする者で常にごったがえしていた。

反対に北門を使う者はあまりおらず、大路でも北寄りは人がまばらだ。

目立ってはならぬと思いつつも、背中の八辻九生が気になって蒼太はつい早足になる。往来でも道場通いの子供は木刀を、武家の子供は脇差《わきざし》を腰にしていることが稀《まれ》にあるが、人通りが少ないだけに、真剣を背負い、鳶色《とびいろ》の髪に鍔《つば》でできた眼帯をしている蒼太は否が応でも人目を引いた。

夢のことを恭一郎に告げようか迷った。

この刀は恭一郎の愛刀だが、命を賭《と》すほどの執着心は恭一郎にはない。その証拠に一昨年、蒼太が殺した赤子の母親・サスナが晃瑠に復讐《ふくしゅう》に現れた時、恭一郎は蒼太の命を乞《こ》うために惜《お》しげもなく八辻の刀を差し出した。

恭一郎は蒼太の予知も疑わぬ。ゆえに、話せば刀を手放してくれるだろうと思わないでもなかったが、此度《このたび》は一刻の猶予《ゆうよ》もないように感じた。今日にでも事が起きるのではないかという焦りが蒼太をとらえて放さない。

またやはり、恭一郎にその死を見たことを告げるのは、どうにも気が進まなかった。予知が全て当たるとは限らぬ。だが十中八九の危険を冒《おか》すには、その代償——恭一郎の命——は大き過ぎる。

北門へ向かううちに、背中の刀の嫌な気配が一層増したように感じた。

一振り千両は下らぬという八辻の剣だ。刀剣商や質屋に行けば、刀を買ってもらえることは蒼太も知っている。だがそれでは刀が誰か他の者の手に渡るか、恭一郎のもとへ戻るかして、まさに夢で見たように恭一郎は死してしまうやもしれぬ。ゆえに蒼太はこの剣を、どこか遠くの山中にでも埋めて来ようと考えていた。

暮れ六ツまでには戻ると、恭一郎には置文を残して来た。

日に百里を駆けるという山幽の足なら、夕刻までに海辺に行って帰ることもできる。海中に捨てるのも一案だと思いつつ、蒼太は北門の面番所へ続く列に並んだ。

一人で門を抜けるのは初めてだが、鉄製の特別手形には己の特徴が詳しく書かれている。万が一何か問われたら、恭一郎を真似《まね》て「おかみのごよう」と応えればいい。

門役人に呼ばれるまであと五人ほどとなった時、見知った気が反対側からやって来るのが感ぜられた。

はっと顔を上げた蒼太の十間ほど先に、入都してきたばかりの総髪の男がいる。

ムベレト——

人名は槙村孝弘《まきむらたかひろ》。見た目は二十歳《はたち》半ばの若者に過ぎぬが、紛れもない妖魔——山幽だ。

「蒼太。入れ違いになるところであったな」

微笑みながら近付いて来た孝弘は、山幽の感応力で蒼太に問うた。

『どこへゆくのだ？』

『都の外へ。……刀を捨てに行く』

隠し通せることではないから、蒼太は正直に打ち明けた。

「とにかく、こっちへ来い」

言われて蒼太は、躊躇《ためら》いながらも列を離れた。

まだ五ツ半にもならぬ時刻だ。孝弘と話した後でも刀を捨てに行く時は充分にある。

顎をしゃくって孝弘が歩き出し、蒼太も後をついて行く。

『おれは外へ……』

北門から離れて一条大路を東へ折れた。門からどんどん離れて行く孝弘へ、不安を覚えて蒼太は言った。

『その刀はこの世を救う刀だ。捨てられては困る』

『でも、この刀のせいで「きょう」が死んでしまう』

歩きながら、蒼太は夜中に見た夢を孝弘に語った。

『鷺沢《さぎさわ》は剣士だ。それが鷺沢の運命《さだめ》なら致し方ない』

冷たい台詞《せりふ》だが、「さだめ」という言葉の意味は蒼太もなんとなく知っている。昨夜から恭一郎を失う恐れだけが蒼太を突き動かしてきたが、孝弘の言葉でやや落ち着いた。

『刀を捨てたからとて、鷺沢が助かる保証はどこにもない。剣に死すのが鷺沢の運命ならば、その刀を捨てたところで別の刀が鷺沢に死をもたらすだろう』

『なら、運命を変えるには、おれはどうすればいい？』

『運命ならば変えられぬ』

微苦笑を浮かべて孝弘は言った。

『だが、運命は同時に、誰にも見通せぬものなのだ。お前は予知や過去見ができるらしいが、お前が見た夢が運命と決めつけるのは早計だ。起こるべきもの全てが運命なれば、お前のあがきもまた運命のうちだ。刀を捨てようとするお前と、捨てさせまいとする私がこうして出会ったのも――』

『誰にも判らないなら、運命なんかないのと一緒だ』

あがいても、あがかずとも、たどり着くまで判らぬのなら、それは無きに等しいのではないかと蒼太は思った。

今度ははっきりと孝弘は苦笑を漏らした。

『そうだな。私も時折、運命を疑いたくなることがある』

孝弘の言い分は納得しかねたが、運命の有無など蒼太にはどうでもよかった。

おれはただ、「きょう」を死なせたくないだけ……

そうならぬよう――また、悔いを残さぬためには――どこまでもあがくしかない。

そしてこの出会いが偶然であろうと、「運命」であろうと、刀が今、己の手中にあることは確かである。

孝弘は安良に通じていて、安良はこの刀に執着している。この刀がこの世を救うというならば、捨てられて困るのは安良なのだろう。

刀を背中から下ろして、孝弘に差し出した。

『捨てるのが駄目なら、ムベレトが持って行って』

『それはできぬ。前に言ったろう？　刀だけでは意味がないのだ』

『使いこなせる者がいてこその剣……』

『そうだ』

『この剣を一番うまく使えるのは「きょう」だ』

『うむ。ゆえに私はこの二十年ほど、鷺沢こそが私の探す者ではないかと思っていた』

孝弘が探しているのは「並ならぬ力を持つ者」だと、仄魅《しきみ》の伊紗《いさ》は言っていた。

安良一の剣士と謳《うた》われる恭一郎は「並ならぬ者」ではあるが、孝弘がいう「力」は剣術ではなさそうだ。

土筆《つくし》大路まで来ると孝弘は南へ足を向け、二条大路まで来ると鳥居の前で足を止める。

維那の北東に位置する高峰《たかみね》神社であった。

『ここならゆっくり話せる』

『ムベレトは「じんじゃ」が平気なの？』

町村と違って、都には防壁の中にも術が張り巡らされている。東都には八つ、他の三都には四つある神社がその術の要《かなめ》となっていた。どの神社も理術師の指示のもと、都師が力を入れて造営したもので、都の暮らしに慣れた伊紗も神社に足を踏み入れることはない。

『時折、安良様の血をいただいているゆえ』

伊紗は結界を越える時に、術師の血と隠れ蓑《みの》の木汁《きじる》を交ぜて固めた物を一舐《ひとな》めするらしい。そうすることで漆黒の結界が薄闇ほどに感ぜられるというのだが、そのような小道具を伊紗に与えたのは孝弘だった。

神社には安良の気を放つ「御神体」が祀《まつ》られている。術師の血が結界に効《き》くのなら、安良の血にも似たような、もしくはそれ以上の効力があるのだろう。

『私を通して見てみるか？』

問いながら孝弘が差し伸べた手を、一瞬迷って蒼太は取った。

途端に、陽《ひ》が翳《かげ》るがごとく、辺りが薄暗くなった。

濃霧の中にいるような息苦しさは、蒼太がまだ都に慣れぬうちに感じたものより強い。目の前の神社はそこだけ夕闇かと思うほど一際《ひときわ》暗い。しかし孝弘に手を引かれて一旦《いったん》鳥居をくぐると、本殿に近いほど空気が澄んでいるのが見て取れた。

つないでいた手を放すと、眩《まぶ》しいほどの明るさが戻った。

空の雲はまばらで、今日も一日晴れそうである。

『おれには「まもりぶくろ」があるから』

伊織がくれた守り袋のおかげで、孝弘ほど術の威力を感じないのだろうと蒼太は思ったが、孝弘は小さく首を振って否定した。

『……樋口《ひぐち》か。あれも侮《あなど》れぬ男だ。あの男が清修寮《せいしゅうりょう》に入った時、安良様は樋口が我らが求めてきた者ではないかと思われたそうだ。今でも我らはその見込みを捨ててはいない』

十代で理一位となった伊織もまた、並ならぬ者に違いない。

『樋口の守り袋は実によく出来ている。だがシェレム』

蒼太を山幽の名で呼んで、孝弘は続けた。

『お前が私ほど都の術を苦にせぬのは、お前自身に力があるからだ。斎佳《さいか》の防壁――都の結界をも崩せるほど――お前の力は強くなった』

『あれは黒耀様が……』

昨年、斎佳で起きたことを蒼太は孝弘に話した。

つい先日、水主橋で起きたことも。

『そうか。黒耀様もまた、お前に目を付けておるからな。……あの方はおそらく、お寂しいのだ……』

初めて、孝弘の目に迷いのようなものが浮かんだ。

『それはムベレトが黒耀様から離れたから？　ムベレトはずっと黒耀様と安良様を殺そうとしていたのに、今は安良様の味方になったから、黒耀様は一人になってしまったんじゃないの……？』

まだ早い時刻だからか、神社の境内には出仕の他、数人が参拝に来ているだけだった。

孝弘は蒼太を、拝殿から少し離れた開けた場所へといざなった。

『先に離れたのは——見限られたのは私の方だ。我々は長い時を共に過ごしたが、私は結句、黒耀様の信頼を得られなかった』

『ムベレトは、安良様と一緒に、今度は黒耀様を殺そうとしているの?』

孝弘には訊《き》きたいことがたくさんあった。

血なまぐさいことよりも、本当は森のことを訊きたかった。

故郷の森は紫葵玉《しきだま》のために稲盛に襲われた。生き延びた者たちがどうしているのか、孝弘なら知っているような気がした。だが、今訊《たず》ねるべきは黒耀、そして安良のことだ。

『その問いには応えられぬ。今少しお前の力を見極めてから……お前が「その者」——我らが探し求めてきた者だと判ったら、その時は全てを打ち明けよう』

『ムベレトは……ムベレトの願いは人を——「きょう」を殺さない?』

おそるおそる問うた蒼太の肩へ手をかけ、孝弘は膝《ひざ》を折った。

賢哲《けんてつ》さを湛《たた》えた孝弘の目は、蒼太に森の翁《おきな》を思い出させる。

蒼太を正面から見つめて孝弘は言った。

『判らぬ。私が望んでいるのは正しい世だ。そのために必要とあらば、私は鷺沢を殺すだろう。それがもしも黒耀様でも……お前でも』

正しい世……とはなんだろうか?

以前、馨が言っていたことを蒼太は思い出した。

――何が正しくて何が間違っとるかは、誰にも決められん――

でも「かみ」なら……「やすら」なら何が正しいのか知っているのだろうか？

ムベレトは、前は「やすら」を殺すのが正しいと思っていて、今は「やすら」に従うことが正しいと思っている……

ならば黒耀の思惑も聞いてみたいものだ、と蒼太は思った。黒耀に再び会いはしないかとここしばらくびくびくしていたが、それは恭一郎の命を案じてのことだ。角と左目を奪われた時、黒耀はそれこそ神のごとく恐ろしい存在だった。

だが今は違う。

己よりずっと年上で世知に長《た》けてはいるが、黒耀は己と同じ山幽だ。気まぐれでも己や夏野を助けてくれたこともあった。恭一郎を殺されれば話は別だが、己と同じように幼い姿のままの黒耀には憎み切れないものがある。

『……黒耀様はどうして大人になれなかったの？』

肩にかけた手から、孝弘の迷いが伝わった。

が、すぐに静かな声で応えた。

『世を正すためには大きな力が必要だ。その昔、私は黒耀様こそ世を正す力を持つ者になれると信じていた。黒耀様に仲間の血を与えたのは私だ』

予想はしていたものの、蒼太は動揺を隠せなかった。

『ムベレトは……黒耀様を騙したの？　安良様を殺すために、黒耀様が大きくならないように――力をなくさないように――』

その上で黒耀を見捨てたのだとしたら、あんまりだと蒼太は思った。

『……無理強いはしておらぬ。あの頃は黒耀様も私と志《こころざし》を同じくしていた。私は黒耀様に望みを託し、共にこの世を正してゆくつもりだったが、志半ばで黒耀様は私とは異なる望みを抱かれた。ゆえに私を見限って、一人で去ってしまわれたのだ』

無理強いはしておらぬといっても、仲間の血を与えられた時分、黒耀は十二、三歳だった筈《はず》だ。

蒼太は今、十八歳だ。しかしながら、生まれてから十歳になるまで森という閉じられた場所で、その後の五年を一人で過ごしたがゆえ、妖魔の世界でも人の世界でも己が「せけんしらず」なことは承知している。なればこそ、恭一郎が公言している十三歳という己の歳は妥当《だとう》であると思っていた。

当時、今の己と変わらぬ年頃《としごろ》だった黒耀は、本当に孝弘のいう「正しい世」を理解していたのだろうか。

『世を正すために強くなりたいと……それは、本当に黒耀様が望んでいたこと？』

『幼き者には正しきことが判らぬ、望めぬというのなら、シェレム、お前の望みも間違っているやもしれぬな』

『おれは……』

おれの望みは「こどもじみて」いるのだろうか。

ただ「きょう」と――できたら「なつの」や「かおる」たちとも――「へいわ」に暮らしたいだけなのに……

黙り込んだ蒼太へ、孝弘は言った。

『一つ教えてやろう。村や町ならともかく、黒耀様は都で人は殺せぬ。あの方の力は術にはそう強くないのだ。安良様が晃瑠を離れぬのもそのためだ。鷺沢のことは脅しに過ぎぬ。都にいるうちは、あの方の妖力で殺されることはない』

肩から手を放して、孝弘は立ち上がった。

『黒耀様の力は強いが、今より強くなることはない。反対にお前の力はまだ伸びる。剣士である樋口や黒川も諦めてはおらぬが、我らはお前に期待している』

『いつになれば「その者」が判るの……?』

『それこそ私も知りたいものだ。だが、神ならぬ身の私はできることをするだけだ』

『安良様なら知っている? 安良様は「あらひとがみ」だから――』

『しかとはご存じないようだ。あの方は「神」には違いないが、「人」ができることは限られている』

『もしも……もしもおれが「その者」だったら?』

躊躇いながらも蒼太が問うと、孝弘は顎《あご》をしゃくって八辻の刀を示した。

『お前がその刀を恐れているうちはありえぬ』

握り締めたままの八辻九生を蒼太は見やった。
刀の嫌な気配はすっかり消え失せていた。
……「じんじゃ」にいるからだろうか？
本殿の御神体から、ごく淡い安良の気を感じる。
恭一郎と志伊神社を訪ねる時は気付かなかったが、御神体と刀が見えぬ糸でつながった
かのごとく静かに呼応していた。
孝弘が言う「その者」になりたいとは思わぬが、もしも己がそうなら全てを明かしても
らえ、そうでなければ黒耀とも安良ともこれ以上かかわらずに済むやもしれぬ。
『抜いてみるか、シェレム？』
挑発だと思った。
だが一昨年、安良から抜き身を渡された時には過去が見えた。
おれが「その者」でも、そうでなくても、何かまた「見える」かもしれない……
それは過去か、未来か、真実か。
知りたい、という思いに突き動かされて、蒼太は柄《つか》に手をかけた。
孝弘がじっと己を見守っている。
柄を引くと、鍔鳴りもせずに抜き身が現れる。
己の影が鈍く映る刀身を、蒼太はゆっくり引き出した。
恐れを感じぬのは、気が張り詰めているからか。

それとも——

刀身が全て露《あら》わになった。

何も起こらない……？

否。

ふっと全ての気が消えた。

転瞬、今度は全ての気がまっすぐ蒼太に向かって来る。

息を呑んだ時にはもう遅かった。

千本の矢で射ぬかれた気がした。

叫ぶ間もなく、ありとあらゆるもの——人や妖魔、鳥や虫、草木、動物たちなど、安良国全土の生きとし生けるもの——蒼太が知るこの世の全て——が、一瞬にして身体を通り抜けた。

あっという間に骨肉がそがれて、身体が粉々になる。

欠片《かけら》から砂粒となった骨肉はみるみる霧散し——やがて、この世で一番小さい——おそらくいつか伊織が教えてくれた「基《もと》」と思しきものになった。

無数の「基」になった蒼太の半分は大気へ、半分は地中へと更に散り散りになっていく。

漆黒の闇がこの世を閉ざした。

次に全てが真っ白になった。

†

用人が恭一郎を呼びに来たのは、昼九ツの鐘が鳴る少し前だった。

朝のうちに高梁と半刻ほど話して部屋へ戻ると、蒼太がいなくなっていた。

刀掛けに掛けたままだった八辻九生も見当たらぬ。

起き抜けから蒼太はどうも様子がおかしかった。地震の後、寝付けなかったのかと思っていたが、何か抜き差しならぬことが起きたらしいと、つたない置文から推察した。

門番曰《いわ》く、蒼太は刀を背負って一人で出て行ったという。

黒耀が今度は、己の命と引き換えに刀を寄こせと言ってきたのだろうか。

それならそれでいい――

あの刀一本で黒耀とかたがつくなら、むしろ幸いだと恭一郎は考えていた。

刀に執着している安良からは咎《とが》めがあるやもしれぬが、稲盛が死した今、人見や一葉に累《るい》が及ばぬのなら、これ以上安良と黒耀の確執に巻き込まれたくなかった。

――まあ、そうは問屋が卸《おろ》すまいが。

置文には六ツまでに戻るとあったから、不安はあったものの、六ツまでは御屋敷で蒼太の帰りを待とうと思っていた矢先であった。

用人について急ぎ門へ向かうと、蒼太を背負った男がいた。

二年前に東都で一度会ったきりの、山幽の槙村孝弘だ。

「蒼太を届けに来た」

「上がってくれ」

事の次第をすぐにでも問い詰めたいのをこらえて、ぐったりしている蒼太を己の腕へ受け取ると、恭一郎は孝弘に顎をしゃくった。

孝弘は一瞬躊躇ったのちに頷いた。

「私の知己《ちき》だ」

門番と用人に断って、孝弘を御屋敷の中へいざなう。

抱きかかえた蒼太の身体はひやりとしていて、恭一郎の不安は増した。

人払いを申し付けて蒼太を横たえると、首へ手をやる。

指先に触れた脈動は、死を予感させるほど微弱だった。

「何があった？」

「判らぬ。八辻の刀を抜いた途端に倒れた。介抱したが、目を覚《さ》まさぬので連れて来た」

「刀を持ち出させたのはお前か？」

「夢がそうさせたと蒼太は言っていた」

「夢が？」

「そうだ。お前がその刀と共に死す夢だ」

「……そうか」

蒼太は常からどことなく恭一郎の刀を避けていた。亡妻の山幽の奏枝《かなえ》も、刀に惹《ひ》かれているると言いながら、触れることは拒《こば》んでいた。

この刀には不思議な力が宿っている、と奏枝は言った。それが何かは術師でもない恭一郎には見極められぬが、妖魔たちがこぞってこの刀を嫌い、恐れているのは事実だ。

そして安良様は、この刀の遣い手を探している――

「俺はこの刀にふさわしき剣士であろうと精進してきたが、どうやら俺ではこの刀の真の力を使いこなせぬようだな」

「今この国に、お前の右に出る剣士はおらぬ。だが、この刀は八辻の最後の一振り……この刀は我らの――安良様と私の――願いを叶《かな》えるために八辻が打った。我らの願いは剣技だけでは成し遂げられぬものなのだ」

「理術、もしくはそれに準ずる力がいるということか。だから安良様は、蒼太と黒川を試されたのだな。ならば伊織はどうだ？　理一位の樋口伊織は侃士号《かんしごう》を持っているぞ。術にも剣にも長《た》けた男だ」

「樋口だという望みも捨ててはおらぬ。これまで安良様が樋口が望む通りの自由を与えてきたのは、それがあの男の力を伸ばすと信じていたからだ」

「お前と安良様の願いとやらは、教えてもらえぬようだな？」

「……お前がそれを叶える者であればよかった。これは私の本心だ。お前が……奏枝と那岐で暮らしていた頃は、お前こそ我らが待ち望んだ者ではないかと喜んだものだ」

そういえば孝弘は亡妻を知っていたと、恭一郎は思い出した。孝弘が言いよどんだのは奏枝の山幽の名だったのではないかと思うと、微かな嫉妬《しっと》を覚えた。

男としてではない。

奏枝といい、蒼太といい……

見た目はそう変わらぬというのに、恭一郎と二人の間には種という大きな隔《へだ》たりがあった。だが二人と同じ山幽の孝弘は、己が知らぬ奏枝の過去を知り、己が知る由もない遠い未来を蒼太と共にできるのだ。

こんなことなら伊織の進言通り、少しは術を学んでおけばよかったか。

いや、それでも俺は槙村が求める者にはなりえなかったろう——

気付いて恭一郎は、傍らで死人のごとく横たわる蒼太の目から眼帯を外してやった。

指に触れた鳶色《とびいろ》の髪は細く、柔らかい。

色白に生まれついた者ならば、鳶色の髪も瞳もなくはない。目を閉じた蒼太は人の子そのものだ。長めの前髪の中を探せば、生えかけだという山幽の角があるのだろうが、あえて確かめるような真似はしなかった。

「槙村」

「なんだ？」

「俺の死後、蒼太を気にかけてやってくれぬか？　たとえ蒼太がお前の——安良様の求める者でなかったとしても」

黙って己を見つめる孝弘へ、恭一郎は続けた。

「こいつももう子供ではない。共に暮らしてやってくれとは言わん。こいつがそう望むならそうしてやって欲しいが……そうでなければ時折でよいのだ。仲間の森へは受け入れてもらえずとも、たまさかにお前に会えれば励みになろう」

「励み、か。――お前の励みはなんだ、鷺沢？」

「俺か？　家族と友と剣……そんなところだ」

「では、お前の望みはなんだ？」

「そうだな。家族や友を案ずることなく……そしてお前や安良様や――黒耀とやらにかかわることなく、蒼太と二人でのんびり暮らしたい」

かつて奏枝とそうしたように――

「それだけか。欲のない男だ」

「そうは言うがな、槙村。それだけのことがなかなか叶わぬ。お前と安良様が大層もったいぶってくれるおかげで、俺たちはあれこれ手さぐりのままだ。お前や安良様の願いとやらがなんであれ、俺がこの手でできることなら助力は惜しまぬ。なんとか早々にけりをつける手立てはないのか？」

真面目《まじめ》に問うたつもりだったが、孝弘の顔に微苦笑が浮かんだ。

「そう一朝一夕にはゆかぬ。私は千年からの時をかけて、ここまでたどり着いたのだ。先走って次の手を誤ることは避けたい。だが、お前の望みは安良様に伝えておいてやろう」

礼を言うべきか迷うよりも、「千年からの」と言った孝弘の台詞が気になった。

「お前はもしや安良様――いや、この国と変わらぬ歳《とし》なのか……？」

己より十年は若く見える孝弘が、長い時を生きてきたことは知っていた。しかし、それがまさか千年を越える年月だとは思わなかった。

応える代わりに、孝弘は蒼太に目をやった。

「蒼太のことは約束できぬ。私とて、いつどこで命を落とすか判らぬからな。だが私の願いが叶えられた暁《あかつき》に、もしも蒼太が私を必要とするならば、その時は善処しよう」

「それで充分だ。恩に着る」

一つ頭を下げてから、改めて孝弘と相対すると、その目には初めて人臭い――感情の色が浮かんでいた。

「……添い遂げられぬ無念は私も知っている」

妖魔は不老であっても不死ではない。首を落とされたり心臓を貫かれたりすればすぐさま死に至り、治癒力《ちゆりよく》が追いつかぬほどの傷を負えばそのまま死すこともある。

「お前にも妻女がいたのか？」

「私が娶《めと》ったのは人だった」

ならば結末は想像に難くない――

そう思った恭一郎へ、口の端を上げて孝弘は先に言った。

「死別ではないぞ、鷺沢」

「――見切りをつけたのはお前か？　妻女か？」

「先に離れたのは私だが、見切りをつけたからではない。妻を山幽とするか、私が……人となるか。どちらかの方法がないものかと、探すために妻のもとを離れた」

人が妖魔になるか、妖魔が人になるか。

「そのような方法があるのか？」

「理次第だろうと思うが、私には見つけられなかった。嘘《うそ》かまことかは判らぬが、安良様もご存じないそうだ。どのみち私には手遅れだ。初めの数年はよかった。だが、五年、十年と経つと、人目もあるゆえ家には戻れなくなった。最後に妻に会ったのは、あれが四十路《よそじ》になる前で、誰ぞの後妻となる前日だ」

「そうか」

つぶやくように応えて恭一郎は考え込んだ。

孝弘には同情するが、ますます「願い」に興味が湧《わ》いて、恭一郎は問うた。

「建前やもしれぬが、安良様は——お前も——太平の世を望んでいると聞いた。それはもしや、人を妖魔に、もしくは妖魔を人に変えることなのか？」

「種が一つになれば、太平の世になると思うのは浅はかだ」

「む……」

「それに安良様がそのような理は知らぬと仰《おつしや》っている限り、私にも、お前たち人にも手立てはあるまい」

「ならば——」

更に探りを入れようとした恭一郎へ、孝弘は腰にしていた印籠《いんろう》から玉を取り出し恭一郎へ差し出した。

「これをやろう」

小指の先ほどの、丸い、水晶のごとき透明な玉である。

「これはなんだ？」

「紫葵玉——のようなものだ」

「そんな物騒なものはいらん」

斎佳で稲盛が放ったという紫葵玉は、片手に収まる二寸ほどの大きさだったと聞いていた。差し出されたそれは半寸もない飴玉ほどの大きさだが、斎佳の惨事を思えば、手元に置くのは躊躇われる。

伊織には叱《しか》られようが……

「間違っても、こんなものが御屋敷の中で破裂したら困る」

「案ずるには及ばぬ。お前にはこの玉は使えぬ」

莫迦《ばか》にされた気もしたが、己が術の心得を持たぬのは本当だ。

「蒼太が目覚めたら渡してくれ」

山幽の翁にしか作れぬという紫葵玉には、水だけでなく森に生きるもの全ての命の糧《かて》が凝縮《ぎょうしゅく》されているという。妖力と理術に相通じるものがあるのなら、蒼太ならその糧を己のものにできるのだろうと恭一郎は踏んだ。

「……蒼太は目覚めるか？」

「判らぬ……だが、そう切に願う」

孝弘の言葉には蒼太への慈しみが感ぜられた。蒼太はお前を慕っているのだ」

「槙村、蒼太はお前をいつも気にかけていた。

「蒼太が慕っているのはお前だ、鷺沢。刀を持ち出したのもお前を護ろうとしたからだ」」

八辻の剣は恭一郎と孝弘の間に横たわったままだった。

「持ってゆけ。その刀の真の遣い手が見つかるよう祈っている」

「それはできぬ相談だ」

「何故《なぜ》だ？」

「一日二日ならともかく、二六時中この刀を身につけてはおられぬ」

「隠れ家にでも隠しておけばよいではないか。これぞと思う者がいた時に、取り出せば済むことだ」

「隠れ家ならいくつもあるが、常に旅中の身なれば、そう融通は利かぬ。私が人里にとどまれぬことはお前も承知しておろう」

数年ならともかく、ひとたび馴染《なじ》んだ人里には——殊に人が少ない町村には——世代が交代するまで戻りにくい。

「それに八辻は言っていた。この刀は必ず真の遣い手にたどり着く、と。あの男は己をただの刀工だと言ったが、術師や予言者顔負けの特異な力を秘めていた。現にこうして、お前を始め、樋口、蒼太、黒川……我らがこれぞと思う者が集まってきた」

「奏枝はこの刀の見張りだったのか？」

「いいや」

即座に首を振って、孝弘はやるせない笑みを浮かべた。

「奏枝は——あの者は世に知らしめたかったのだ。種が違うというだけで、憎み、殺し合うことはないのだと。そうして人里を渡り歩くうちに、三國《みくに》と八辻の剣に出会った。お前のことは捨て置いてくれぬかと頼まれた。奏枝は、お前こそがこの刀の遣い手ではないかと考えていた。そうと見極められぬうちは構わぬと思っていたが、まさかあのような形で奏枝が死すとは思っていなかった」

亡妻への後悔の念は、いまだに恭一郎の胸を疼《うず》かせる。

奏枝と共に思い出されるのは、生まれることのなかった我が子だ。

妖魔と人の間にできた子は、人だったのだろうか、妖魔だったのだろうか……

「鷺沢、お前を責めているのではないぞ」

「判っておる。しかし、この刀は蒼太から遠ざけておいた方がよいのではないか？」

刀のせいでこうなったのなら、これが傍《そば》にあるうちは目覚めぬのではないかと、恭一郎は恐れた。

恭一郎の問いに、孝弘はにやりとした。

「……お前はどう思うのだ、鷺沢？　この刀は善か、悪か？」

「俺はこれを恐れたことはないが……」

悪だと感じたことも、今まで一度もなかった。

「死の気配がすると奏枝や蒼太のみならず、黒川までも言っていた。まあ、斬られて死すのを喜ぶ者はおるまいな。だがお前たち妖魔でさえ、やがての死は避けて通れぬものだろう？　誰しも通る道ならば、死に善《よ》し悪《あ》しはない筈だ。そもそも死際にならねば、生の善し悪しさえ判るまい……俺には刀が悪とはとても思えぬが、それは俺が剣士でこの刀に惚《ほ》れ込んでいるからだろう。だが、たかが刀のために蒼太を危険にさらす気はないのだ」

「ならばもしも蒼太が、この世を危険にさらす者だとしたらどうする？　蒼太の力は目覚ましく伸びている。蒼太の力がこの世を滅ぼすとしたら、お前は蒼太を斬るか、否か？」

孝弘の問いに、恭一郎は戸惑いを隠せなかった。

「……判らぬ」

「他の者なら迷うまい」

――刀を手放すな、ということか。

槙村と安良様は「この世を滅ぼす者」を討とうとしているのか？

それはもしや黒耀ではないかと恭一郎たちは思っていたが――

まさか、蒼太が……？

孝弘が立ち上がった。

「刀と蒼太のことはお前に任せる」

これ以上は何も訊き出せぬと踏んで、恭一郎は用人を呼んだ。

「鷺沢……まこと、お前がこの八辻の遣い手であればよかった」

つぶやくように言い残して、孝弘は襖戸《ふすまど》の向こうへ消えた。
遠ざかる足音を聞きながら、恭一郎は刀を刀掛けへ戻した。
それから剝《む》き出しの玉を懐紙に包み、旅行李《たびごうり》の奥へと仕舞う。
蒼太は変わらず、青白い顔をして眠り続けている。
枕元に座った恭一郎は、腕を組み、一つ大きな溜息《ためいき》を漏らした。

第四章 Chapter 4

懐剣を見つけてから三日が経《た》った。

夏野は毎夜八辻の夢を見ていたが、代わり映《ば》えせぬ鍛冶場《かじば》の風景ばかりだった。

この三日間も、伊織は野々宮《ののみや》の蔵書を読みふけるのに余念がない。

夏野は昼過ぎまでは馨と剣の稽古《けいこ》に励み、午後は修業も兼ねて近隣を散策していた。

敷地の裏の林の中に佇《たたず》んでいると、ふとした折に今とは違う光景が見える。

おぼろげで、ほんの一瞬宙に揺らぐだけのそれらは、神里の過去ではないかと夏野は考えていた。

生き物の気配を感じ取るためには、夏野は息を凝《こ》らして、意識を集中させねばならぬが、過去の風景が見えるのはその反対の時が多かった。

瞑坐《めいざ》の足を崩し、ついうとうとしてしまった時や、見たことのない木の葉に手を伸ばした時など、気持ちがくつろいでいる時だ。

修業の成果というよりも、神里という土地柄、そして蒼太の目の成せる業《わざ》だと思う。

山幽《さんゆう》は数十人ごとに、樹海の奥でひっそり暮らす。そんな山幽の「森」で生まれ育った蒼太は、自然の息吹をおのずと味方にしてきたのだろう。

林の中に座り込み、木にもたれて目を閉じていると、ふいに、微《かす》かだが不自然な葉擦れが聞こえた。

目を開いて音が聞こえた方を見やると、二十間ほど離れた木陰から駿太郎《しゅんたろう》が出て来た。

「申し訳ありません。邪魔にならぬよう引き返そうとしたのですが、未熟者ゆえ……」

「お駿《しゅん》、気にしないでくれ」

むしろこれほど静かな林の中で、この距離まで駿太郎の気配を感じなかったことに夏野は驚いていた。

駿太郎は、やはり狩猟用の弓矢を手にしていた。

「狩りの途中か？」

「めぼしい獲物《えもの》があれば狩りますが、見廻《みまわ》りも私の役目でございます。稀《まれ》に無用の者が入り込んで来ますので」

「無用の者とは？」

「野々宮様のお力を無心する者や、八辻九生に心酔している者などです。地下蔵は八辻のお墓でもあるそうなので」

地下蔵の更に下に、八辻の骨が埋まっているというのである。

「……それは知らなかった」

伊織と違って、理一位の野々宮が神里に居を構えていることは公になっている。野々宮や駿太郎が住む家の周りに塀はないが、間の瓜畑も含め、町の者が無用に足を踏み入れることはないという。

用がある者は無論玄関から訪ねて来るが、野々宮の理一位の権力をあてにしたり、八辻の鍛冶場を見たいと懇願《こんがん》したりする者が稀にいるという。更に門前払いされたにもかかわらず、盗人《ぬすっと》のごとき真似《まね》をして家屋に近付く者がいるらしい。

「蔵にはそれぞれ鍵《かぎ》をかけてありますし、家屋に大したものはありません。家は建て直されたものですから、ご覧の通り鍛冶場もないのですが、そう申しても承服せぬ者がいるのです。蔵にも剣を隠しているのではないか、しばしでよいから八辻の墓参りをしたいなどと……それに野々宮様のお住まいがあの有様ですから、八辻宅こそ野々宮様のお住まいだと誤解する者もおります」

「そのような不埒者《ふらちもの》も、おぬしの前では手も足も出まい」

「家守の務めは果たしております」

自負のこもった声で駿太郎は応《こた》えた。

初めは素気《そっけ》なかったが、武芸者ならではであろう。剣の稽古を目の当たりにしたことで、夏野に親しみを覚えたようである。また、夏野が八辻の懐剣を見つけたことで、伊織の直《じか》弟子《でし》としても認めてもらえたように思えた。

もっと気さくに話したいのだが……

身分というのは面倒なものだと、今更ながら、空木村《うつぎむら》で身分を隠していた伊織の気持ちを夏野は理解した。駿太郎の方が六つ年上とはいえ、夏野は武家、駿太郎は猟師の娘だ。加えて夏野は国で認められた侃士《かんし》にして理一位の直弟子だが、駿太郎は弓の名手でも段は持たぬし、身分は端女《はしため》――女中――に過ぎぬ。

弟の螢太朗《けいたろう》を殺され、黒川家にはもう夏野しか跡を継ぐ者がいない。祖父の弥一《やいち》が興《おこ》した道場は黒川の名こそ残っているものの、弥一の一番弟子だった岡田琢己《おかだたくみ》が継いでいる。兄の卯月義忠《うづきよしただ》が州司を務めているおかげで、取り潰《つぶ》しにはなっておらぬが、養子を取るか夏野が婿《むこ》を取らぬ限り、黒川家の存続は危うかった。

それでも武家は武家である。

母親のいすゞも祖父の弥一も礼儀作法にはうるさかったが、武家に生まれ育った者として、身分を意識した物言いをしてきた。実家の女中の春江《はるえ》は幼い頃《ころ》から呼び捨てにしてきたし、今でもそうだ。かつては敬称をつけて呼ぶ者は武家の者か、武家の嗜《たしな》みである武道を学ぶ者、医者や学問所の師匠など要職に就く者に限っていた。

十七歳で初めて故郷の葉双《はふたつ》を出て、一人旅を経て東都を訪ねた。

小娘が意気がって――

まこと、私は井の中の蛙《かわず》であった……

己を「世間知らずの小生意気な小僧」と呼んだ馨の言葉が思い出される。

夏野はいまだ一人暮らしを許されておらぬ。役目に就いていない黒川家は微禄《びろく》と卯月家からの援助で暮らしを立てている。伊織の直弟子になり、晴れて国から給金をもらう身となったが、金額は清修塾の塾生と変わらぬ微々たるものであった。女中をしながら実方に仕送りをしている春江や、指物師《さしものし》として妻と弟子を養う戸越次郎《とごしじろう》、その傍らで家事の合間を縫って内職をする次郎の妻・まつなどを思うと、己はどれほど甘やかされてきたのかと羞恥《しゅうち》に身が縮む。

――それに、葉双にいた頃は剣が全《すべ》てだった。

米もうまく炊けぬくせに、それを恥だと思ったことがなかった……

それに比べ、お駿は……と、夏野は目の前の駿太郎を見つめた。

馨のたっての願いというよりも、「見せてやれ」と言った野々宮の命令を受けて、先日駿太郎はその弓の腕前を夏野たちに披露《ひろう》してくれた。

野々宮が言った通り、三十間ほど離して置いた瓜のそれぞれ真ん中を駿太郎は射抜いた。

また、馨が面白がって放《ほう》った茄子《なす》も空中で見事射抜いて、夏野たちを驚かせた。

それだけでも尊敬に値するのに、駿太郎は家事の一切を引き受け、畑仕事や縫《ぬ》い物までそつなくこなす。

「ご用なら承《うけたまわ》りますが？」

「あ、いやその……茶でももらえるとありがたい。そろそろ八ツになろう――」

言った先から八ツの捨鐘が町中の方で鳴った。

やや目を細めて駿太郎が応えた。

「すぐに支度いたします」

「かたじけない」

駿太郎について林を抜けて家に戻ると、馨と野々宮は出かけていた。

「戻りは四ツ過ぎになると仰《おっしゃ》っていました」

「さようか」

頷《うなず》いてからはたと夏野は気付いた。

暮れ六ツではなく、夜半に近い四ツを過ぎてから戻るということは……

夏野の胸中を読んだのか、駿太郎が付け足した。

「真木様が退屈していらっしゃるようなので、男二人で気晴らしして来ると。花街とまでは申せませぬが、神里にも妓楼《ぎろう》が三軒ございます」

「さ、さようか……」

神里の妓楼も都の花街に倣って四ツに門を閉じるらしい。四ツを過ぎると泊まりとなるが、伊織が同行していない以上、護衛役の馨としては夜通し「遊ぶ」気はないようだ。

伊織は奥の部屋から納戸に続く縁側に座り込んで、書を読みふけっている。茶と茶菓子を届けてから、夏野は座敷へ戻った。

「よければ、お駿も一休みせぬか？　一人で茶を飲むのはどうも味気ない」

夏野の折敷《おしき》を置いて去ろうとしていた駿太郎へ声をかけた。

「……ご相伴《しょうばん》いたします」

とは言ったものの、駿太郎が己の茶碗《ちゃわん》に注《つ》いで来たのは白湯《さゆ》だ。

「お駿も、前の家守の音吉も沢部村の出だとか。野々宮様から聞いたやもしれぬが、八辻は白玖山《はくさん》に関心があって、沢部村を訪ねたことがあったようだ。沢部村は八辻に縁があるみたいだな」

「そうでしたか。野々宮様は私には何も……この家は八辻の死後、村の紺野《こんの》家が譲《ゆず》り受けたそうです。紺野家は代々、村の神社の宮司を務めてきた家です」

「お駿は紺野家の縁者なのか？」

「いいえ」と、駿太郎は即答した。「……沢部村は小さい村ですから、村中の者が親類ともいえます。しかし私の父は岩田村《いわたむら》の出で、沢部に親類はございません」

「岩田村というと――」

「室生《むろう》州と日高《ひだか》州の、北の境にある海辺の村でございます」

駿太郎が指で描いたのを見て、国の北東にある羽間《はざま》湾沿いの村だというのが判った。

「日見山《ひみやま》と奈切山《なきりやま》、それから白玖山――の真ん中にあるのだな。しかし、紺野家の者ではないお駿が家守に抜擢《ばってき》されたのは、おぬしの弓の腕を見込まれたからか」

夏野が勝手に頷くと、駿太郎は一瞬困惑してから苦笑らしきものを浮かべた。

「家守ですから、多少は武芸の心得がある者が選ばれてきました。前に務めていた音吉も剛の者でした。真木様には負けますが大男で、老いても毎日、野々宮様と組手の稽古をしていたそうです。しかし、前は八辻宅を守るだけでしたが、今は野々宮様の家もありますから、女の方が何かと都合がよいと思われます」

「それはつまり……」

問いかけて夏野は言葉を濁《にご》した。

――問うべきことではない。

そう思い直した夏野が取り繕《つくろ》うより先に、駿太郎が応えた。

「理一位様とはいえ、野々宮様は独《ひと》り身の殿方です。身の回りの世話をする者があれば便利だろうと……野々宮様は外聞を気になさらない気さくなお方ですが、ここは盛り場から離れておりますから、妓楼に通うのも一苦労なのです」

つまり、駿太郎は野々宮の夜伽《よとぎ》を務めることもあるということだ。

推察したこととはいえ、言葉に詰まって夏野は目をそらした。

二十歳《はたち》になったものの、夏野はいまだ接吻《せっぷん》さえ経験したことがない。

男女の営《いとな》みについては知識がなくもなく、むしろ道場で男たちが交わす話からすっかり耳年増《みみどしま》になっているのだが、面と向かって口にするのはどうも気が引ける。

しかし……

「……お駿は、それでよいのか？」

「私は紺野家から二つのことを言い渡されてここへ来ました。一つは音吉がしてきたようにこの家を護《まも》ること。もう一つは、野々宮様がこの家を護ってくださる限り、野々宮様の命に従うこと。野々宮様は万が一に備え、この家に結界を施してくださったそうです。私には判りませぬが……」

「うむ。この辺り一帯は都のごとき、堅牢な術で護られている」

夏野が言うと、駿太郎は小さくも誇らしげに頷いた。

「野々宮様に仕える機会を得たこと……身に余る光栄と思っております」

その瞳《ひとみ》に紛れもない野々宮への愛情を見て取って、夏野は安堵《あんど》した。

「私もだ——あ、いや、私はその——」

伊織の弟子ではあるが、男女の仲ではない。

慌てた夏野へ、駿太郎が初めて明らかな笑顔を見せた。

「承知しております。樋口様は愛妻家だとお聞きしています」

「そう。そうなのだ。奥方は小夜《さよ》様といって、まこと、よくできたお方で……」

そういえば小夜と伊織も身分違いだった、と、夏野は思い出した。

夏野たちの前では女中として接しているが、野々宮が駿太郎を労《いた》わる気持ちは言葉や仕草の端々に表れている。

野々宮様も、いずれお駿を娶《めと》るおつもりなのでは——？

妓楼に行ったのは、あくまで真木殿を労《ねぎら》うためやもしれぬ。それに殿方の中には、妻帯していても花街に通う者も少なくない。

「野々宮様が身を固めることはございませぬ……」

察しよく駿太郎が言うのへ、夏野は目を見張る。

「私は、その」

そんなに顔に出ていたろうか？

「黒川様は、とてもまっすぐなお方ですからつい……申し訳ございません」

「いや、よいのだが……」

「野々宮様は、私には理術や政《まつりごと》のことは何もお話ししてくださいません。ご自分が御上の役目を果たすように、私も私の役目を果たすがよい、と」

「そうであったか」

頷いてみせたものの、落胆は禁じ得ない。だが、伊織と小夜はあくまで特殊な例に過ぎぬと考え直した。落胆したのは、駿太郎と野々宮に、どこか己と恭一郎を重ね合わせていたからだろう。

もっとも、鷺沢殿は私を蒼太の学友としか見ておられぬだろうが……

「……それよりも、よろしければ鷺沢様のことをお聞かせ願えませぬか？」

「えっ？」

「八辻の最後の一振りをお持ちだという剣士様のことです」

出し抜けに恭一郎のことを問われて夏野は戸惑ったが、八辻の剣のことなら合点《がてん》がいく。

駿太郎は野々宮の家も見張っているが、本来の役目は八辻宅を護ることである。鍛冶場はとっくに取り壊されたとはいえ、八辻九生とその剣には興味があるらしい。

「はしたのうございますが、皆様のお話を小耳に挟みまして……」

家事のために出入りはしても、食事や会談には駿太郎は同席を許されていない。

「鷺沢殿は……八辻九生が生きていたら、さぞ喜んだことだろう。鷺沢殿ほど、あの刀にふさわしい剣士はおらぬ。真木《まき》殿や晃瑠の師匠《ししょう》も——御前仕合の勝者でさえも、鷺沢殿には敵《かな》わぬと私は思っている。また鷺沢殿は、樋口様のご友人でもあるが、それを少しも鼻にかけたことがない」

「奥ゆかしい方なのですね」

駿太郎が微笑《ほほえ》んだ。

奥ゆかしい……という言葉はそぐわぬ気がしたが、夏野は頷いた。

「うむ。地位や権力、名誉、富といったことにとんと執着しない無欲なお方だ。樋口様の護衛役を拝命して尚《なお》、裏長屋にお住まいで、勤倹質素な武士の鑑《かがみ》ともいえよう」

小さく噴き出す音が聞こえて、夏野は振り向いた。

開け放した縁側へ続く引き戸の陰から、笑みを浮かべた伊織が顔を出した。

「すまぬ。盗み聞きするつもりはなかったのだが、あまりにも戯《たわ》けた話ゆえ、つい……」

「戯けたとはあんまりです」

「そうか？　奥ゆかしいだの、武士の鑑だの——あいつに聞かせてやりたいものだ」

「奥ゆかしいかどうかはともかく、無欲なお方なのはまことではないですか」

「それは違うぞ、黒川。確かに恭一郎は金や地位には執着せぬが、自由であることには貪《どん》欲《よく》だ。できることなら御上の厄介事《やっかいごと》など放り出し、蒼太と二人で旅に出たいというのがやつの本心だ」

「それは……そうでしょうが……」

「それに暮らし向きが質素なのは認めるが、勤倹とはいえまい。あいつは働かずに済むなら好んで働かぬだろう。金はあれば使うし、なければ使わん。ただそれだけだ。長屋住まいなのは、その方が気楽だからに過ぎぬ。鑑というよりも、武士の風上にも置けぬ男よ」

「……樋口様、ご用向きをお伺い申し上げます」

微笑を浮かべたままの伊織に、夏野は小声で問うた。

「うむ。茶菓子がまだ残っておらぬかと思って来たのだ」

「残っております」

駿太郎がさっと立ち上がって、竹皮に包まれていた饅頭《まんじゅう》を伊織の皿へと移した。

「邪魔をしたな」

にっこり笑って伊織が去ると、駿太郎も微笑んだ。

「樋口様は鷺沢様を買っていらっしゃるのですね。黒川様も……」

こき下ろしているようで、伊織の恭一郎への友情はちゃんと伝わっていたようである。

「まあ、その……」

気恥ずかしさを誤魔化《ごまか》そうと、夏野は饅頭を口にした。

小豆《あずき》が練り込まれた蒸し饅頭で、中の餡《あん》はこしてある。舌触りは粗《あら》いがしっとりした生地が味わい深い。

「山芋《やまいも》が練り込まれているのです」

またしても駿太郎が先回りして言った。

「神里の名物菓子で山小豆《やまあずき》といいます。いつもなら山芋が取れ始めるのはもっと後なのですが、今年は寒いので、もう店先に出ておりました」

「これは旨《うま》いな。蒼太に食べさせてやりたい」

「……蒼太様というのは、鷺沢様と黒川様のご友人ですか？」

「蒼太は鷺沢殿のお子だ」

「では、鷺沢様は、奥方様を置いて旅に出たいとお望みなのでしょうか？」

「奥方はお亡くなりになった。八年前に……」

螢太朗が――夏野の弟が殺されたのも、八年前だった。

だが螢太朗の死を夏野がはっきり知ったのは三年前だ。ゆえに、もう八年というよりも、まだ八年という思いが強い。

――鷺沢殿はいかがだろうか？

螢太朗も奏枝も殺されたことは変わらぬが、己と違って、恭一郎は奏枝の死を目の当たりにしている。

おそらく鷺沢殿にとっても「まだ」八年……

駿太郎は、夏野の恭一郎への想《おも》いをも見透《みす》かしたようだ。

「余計なことをお訊《き》きしました。山小豆は日持ちがしないので、晃瑠まで持ち帰ることは難しいですが、家で容易《たやす》く作れます。ご所望でしたら作り方を記しておきますが？」

それは、お駿には容易《ようい》であろうが――

米も満足に炊けぬとは白状し難《がた》い。

「あ、うむ。是非とも頼む。晃瑠に戻ったら作ってみたい」

つい見栄《みえ》を張って言うと、駿太郎が目を見張った。

「黒川様が？」

料理ができぬことも見抜かれていたのかと慌てたが、州屋敷に住む武家の妻や娘たちを思い出した。夏野の身分なら女中がいるのが当然で、自ら台所へ立つ者はまずおらぬ。

「その、私は稀に白玉などを作ることがあるのだ。私は氷頭《ひず》の葉双の出だ。黒川家はお駿が思うような大層な武家ではなく、私は所詮田舎侍《しょせんいなかざむらい》に過ぎぬ」

白玉「しか」作れぬことは秘密だ。

返答に困った様子の駿太郎へ、夏野は微笑んだ。

「もう一杯茶が欲しい。そしてできたら、神里のことを少し聞かせてくれぬか？」

「はい」

応えて土間へ立った駿太郎の気が、随分和らいだように思えた。

――その夜も夏野は夢を見た。

†

だがそれは、既に見慣れた鍛冶場の夢ではなかった。

闇夜《やみよ》に地面を叩《たた》きつける雨音だけが響いている。

息を殺した気配をそこここに感じて、夏野も身を縮こめて息を潜める。
音もなく閃光《せんこう》が暗闇《くらやみ》に走ったかと思うと、落雷が地を揺るがした。
『黒耀様！』
人ではない何かが叫んだ。
『黒耀様！』
『おやめください！』
『お許しください、黒耀様……』
落雷はそれきりだったが、逃げ惑う気配が一つ、また一つと息を呑《の》んで消えていく。
すっと、冷たい手が夏野の胸に触れた。
皮膚《ひふ》を通り抜けて、指先が己の内に沈んでいく。
気配が次々途絶《とだ》えたのは、黒耀が心臓を握り潰したからか。
辻越《つじこし》で百人の女子《おなご》を殺したように──
早鐘を打つ己の心臓を、ひやりとしたものが包み込む。
刀では防ぎようのない死を予感した。
──黒耀！
容赦《ようしゃ》ない力が細い指に加わり、夏野の心臓を握り締める──
†
大きく喘《あえ》いで夏野は目を覚ました。

雨戸の外はうっすら明るい。

胸をさすりながら布団から出ると、夏野はそっと雨戸を開いた。

夜半に降り出した雨は既にやみ、東の空が明けに染まっている。

林の中に動く影が見え、目を凝らすと駿太郎であった。手を振ると、夏野に気付いて密《ひそ》やかな足取りで林から出て来た。

「お目覚めでしたか」

「お駿こそ、こんなに早くから見廻りか？」

手元の弓を見やって夏野は問うた。

「怪しい女がいるのです」

「怪しい女？」

「昨晩に続いて、今朝も林の向こうをうろついておりました。昨晩は一人でしたが、先ほどは若者を一人連れておりました。六尺はあろう大女で、私が誰何《すいか》すると舌打ちして踵《きびす》を返しました」

「名乗りもしなかったのか。それは怪しい」

「ええ。しかしもしや、野々宮様と親しい方なのでは……」

言葉を濁したのはやはり野々宮への愛情からだろう。

野々宮は独り身で、神里でもはばからずに妓楼に出入りしている。馴染《なじ》みの女もいようし、旅先で深い仲になった女もいよう。野々宮自身が大男だから、女が六尺超えでも気にせぬと思われた。

むしろ大女の方が相手に不自由していようから、未練がましく野々宮様を訪ねて来るのも、お駿を見て舌打ちしたのも頷ける……

夏野なりに考えを巡らせてみたものの、男女のこととなるとお手上げだ。

駿太郎になんと声をかけたものかと悩んだ矢先、林の向こうに小さく動いた山吹色を夏野の目がとらえた。

脳裏に一つ閃《ひらめ》いて、夏野は急ぎ寝間着のまま祖父の形見《かたみ》の一刀を手にした。

「私に任せろ」

「しかし黒川様」

「ここを動くな。よいな？」

念を押して夏野は縁側から飛び出した。

小走りに林の中の小道をやって来る夏野に、女もすぐに気付いたようだ。立ち止まって、じっと夏野を待っている。

女と若者の二人は、野々宮が施した敷地を護る結界の外にいた。

左目が翳《かげ》ったのは結界のせいではない。

「やはりそうか。苑《その》。――宮本《みやもと》苑、だったな」

「久しぶりだな、黒川夏野」

二年前、恵中《えなか》州鳴子《なるこ》村《むら》で会った金翅《こんじ》であった。朝の冷え込みを物ともせず、今日も山吹色の着物の裾《すそ》をからげている。隣りに佇む若者の着物は胡桃《くるみ》色だが、苑と同じくからげた裾からは逞《たくま》しい足が二本覗《のぞ》いていた。

「もしや……佐吉《さきち》か？」

声は出さずに佐吉は頷いた。顔も身体《からだ》も大人びて、苑と並ぶと姉弟《してい》に見えるほどだ。

女術師・柴田多紀《しばたたき》が施した術によって、佐吉は五年ほど人里で暮らした。術のもとにあ

っても早熟だったが、術が解けて更に成長を早めたようだ。

鯉口《こいぐち》に触れていた手を放して、夏野はゆっくりと結界の外に出た。

「昨夜もここらをうろついていたようだな？」

「……蒼太がおらぬかと思って来たのだが、町の結界はともかく、この屋敷の結界には入

り難くてな」

「蒼太ならここにはおらぬ。蒼太に一体、何用だ？　蒼太の首を取っても、もはや紫葵玉

は手に入らぬぞ？」

「蒼太の故郷——久《く》峩山《がやま》の山幽の森が襲われたことは、我らも知っている。紫葵玉が人に

奪われ、斎佳で放たれたことも……今更、紫葵玉のために蒼太の首を上げようとするもの

はおらぬ。我らが来たのは蒼太に頼みがあるからだ」

「頼みだと？」

「そうだ。蒼太は、あの八辻の剣を持つ男と暮らしているそうだな。お前とも親しくして

いると聞いている。お前は蒼太の——山幽の——目を宿しているらしいな」

「どうしてそれを？」

「私には無理だが、都に出入りできる者がいる。長居はできぬそうだが、お前たちのことはあれこれ見聞きしているそうだ。此度《こたび》その者から、蒼太が晃瑠を留守にしていると聞いて、蒼太を見知っている我らが出向くことになった」

「蒼太になんの頼みがあるというのだ？」

「……蒼太に、黒耀様を諫《いさ》めてもらいたい」

「黒耀……？」

てっきり山幽か八辻の剣が絡んでいると思っていた夏野は小首を傾《かし》げた。

「もとより気まぐれなお方だったが、近頃ますますひどくなった」

「仲間がたくさん殺《や》られてる。三日前も松音州《まつねしゅう》で、四羽も殺された」

ようやく口を開いた佐吉が忌々しげに言った。

「嵐《あらし》で飛べずにいたところをやられたんだ」

「落雷で打たれたものが二羽。あとの二羽は血を吐いて死していた。一羽の胸を開いたところ、心ノ臓が潰されていた。このようなやり方は今までなかった。鴉猿《あざる》どもに与《くみ》する術師の仕業でないことは、やつらも似た手口でやられていることから判っている」

先ほど見た夢が思い出された。

「我ら金翅に鴉猿、仄魅《しきみ》、狗鬼《こうき》、蜴鬼《やくき》、五兎《ごと》、羽無《はなし》、土鎌《つちがま》など手当たり次第だ。理由を問うても応えてもらえぬ」

夏野は五兎と羽無は見たことがないが、文献《ぶんけん》から見知っていた。五兎は野兎《のうさぎ》に似た種で、鋭い前歯を持ち、常に五匹で行動する。羽無はむささびと蝙蝠《こうもり》が相混じったような容貌《ようぼう》だが、空は飛べぬ。狗鬼や五兎と比べて動きは鈍いが、動物の血を好むため、群れで吸血して獲物を死に至らしめることもあるという。

「斎佳の防壁は黒耀様が壊したのかと思いきや、実は蒼太の仕業だそうだな？　それにどうやら、黒耀様は蒼太に執着されているとの噂《うわさ》もある」

「そのような噂が？」

夏野はとぼけたが、妖魔《ようま》たちの間でも蒼太が噂になっているとは気がかりだ。

夏野の不安を見て取ったのか、苑はにやりと笑って続けた。

「蒼太は仲間の赤子を殺して森を追われた。赤子を殺した手口が、此度の黒耀様のそれに似ているらしい。黒耀様が蒼太に執着しているのなら、気まぐれに蒼太の手口を真似たのやもしれぬ。蒼太が森を追われた時、我らは度肝《どぎも》を抜かれたものだ。山幽が同族殺しをするとは……蒼太という異端の者がおるのなら、黒耀様が山幽ということもありうるのではないか？」

「……私には判りかねる」

窺《うかが》うような目をした苑へ精一杯毅然《きぜん》としてみせたものの、通用したかは定かではない。

「まあよい。お前と一緒でないのなら、蒼太は今どこにいるのだ？」

「私の一存では教えられぬ」

一瞬苑が殺気立った。

鋭利な鉤爪《かぎづめ》を持つ金翅だ。夏野一人くらいいつでも殺せると思っているのだろう。

とっさに夏野も鯉口《こいぐち》に指をかけたが、苑の殺気はすぐに失《う》せた。

「黒川夏野。蒼太につなぎをつけてくれぬか？　黒耀様が蒼太に目をかけておられるのなら、蒼太を介して黒耀様の慈悲《じひ》を乞《こ》いたい」

「私は人だ。妖魔同士が殺し合うのを、止める事由はないとは思わぬか？」

再び憤《いきどお》るかと思った苑は、夏野の予想に反して口元に笑みを浮かべた。

「それがお前の本意なら致し方ない。だがもう一つ聞いてもらいたい。……もしも蒼太が黒耀様と同等の力を持つのなら、我ら金翅は蒼太に与してもいいと考えている」

「それはつまり――」

「噂に聞く蒼太の力が本物なら……そして蒼太が黒耀様に成り代わろうと思うなら、我ら金翅は助力を惜しまぬということだ。人をよく知る蒼太なれば、我らの王となっても人に手出しはすまい。人が己の分をわきまえている限り、我らが人にかかわることもない。お前たち人は、それだけでは承服できぬか？」

人と妖魔が互いの領分を守り、かかわらずに生きること。

安良様が目指す「太平の世」も、同じではなかろうか――？

かつて夏野は、安良が人と妖魔が認め合う世界を望んでいるのではないかと考えた。そして今は、八辻の剣をもって黒耀を討とうとしているのではないかと疑っている。とすると安良の思惑も、金翅たちのそれと変わらぬのではないかと思えてくるのだった。

だが、蒼太は……

黒耀に——妖魔の王に——成り代わろうとは露《つゆ》ほども思っていまい。

「……これもまた、お前の一存では応えられまいな。ところであの屋敷には理一位が二人集っておるようだが、用心に越したことはないぞ」

「どういうことだ？」

「黒耀様のことはさておき、鴉猿どもはまだ天下を諦《あきら》めておらぬ。前にやつらが擁《よう》していた老術師は死したようだが、また一人、今度は若いのを引き込んであれこれ画策していると聞いた。理一位が二人もいると知られれば恰好《かっこう》の的になろう。この若いのは、西の閣老を味方にしているとも聞いている」

「西原の？　その術師の名は知らぬか？」

「蒼太とつなぎをつけてくれるのなら、教えてやってもいい」

夏野が応えられずにいると、苑は笑みを収めて懐《ふところ》へ手を入れ、一寸ほどの小さな金色の羽根を取り出した。

「この羽根を持っておけ。今むしったばかりゆえ、五日ほどなら我が気を追える。お前がどこにいようとも、結界の外なら探し出せる。五日のうちに肚《はら》をくっておくがいい」

佐吉を促して、苑は踵を返した。

伊織に知らせるべく、夏野は林を駆け出した。

屋敷に戻ると、縁側で待っていた駿太郎に頷いてみせたものの、伊織や野々宮の許可なくして駿太郎に妖魔のことは語れぬ。

ちょうど六ツの捨鐘が鳴り出した。

既に起きていた伊織に苑の名を告げると、すぐさま駿太郎に言った。

「朝餉《あさげ》の支度は向こうで頼む。おぬしに伝えるべきことがあれば、のちに野々宮様からお話しされよう」

「かしこまりました」

何も問わずに一礼すると、駿太郎は野々宮の小屋の方へ去って行った。

駿太郎の姿が見えなくなると、夏野は密やかに伊織に苑との話を伝えた。

「五日もあるなら、二人を起こすこともあるまい」

昨夜九ツ近くに戻って来た野々宮と馨は、六ツが鳴り終えても起き出す気配がない。

布団を片付け、夏野は竹刀を持って表へ出た。

四半刻ほど竹刀を振り続け、朝餉はまだかと野々宮の小屋を見やった時、街道へ続く道から駆けて来る人影があった。

尻端折り《しりつぱしよ》をした若者の手には颯《はやて》の小筒が握られている。

「の、野々宮様は？」

息を切らせた若者が問うたところへ、ようやく起き出して来た野々宮が顔を覗かせた。

「どうした？」

「申し上げます！　う……空木村が妖魔に襲われました！」

「なんだと？」

眉《まゆ》をひそめた野々宮の背後から、声を聞きつけた伊織も姿を現した。

†

朝餉もそこそこに夏野と伊織は空木村へ、野々宮と馨は御屋敷へと向かった。

後に残された駿太郎は一人で、急にがらんとした屋敷の掃除を始めた。

伊織が身分を隠していることは教えられていたが、空木村に居を構えていることは今朝初めて知った。野々宮に仕えていながら、駿太郎は理術はもとより政にも疎《うと》い。読み書きも仮名《かな》しか知らなかった。

野々宮の同行を断ったのは伊織だ。襲撃が稲盛の意を継ぐ術師の仕業なら、自分たち理一位が連れ立って結界の外に出ない方がよいとの判断からだった。護衛役として馨にも神里に残るよう指示して、空木村には夏野だけを連れて行くという。

馨が護衛役に指名されたのは不満だが、己の役目はあくまで家守だ。いくら弓の遣い手でも身体の小さな己では、身を挺《てい》して野々宮を護ることは難しい。

身勝手と思われようが、野々宮が残ったことに駿太郎は安堵していた。

――しかし、黒川様は戻って来られようか？

昨日夏野に言った通り、駿太郎は紺野家から二つのことを言い渡されてここへ来た。

一つは八辻から紺野家が託された家――土地――を守ること。だが、今一つは野々宮の命令に従うことではない。

二つ目は……

首から下げている守り袋を着物の上から駿太郎はまさぐった。

――もしもいつか、伊達《だて》や酔狂《すいきょう》ではなく、本気で白玖山を目指す者が八辻宅に現れたら、これを渡すように――

それが己に託された二つ目の使命であった。

守り袋の中身は懐紙に包まれた紫水晶の欠片《かけら》だ。

昨日夏野と話して、駿太郎は八辻が白玖山に関心を寄せていたことを知った。そのことを知った夏野もまた、白玖山に関心を持ったようだった。

もしや――と、夏野が今にも白玖山行きを切り出しはしないかと、駿太郎はいつになく緊張したものだ。

八辻の懐剣を見つけた黒川様ならありうる……

しかし夏野は翌日の今日、あっさり神里を去ってしまった。野々宮曰《いわ》く、伊織は既に未読の蔵書の全てに目を通してしまったそうで、空木村の騒動が片付けばそのまま晃瑠に帰る見込みが高い。その場合、馨は様子を見て一人で帰路に就くそうである。

守り袋の中身は野々宮も知っているが、駿太郎が託された使命は知らぬ。駿太郎も代々の家守が身につけているものだとしか明かさなかった。

野々宮が見ても、なんの変哲もない水晶らしい。この守り袋について現今の紺野家当主の紺野雅道《まさみち》はほとんど語らず、駿太郎もあえて詮索《せんさく》はしなかった。ただこの水晶が紺野家の恩人から託されたもの、そして紺野家が己の恩人であることは確かだった。

室生州の端、日高州との境にある岩田村で駿太郎は生まれた。

父親は漁村の岩田村で唯一の猟師だった。肉を好む者たちには重宝されたが、村人の多くが漁師とあって、村では変わり者扱いされていた。

駿太郎が生まれて初めて聞いたのは父親の舌打ちだ。否、実際には覚えていないが、のちにそう母親に教えられた。

幼い頃から弓を仕込まれたが、的を外せば叩かれ、腕を上げれば「宝の持ち腐れ」と愚《ぐ》痴《ち》られた。

「男ならお武家に取り立ててもらえたかもしれねぇのに、女じゃなんの役にも立たねぇ」

それが父親の口癖《くちぐせ》だった。

母親は駿太郎が九歳の時に死んだ。転んで沓脱石《くつぬぎいし》で頭を打ったのが原因である。

転んだのは本当だろうが――

転ばせたのは父親だろうと駿太郎は思っている。母親には、頬《ほお》を張られた痕《あと》がくっきり残っていたからだ。物心ついてから、父親が母親を殴《なぐ》らなかった日は数えるほどしかなかった。酒が入った日は一層ひどく、弟を――男を産めぬことを声を荒らげて責め立てた。

村の皆も薄々真相を推察していたのだろう。村に居づらくなった父親は一年後、少ない猟師仲間のつてを頼って、沢部村へ移って後妻を迎えた。

後妻――駿太郎にとっての継母は身持ちの悪い女だったが、父親のことは気に入ったようだ。だがゆえに、父親と一緒になって暮らしのはけ口を駿太郎に求めた。

ぼろを着せられ、毎日小突かれ嫌みを言われながら、駿太郎はただ黙々と家事をこなした。二年後に生まれたのは妹だった。父親は落胆したものの、その可愛《かわい》がりようは駿太郎とは雲泥《うんでい》の差があった。

十四歳になった時、継母の弟――叔父《おじ》――に嫁《とつ》げと言われた。この叔父は己の倍は年上で、継母同様、ろくでもない男だった。祝言の前に家を出ようと決意した矢先、急に訪ねて来た叔父に駿太郎は手込めにされた。

継母が留守にしていたのは、姉弟で謀《はか》ったからだと思われる。だが、宮司の紺野雅道が訪ねて来ることまでは読めなかったようだ。紺野は神社の鳥居を新しく奉納するために、寄付を求めて村人の家を回っていたところだった。

紺野に一喝《いっかつ》され叔父が身を離した隙《すき》に、駿太郎は自決するべく台所へ走ったが、包丁へ伸ばした手は紺野によって止められた。

そののち、大人たちの間でどのような話し合いがあったのか駿太郎は知らぬ。だが、駿太郎はその日のうちに紺野家へ連れて行かれ、翌日から女中となった。

紺野家は代々、村の神社の宮司を務めてきた。しかし、宮司として御上からもらえる俸禄はほんの僅《わず》かで、紺野は息子夫婦と共に畑を耕して身を立てていた。女中を雇《やと》うほどの家柄ではなく、その余裕もない。家も小さく、座敷の隅で寝起きすることになったが、土間に追いやられることも少なくなかった駿太郎はこの上ない恩義を紺野家に抱いた。沢部村に越してから弓は禁じられていたが、その腕を知った紺野が弓具を揃《そろ》えてくれた。おそらく、のちの家守役を考えてのことだったろう。

だが、恩を着せられた、とは思わなかった。

紺野家からは打算を大きく上回る善意を感じていた。ゆえに駿太郎は朝から晩まで、己にできることは片っ端から請け負った。

先代の家守の音吉には一度だけ会ったことがある。

まだ家守を頼まれる前のことであったが、駿太郎は紺野の遣いとして神里を一人で訪ねたことがあった。

「返しきれねぇ借りがある」と、ぶっきらぼうに言っただけだが、音吉もまた紺野家に深い恩義を感じている者だった。

やがて音吉が死したが、駿太郎を家守とすることへ、紺野家の全ての者が難色を示した。息子夫婦の三人の子供たちは駿太郎との別れを嫌がり、雅道を始めとする大人四人は八辻宅の隣りに居を構えた野々宮を――理一位ゆえに逆《さか》らい難い、一人暮らしの壮年の男を警戒したのである。

躊躇《ためら》う紺野を説《と》き伏せたのは駿太郎だ。

これまでの恩を返すには――これ以上、己が紺野家の負担にならぬためには――家守となることが一番だと思ったからだ。

たとえ「務め」に夜伽が加わろうとも、己を案じてくれた皆のその心だけで充分だと駿太郎は思った。

――野々宮は無理強いはしなかった。

先に触れてきたのは野々宮だ。駿太郎が家守になって半年ほど経った夕刻だった。だが野々宮はすぐに手を放して無礼を詫《わ》びた。そんな野々宮に、これも「務め」の内だと駿太郎は嘘《うそ》をついた。

野々宮への敬慕《けいぼ》がそうさせたと思っていたが、忌まわしい記憶を塗り替えたかっただけかもしれない。野々宮は継母の弟とは似ても似つかぬ堂々たる体軀《たいく》の持ち主で、その見目姿に引けを取らぬ英知と自信を兼ね備えていた。

今となっては軽率だったと思わぬでもない。

何故なら敬慕は時を待たずして情に……野々宮という一人の男に対する恋情へと変わっていったからだ。

出がけに空木村の様子を問うた駿太郎へ、野々宮はそっけなく応えた。

「二人死したと書付にはあった。後は判らん」

「樋口様と黒川様が着くまでに二日はかかりましょうね」

「うむ。だが、俺たちが案じたところでどうにもならん。昼餉は御屋敷で取る。夕餉と酒を用意しておいてくれ」

「かしこまりました」

大事を話してもらえぬのはいつものことだが、今日は殊更心寂しい。

野々宮は理術を始め、政や己の役目について駿太郎に語ることがない。

二人で食事をすることも少なく、稀にあっても旅や町中の珍《めずら》しい景色や食べ物、面白可笑《おか》しい冗談や逸話などに終始した。

情は感じる。

だが野々宮が駿太郎へ向けるそれは親しい者への慈しみであり、恋情ではなかった。

「余計なものはいらん」と、野々宮は事あるごとに言う。

蔵の書物は己のために集めたのではなく、のちの世に続く理術師たちのためだとも。

野々宮の言う「余計なもの」には「妻」も含まれているのだろう。

もとより妻の座を狙《ねら》うような野望は駿太郎にはない。ゆえに、駿太郎から野々宮を求めたこともなかった。

己の分はわきまえている……

黙々と拭《ふ》き掃除を終え、駿太郎は手桶《ておけ》を持って井戸へ向かった。

晴れ晴れとした空のもとで、林はいつになくひっそりしている。

滞在中、毎日辺りを散策していた夏野の姿が思い出された。

私にも理術の才があれば——

夏野の才能は羨《うらや》ましいが、女としての嫉妬《しっと》はなかった。

あの黒川様が慕っている鷺沢様とは、一体どんな殿方なのだろう……？

昨日は夏野の初々しさを微笑ましいと思ったものだが、今朝は懐剣が見つかった時よりも大きな敬意を駿太郎は夏野に抱いた。

妖魔の襲撃を聞いて、伊織と発《た》った夏野の顔には迷いがなかった。

妖魔から国民を護るのが武家の務めとはいえ……

駿太郎より六つ年下の夏野はまだ二十歳だ。六年前、駿太郎は今の夏野と同い年で、己なりの「覚悟」と共に家守となったが、生死にかかわりない己の覚悟なぞ夏野のそれの足元にも及ばぬように思える。

……あの方と私では、背負っているものが違う。

井戸端で雑巾《ぞうきん》と手を洗うと、屋敷を見やって、駿太郎は再び胸に——守り袋に——手をやった。

この家を護ること。

この石を護ること。

私は私の役目を果たす——

第五章 Chapter 5

目蓋《まぶた》がひどく重かった。

眉根《まゆね》を寄せ、ようやく蒼太がうっすら目を開くと、壁にもたれて胡坐《あぐら》をかいた恭一郎の姿が見えた。

何やら熱心に書を読んでいる。

名前を呼ぶより先に、渇いた喉《のど》から小さな咳《せき》が出た。

「蒼太！」

書を置いて、恭一郎が枕元《まくらもと》へ駆け寄った。

「気付いたか……」

頷《うなず》こうにも、身体《からだ》に力が入らない。

またしても「どく」にやられたのだろうか……？

ぼんやりと記憶をたどろうとした途端、激しい頭痛を覚えて蒼太は呻《うめ》いた。

何千枚、何万枚という絵が頭の中を埋め尽くす。

「蒼太！」

己を抱きかかえた恭一郎の匂いに安堵したのも一瞬で、止めどもなく溢《こぼ》れる絵に頭が破裂しそうである。恭一郎が手にした茶碗《ちゃわん》の水を、蒼太は口を結んだまま拒んだ。

「そうだ。ちと待て」

一旦《いったん》己を放した恭一郎はすぐに戻って来て、指先でつまんだ何かを差し出した。

「これが役に立たぬか？」

あまりの痛みに涙が視界を濁らせたものの、差し出されたそれを見て、蒼太は一も二もなく食いついた。

「……っ！」

微《かす》かに声を漏らした恭一郎にはお構いなしに口の中でそれを転がすと、額がすぅっとした。生えかけの角を中心にひやりとして、頭が一回り小さくなった気がする。

脳裏を埋め尽くしていた絵が少しずつ薄れ、それに伴い頭痛も引いていった。

しばらく飴《あめ》のようにしゃぶったのち、蒼太はそれをごくりと飲み込んだ。

「あっ！　何をする！」

慌てた恭一郎を見て蒼太はきょとんとした。

「……大事はないのか？」

「ん」

「紫葵玉《しきだま》のようなもの……と聞いておったが」

「しきた、ま……ちか、う」

否定したが、似ているといわれればそうかもしれぬと思い直した。

マデティア……

山幽――デュシャの言葉が思い出された。半寸ほどの丸く小さく透明な玉は、マデティアと呼ばれていた。森の誰《だれ》かが大きな怪我《けが》を負うと、翁《おきな》が自らの手で一粒二粒マデティアを含ませたものだ。おそらく紫葵玉――ワダジズン――と同じく、翁だけがその作り方を知っているのだろう。

「くす、い」

「そうか。あれは薬だったのか」

安堵《あんど》の表情を浮かべて恭一郎は微笑《ほほえ》んだが、右手を見やって顔をしかめた。

とっさに己が嚙《か》んでしまった人差し指に血が滲《にじ》んでいる。

「こめな、さ……」

「まったくだ」と、今度は苦笑する。「この三日で、俺《おれ》は十年分は書を読んだぞ」

どうやら己は三日も気を失っていたようだ。

ムベレト。

そして「やつじのけん」――

倒れた時を思い出すと、身体が震え、角が痛んだ。

ようやく動くようになった手で水をすすりながら、恭一郎の話を聞いた。

三日の間、人払いに随分苦心したらしい。

「医者は不要と言っても、なかなか引き下がってくれんでな。お前はいまや国の要人なのだから致し方ないが……不本意ながら、父上の威を借りた」

己を置いて外出もできず、日がな一日書を読んで三日間を過ごしたという。

「こめ……」

「それはもうよい」

謝罪を遮《さえぎ》って恭一郎は続けた。

「それより一体何があったのだ？　俺があれと死す夢を見て、刀を持ち出し、槙村と会って高峰神社に行ったそうだな？」

恭一郎が顎《あご》をしゃくった先には、刀掛けに掛けられた八辻九生が鎮座している。

身震いに茶碗を取り落としそうになった手を、恭一郎が支えた。

「すまん。話したくなくばよいのだ」

肩をさする恭一郎の手の温かさに、己が生きていることを改めて実感した。

死んだと思ったが、気を失っただけだったのか。

否。

一瞬だけだったが、おれはやはり死んだのではないか……？

やがて運ばれて来た重湯を口にしながら、恭一郎から孝弘のことを聞いた。

孝弘も、まさか刀を抜いただけでこのような始末になるとは思わなかったようだ。

黒耀が都で人を殺せぬことを教えてくれたのはありがたいが、あの悪夢を恭一郎に漏らしたことには腹が立つ。

蒼太の気持ちを察したのか、恭一郎は微笑んだ。

「槙村が言うには、あの剣は必ずその遣い手にたどり着くそうだ。それまでは俺が手元に置いておく。それにあの剣と共にあろうがなかろうが、俺は剣しか能のない男ゆえ、剣に死したところで悔いはない」

「ても」

「斬《き》り合いで死す方が黒耀に殺されるより百倍もましだ。それにな、蒼太。俺が剣に死す時は余程のことだ。俺より強い相手に出会ったか……」

もしくは、おれを「まもる」ために自らの命を投げ出したか……

「それならそれで本望だ」

おれは嫌だ――

そう言いたいのをこらえた。

嫌だ嫌だと、ごねるだけではただの駄々っ子だ。己の予知を知っても、恭一郎は八辻の剣を手放す気はないらしい。

……それならおれはおれのやり方で「きょう」を「まもる」までだ。

それにしても刀の嫌な気配は、今はまったくといっていいほど感じない。

先ほど身震いしたのは倒れた時の痛みを思い出したからで、あの夢は、己を孝弘に会わせるために運命が見せた偽《いつわ》りだったのではないか……またそうであって欲しいと蒼太は切に願った。

「ところで今朝方、空木が妖魔《ようま》の襲撃を受けたそうだ」

「え……？」

「少し遅れて伊織からも颯《はやて》が来た。黒川と二人で空木に向かうとあった」

「いおい、の、いえ」

「うむ。やつの屋敷は無事だとよいが……あの二人なら明後日には空木に着くだろう。俺たちは知らせを待つしかない」

「いん、は？」

己が維那に来た目的を思い出して、蒼太は問うた。

「まだ見つかっておらぬ。多嶋は変わらず務めに出ている。またのちほどお前の力を借りることになるだろうが、今は休め。次に目覚めた時は腹も落ち着いていよう。重湯や粥《かゆ》の他に何か食いたいものはないか？」

「まんじゅ。だい、ふく。きんつ、ぱ」

「そうくると思った」

苦笑しながら、恭一郎は横になった蒼太の布団を直した。

腹も落ち着き、うとうととしていると、時折、紙芝居《かみしばい》のごとく倒れた時に見た絵が一枚ずつゆっくりと浮かび上がっては消えた。

何度目かに意識が浮上した時、ふと思いついて、蒼太は目を閉じたままおそるおそる記憶をたどった。

己の影が映った八辻の刀身を思い出す。

マデティアを含んだおかげか、恐れていたような頭痛は起きない。

あの痛みの中で、己に流れ込んできたもの……

目を見張った孝弘の顔があった。

孝弘の目を通した、地面に倒れた蒼太自身の姿も。

少し離れたところでは、参拝客が熱心に祈っている。

庭を掃く出仕。祝詞《のりと》を唱《とな》える宮司。振り売りに話しかける女中……

神社の外には指南所に向かう子供たち、得意先へ急ぐ店者《たなもの》、散歩する老人がいる。

それらの者が見たこと、聞いたこと、話したこと、感じたこと――

あの時、恭一郎は高梁と話していた。

恭一郎の目には高梁が、高梁の目からは恭一郎が見える。

ちらりと蒼太自身の姿も浮かんだように見えたのは、恭一郎の己への憂いゆえか。

たった一瞬とはいえ、蒼太の中に都内の全《すべ》ての記憶があった。

一瞬ゆえに感情は読み取り難い。

だが一枚一枚、記憶の中の絵を、金印を意識しながら追ってみる。

一刻《いっとき》ほどはそうしていたろうか。

金印を載せた手のひらの絵が頭をかすめた。

手にした者の顔は判らぬが、その左手は人差し指が異様に短い。

——恭一郎を通じて仙助にそのことを告げてもらうと、仙助はすぐに思い出した。

高家の米倉英明の次男・英勝《ひでかつ》であった。まだ十七歳の若者である。

翌日、目付《めつけ》の井出《いで》を伴い、高梁自らが米倉の屋敷に向かった。

閣老と目付の来訪を聞いて慌てて屋敷を逃げ出した英勝は、仙助を筆頭とした安由《あゆ》たちに捕えられた。

もはや逃れられぬと悟《さと》ったのだろう。嗚咽《おえつ》を漏らし始めた英勝の懐《ふところ》から金印が見つかった。英勝の証言を待たずに、天文方の多嶋も捕縛《ほばく》された。英勝のことで蒼太を信頼した高梁の判断であった。その直後に英勝が全てを白状した。

金印を持ち出した上で小火《ぼや》を仕掛け、一通目の偽造書を用意したのは多嶋、その多嶋から金印を預かり、二通目の偽造書を作ったのは英勝だということが判明した。

「私が甘かった」と、取り調べで多嶋は自嘲《じちょう》したという。

多嶋は金印を処分するよう英勝に託したのだが、英勝は独断で二通目の偽造書を仕込んだ。挙げ句、再度処分を促した多嶋にはそうしたと嘘《うそ》をつき、他に使い道がないものかと金印を隠し持っていた。

夜を挟んでの取り調べののち、英勝と多嶋は牢屋《ろうや》に入れられた。

蒼太が目覚めてから、僅《わず》か二日の出来事だった。

翌日も高梁や仙助たちは慌ただしく過ごしたが、蒼太はこの三日、恭一郎と共に御屋敷でのんびりできた。高梁の言いつけで、日に何度も菓子の差し入れがあり、改めて「じかでし」の肩書のありがたみを蒼太は知った。御屋敷にこもっている間に、身体もすっかりもと通りになった。

「多嶋は首謀者は己だと……西原の関与を認めておりませぬ。拷問《ごうもん》にかけるべきか、高梁様は迷っておられます。多嶋の様子を見たところ、力で責め立てても口を割るとは思えぬそうで」

夕刻戻って来た仙助が、蕎麦屋《そばや》・三津屋《みつや》で恭一郎へそう伝える傍ら、蒼太は貴也が作った蕎麦がきのぜんざいをお代わりする。

「それにしても、よく米倉の息子のことが判ったな」

「岩田、米倉、多嶋の三家は、使用人まで調べ上げましたから。英勝は幼き頃《ころ》、指先についた他愛《たわい》ない傷が腐り始めたため指先を落としたそうです。此度《こたび》、事を起こしたのは西原への忠義からというよりも、兄を妬《ねた》んで功を焦ったようです。父親が西原寄りの意向を示すのを見て、己が一役買えぬものかと……」

「西原も次男でありながら跡目を継いだ」

「ええ。そんな西原にあやかりたかったのやもしれませぬ。しかし、同情の余地はありませぬ。二年前に元服を済ませた身ですから、本人の処罰は無論のこと、米倉家の存続も危ういでしょう。父親は此度の件は寝耳に水だったと言っておりますが、それが本当でも西原と付き合いがあるのは間違いないようです」

「そうか。とりあえず印と下手人は見つかったのだ。後は高梁様とお前たちに任せた」

「鷺沢様と蒼太様は、すぐにお発《た》ちになりますか？」

「うむ。夕刻、御屋敷に颯が届いてな。空木の被害は思ったより悪くないようだ。もう二日もすれば樋口様は晃瑠へ向かうとあったので、こちらも同日に維那を発って、差間《さしま》辺りで落ち合おうと思う」

伊織たちには少し遠回りになるが、東都のやや北西にある恵中《えなか》州府・差間は空木村からも維那からも同じくらいの距離である。

「それは良案ですな。とすると、維那にいらっしゃるのもあと一日二日……息抜きをご所望でしたら、若いのに案内させますが……」

仙助の言う「いきぬき」は、どうやら「かがい」のことらしい。

夏野ほどではないが、蒼太も男女の営みに関していくばくかの知識を得ていた。しかしいわゆる性的な衝動を覚えたことはまだなかった。十歳で身体の成長が止まったことが大きな理由であろうが、そもそも蒼太は人が苦手である。恭一郎や夏野の他は、馨や伊織にさえ滅多《めった》なことで手も触れさせぬ。妖魔に対しても同じで、かつて森にいた女を異性ととらえたことはなかったし、仄魅《しきみ》の伊紗や黒耀にはそのような感情を抱きようがない。

晃瑠でも時折、蒼太を置いて「いきぬき」に出る恭一郎だ。

――「きょう」がそうしたいなら止めはしないが……

なんとなく夏野の顔が思い浮かんで、蒼太はちらりと恭一郎を盗み見た。

気付いた恭一郎が小さく咳払いする。

「俺は此度は、蒼太の用心棒ゆえ……」

「や、これは無礼なことを申しました」

咳払いは蒼太の目を誤魔化すためだったろうが、仙助は子供にはそぐわぬ話だったと勘違いしたようだ。

「明日は、貴也が維那の案内をしてくれるのであったな、蒼太？」

「ん」

「そうとなれば仙助、俺は用心棒と財布に徹するまでだ」

「心得ました。晃瑠には敵《かな》いませぬが、維那にも見所はございます。ご子息と北都見物を楽しまれますよう。貴也、しっかり案内するのだぞ？」

「はい！」

大人たちが小難しい話を続ける横で、貴也と蒼太は維那の絵図を広げて明日のことを話し合った。

まだ数えるほどしか会っていないのに、いまだ流暢《りゅうちょう》とは言い難い己の人語を、貴也はよく解してくれる。蒼太が甘い物好きなのも知っていて、絵図を指差しながら維那の有名菓子屋をいくつか挙げた。

「それからお願いがあるんだけど……行きか帰りに、少しでいいから奈枝《なえ》に会ってやってくれないか？　蒼太のことを覚えてるんだ。おれだけ蒼太に会ってずるいって言われてる。

ちびなのに口が達者で困ってんだ」

「ん」

蒼太が頷くと、貴也は嬉《うれ》しげに白い歯を覗《のぞ》かせた。

——だが翌日、蒼太が奈枝に会うことはなかった。

夜のうちに牢内で米倉英勝が死した。牢番が襲われ、気を失っている間に、毒殺されたようである。

また、別の牢にいた多嶋徹茂の姿が消えていた。

知らせを受けてざわめきたった御屋敷へ、恭一郎宛てに大老から颯が届いた。

野々宮の命を案ずる颯が「山の者」から届いたという。急ぎ神里へ向かうようにと書付にはあった。「山の者」と人見が記したのは、おそらく山幽の槙村孝弘だろう。

蒼太は蒼太で、気になる夢を見たところであった。

馨と野々宮と思《おぼ》しき者が火に巻かれる夢だった。

狗鬼《こうき》を相手に刀を振り回す夏野の姿も見えた。

己を呼ぶ夏野の声が、頭に強く残っている……

慌ただしく旅支度を整えて、蒼太と恭一郎は維那を後にした。

†

燃え盛る炎に飛び込む野々宮の姿を、夏野は夢に見た。

良明《よしあき》が朝餉《あさげ》の支度をしている間に、離れで夢のあらましを伊織に話していると、村長が汗を拭《ふ》き拭きやって来た。

「晃瑠から颯が参りました」

大老から伊織に宛てた書付には、野々宮の警固のためにしばし恭一郎と蒼太を神里へやることが記されていた。

「我々は予定通り晃瑠へ戻れとのお達しだが……さて、どうするか」

つぶやきつつも、伊織は既に肚《はら》を決めているようであった。

「戻りますか？ ……晃瑠ではなく神里へ？」

「うむ」と、伊織は一つ頷いた。「山の者とやらの知らせといい、黒川の夢といい、野々宮様のお命が危ういと思われる」

夏野と伊織は、二日前の夕刻に空木村へ着いた。

その日のうちに結界が破られた場所へ向かうつもりだったが、ちょうど近隣を旅していたという理二位・甘粕光一《あまかすこういち》が前日に先着しており、結界は既に張り直されていた。

死者が二人、負傷者が七人。襲ったのは鴉猿一匹と蜴鬼《やくき》三匹とのことである。

死傷した九人は気の毒だが、思ったより被害が少ないことに夏野たちは緊張を解いた。

宵《よい》の口に蜴鬼が入り込んで来たことにいち早く気付いた農民が、迷わず己の家に火をつけたそうである。近くの者は焼ける家のもとへ集い、竹槍や鍬《くわ》、鎌などで蜴鬼を退《しりぞ》けた。

火《ひ》の見櫓《みやぐら》にいた者はすぐに火事を——そして蜴鬼を見つけて、妖魔襲撃の半鐘を鳴らした。空木村でこの独特な鳴らし方の半鐘が鳴るのは初めてだったが、この二年ほど国民は諸国の襲撃の話を耳にしている。ゆえに皆、戸惑うことなく行動できたようだ。

一番の功労者は、空木村で唯一の剣術道場主の赤間彦之《あかまひこゆき》であった。

なんと一太刀で鴉猿の首を斬り飛ばしたという。

鴉猿の死を知った蜴鬼たちは、即座に身を翻《ひるがえ》して村を去った。

赤間が侃士号――五段――を賜ったのは二十年も前のことである。柔和な人柄と丁寧《ていねい》な指導で慕われていたものの、二十年間昇段することがなかった赤間の腕は、剣士としては今一つだった。

――しかし、半鐘を聞いて先生は一番に飛び出して行ったそうです。俺なんか、どうしたらいいのか判らなくて――剣を片手に、家の周りをうろうろするだけで……――

そう言って良明は恥じ入った。

村人の敬意を一度に得た赤間だったが、夏野たちにはその人の好《よ》い顔に苦笑を浮かべた。

――いやはや、運がいいのか悪いのか……道場からそう遠くないところで、鴉猿に出くわしたのだ。気付かれて、もう破れかぶれさね。一太刀で斬れたのは偶然だ。生き物を斬ったのはあれが初めてでな。返り血にびっくりして、腰を抜かしてしまった――

神里の小野寺《おのでら》家から村の警固として送られていた侃士の一人が見つけるまで、鴉猿の屍《しかばね》の傍《そば》でへたり込んでいたのだと、赤間は笑いながら頬《ほお》を掻《か》いた。

鴉猿の屍からは符呪箋《ふじゆせん》が見つかったが、鴉猿自身の血にまみれたそれらは効力を失っていた。蜴鬼たちは符呪箋によって鴉猿に羈束《きそく》され、意に反して村を襲ったようである。

行きがかり上、理二位の甘粕には身分を明かしたが、菅原《すがわら》親子と村長の他は伊織が理一位だとは知らぬ。伊織は晃瑠出身の都師として、夏野と良明は護衛役として、甘粕と共に結界を確かめて回った。

甘粕は空木村から二十里ほど東に位置する、生田《いくた》州元木村《もときむら》の出であった。もともと郷里への旅路とあって、昨夜は村長の家に泊まり、明け六ツと共に既に空木村を発っている。

夏野たちは、もう二日ほど空木村に滞在したのちに晃瑠へ発つつもりだったが――

「野々宮様のお命が危ないとなると、此度の空木の襲撃は、樋口様を神里から離すためだったのやも……」

間瀬州山名村では、地の利もないのに伊織は稲盛の手から逃れていた。稲盛の意を継いだ者が誰であれ、理一位二人を一度に相手にするのは荷が勝ち過ぎると判じたのではなかろうか。野々宮や佐内が術を振るうところを夏野は見たことがないが、伊織は理一位の中で一番若く、侃士号まで持っている。

「俺ではなく、黒川を警戒してのことやもしれぬぞ？」

「私など――」

「俺は稲盛から逃れただけだが、黒川は稲盛を死に追いやった。妖魔どもを率いる術師が鹿島であれ誰であれ、おぬしが尋常《じんじょう》ならぬ力を持つことは既に知っておろう」

憂いを含んだ伊織の声に、夏野の不安は膨らんだ。

「もしも空木での騒ぎが我々を遠ざけるための攪乱《かくらん》だったら……間に合いましょうか？」

「判らぬ。だが万一の事態には尚更、俺たちにできることがあろう」

夏野たちが神里を発って五日目になる。今すぐ出立しても神里へ着くのは二日後の夕刻だろう。

「しかし、おぬしの予知は妖魔ではなく火事……まずは、野々宮様には火事にも留意していただくよう颯を送っておくか」

良明と朝餉を済ませると、夏野と伊織は神里への道を戻り始めた。

街道を早足で北上する夏野たちの頭上を、一羽の鶫《つぐみ》が追い越して行く。

「――正味四日が過ぎたな」

伊織に言われて思い出した。

――五日のうちに肚をくくっておくがいい――

四日前の朝、金翅《こんじ》の苑はそう言って夏野に己の羽根を渡した。失《な》くさぬように手形と一緒に守り袋に入れてあるが、空木村の騒ぎですっかり忘れていた。

「肚をくくっておけと言われましたが、どういたしましょう？」

「つなぎをつけるだけなら、そうもったいぶらずともよいだろう。それに蒼太が妖魔どもの王になるというのは、なかなか妙案だと俺は思うがな」

「樋口様」

「金翅が味方してくれるのなら、鴉猿と渡り合うのも難しくない。黒川はそう思わぬか？問題は黒耀だが……うまくゆけば、恭一郎が望みを叶《かな》える日もそう遠くないやもな」

「鷺沢殿の望み、ですか」

「蒼太と共に人里を離れ、旅に出る。一葉様に跡目を任せ、政《まつりごと》のしがらみから解き放たれるという望みだ。どのみち、いつまでも守り袋だけでは蒼太を隠し通せぬ。いずれ都を離れざるを得なくなる。蒼太と袂《たもと》を分かたぬ限り、な」

「二人は親子も同然です。また、恭一郎の命のためなら蒼太は離れることを選ぶやもしれぬ。もしくは恭一郎の命を救うためにこそ、黒耀を倒すことを選ぶか……」

「子はいつか巣立つものだ。二人が袂を分かつなど——」

　蒼太が黒耀を倒す——

「……もしも安良様の願いが黒耀の死であれば、それを叶える者——安良様と槙村の両者が探し求めてきた者——は、蒼太なのでしょうか……？」

「どうだろう？　少なくとも黒川、おぬしの方が蒼太よりもあの剣を使いこなせるのではないか？」

　微笑を浮かべて伊織は問うた。

　やはり楽しんでいらっしゃる——

「私は真面目《まじめ》に問うているのです、樋口様」

「俺も至って真面目に応えている」

　にこやかに、穏やかな声で伊織は続けた。

「安良様が恭一郎の刀に一目置いていることは確かなのだ。黒川の聞いた声が——八辻の予言がまことになるなら、あの刀は誰の、どんな願いを叶えるというのか」

「あの時、私が怖気付《おじけ》いたばかりに……」

あれから幾度か恭一郎の刀に触れる機会を得たものの、夏野があの時の声を再び聞くことはなかった。

「おぬしが怖気付かずにいられぬほどの願いだった、ともいえる。——そう気に病むことはない。蒼太でさえ予知や過去見は不安定なものだ。俺にはそれらの能力がないゆえ、それらだけを頼るのは心許《こころもと》なく、浅はかとも思える。しかし、一連の出来事にはやはり大きな意味がある——運命のごとき、自然の意があるように思えてならぬ」

「運命、ですか？」

「理術師として運命などという言葉を口にするのはちと癪《しゃく》だが、今在るものだけでなく、時にも理があるのなら、全ては起こるべくして起こるのやもな」

「それでは……あんまりです」

夏野が憮然《ぶぜん》とすると、伊織も頷いた。

「そうだ。あんまりだ。そう考えると、全知全能というのも案外つまらぬものやもしれぬ。不自由はあろうが、現人神辺りがちょうどよいと思わぬでもない」

まさかとは思うが、伊織にまで稲盛のような野望を抱かれても困る。

困惑が顔に出たのか、伊織はからかい口調で言った。

「国を治めるというのは、大層骨が折れることなのだ。俺は身の程はわきまえているつもりだ。また恭一郎ほどでなくとも、俺のような自分勝手には国皇なぞ到底務まらぬ」

「はあ……」

「それより、金翅のこととは別に、おぬしもそろそろ肚をくっておいた方がよいのではないか？」

「鴉猿や――術師と斬り合う覚悟はできております」

稲盛を斬るまでに、己は何度も躊躇《ためら》った。

稲盛が伊紗の娘を取り込んでいたことが大きな理由だったが、心のどこかで人を――同胞を斬ることを避けていたのではないかと思う。

「己の身を護《まも》るためではなく、大義のために斬る。それが妖魔であれ、人であれ……今の私にはその覚悟がございます」

夏野が言い切ると、珍しく伊織は目を丸くした。

ふと、三年前に獄門になった富樫永華《とがしえいか》を思い出した。

人でありながら、永華もまた「見抜く力」を備えた者だった。そしてその力ゆえに、山幽を取り込んだ術師にそそのかされ、幼き者たちの心臓を食すことで若さと力を保ち、そうすることこそが大義につながると妄信《もうしん》していた――

慌てて夏野は付け足した。

「し、しかしながら、大義という言葉に惑わされぬよう……つまり何が正しいのかを見極めてから――その、私ごときが事の正しさを見極められると思うのは大変な驕《おご》りでありますが、こうして樋口様のもとで修業をしながら、不動の理を学ぶことによって……」

噴き出しかけた口元を、伊織はさっと手で隠した。

「――それは良い心がけだ、黒川」

「恐れ入ります」

「しかし、俺が問うたのは剣士としての覚悟ではない」

「といいますと……？」

「事が片付けば――そうでなくとも、もう数年もすれば、恭一郎は蒼太のために都を去るだろう。その時がきたら黒川はどうする？　都にとどまるか、やつらと共にゆくか――」

「私は……」

私が蒼太や鷺沢殿と共にゆく……？

二人と共に生きたいと願ってはいるものの、旅に出る二人は止められぬ。ましてや己も同行したいなどと、言える立場にないと夏野は思っている。

「恭一郎には振り回されてばかりだからな。一家の長にでもなれば、少しは無茶を慎《つつし》むだろう。とはいえ、並の女子にあいつの連れ合いは務まらぬ。蒼太も頼りにしている黒川なら、俺も安心なのだが……」

――連れ合い。

蒼太の護衛でも学友でもなく、鷺沢殿の――

「ご……ご冗談が過ぎます、樋口様」

「冗談を言ったつもりはないが？」

「さ、鷺沢殿はおそらくご冗談としか思わぬでしょう」

「そうか？」

「そうに決まっております！」

「決まっておるのか……先ほど、運命なぞあんまりだと言ったのはおぬしではないか」

にやりとした伊織に、夏野は頬が熱くなるばかりだ。

「出過ぎたことを言ったな。忘れてくれ」

そんな無茶な……

忘れろと言われたところで到底忘れられる筈《はず》がなく、伊織もそれは承知の上らしい。

「樋口様……」

恨《うら》めしげに夏野は伊織を見やったが、伊織の方はどこ吹く風だ。

「北は雲行きが怪しいな」

遠くとも正面に見える筈の奈切山が、灰色の低い雲にさえぎられている。

「はあ」

曖昧《あいまい》に相槌《あいづち》を打って、夏野は伊織に続いて足を速めた。

第六章 Chapter 6

維那《いな》の東門を出て二刻《ふたとき》ほどが経《た》った。

東門を出た者のほとんどは東北道を晃瑠《あける》に向かって歩き始めたが、蒼太《そうた》と恭一郎《きょういちろう》は少しでも早く神里《かみさと》へたどり着くべく、黒桧《くろべ》州と恵中《えなか》州の州境を縫《ぬ》う道を行くことにした。

国内の街道は晃瑠と斎佳《さいか》をつなぐ東西道が最も広く賑《にぎ》わっていて、それに次ぐのが貴沙《きさ》と維那をつなぐ南北道だ。久峩山《くがやま》を中心に十字に伸びるこの二大街道は、四都の清修寮《せいしゅうりょう》に務める理術師たちによって、妖魔《ようま》を退けるための術がそこここに仕掛けられている。いざという時の避難所となる神社も点在しているがゆえに、回り道でもこれらの街道を好む旅人は多い。四都をそれぞれ斜《なな》めにつなぐ四つの街道は、東西道・南北道と比べればやや細く、神社や人気《ひとけ》も少なかった。

その他の街道といえば主に州府に通じる道で、これらはほぼ四都か六つの主な街道に一番近いところへつながっている。

神里は絵図の上では維那寄りだが、間の恵中州の北部は山が深い。そのため維那から神里へ向かうには、東北道を半分ほど晃瑠に向かって進み、恵中州府の差間《さしま》を横切る形で晃瑠から神里をつなぐ街道に出るのが定石であった。

しかしそれでは、恭一郎の健脚をもってしても神里まで五日はかかる。恵中州の北部を那岐州玖那村《なぎくなむら》へ抜けることができれば、二日は節約できると恭一郎は蒼太に説いた。多少道が悪かろうが、村か神社で寝泊まりさえできれば、案ずることはないと言うのである。二人が行くのは、大八車二台分ほどの細い道だが、日中なら妖魔に出くわすことはまずなく、恭一郎の剣術と己の力があればそこらの妖魔は恐るるに足りぬ。

怖いのは黒耀《こくよう》様だけ——

それでも八辻《やつじ》の剣を抜いて昏倒《こんとう》して以来、黒耀に対する恐怖はぐんと小さくなったように蒼太は感じていた。

維那の——都の結界の外に出て、蒼太は知った。

あの時の一瞬は維那に限ったものではなかった。

たった一瞬ではあったが、あの時感じたように、安良国《やすらこく》の生きとし生けるものの全《すべ》てと己はつながったのだ。

全ては思い出せぬものの、時折、見知らぬ筈《はず》の道中で蒼太は既視感を抱いた。

思い出せぬ、ということもなかろう。金印を探した時のように、意識を集中させることで記憶を探ることができると思われた。ただ、一瞬から読み取れるものは限られており、都を離れた今、不用意に気を抜く訳にはいかなかった。

剣に死すという己の予知が当たるのなら、恭一郎が黒耀の力で殺されることはないやもしれぬ。そして刀の嫌な気配は、あれ以来消えたままだ。ゆえに、いまやあれはただの夢だったようにも思うのだが、となると再び黒耀を警戒せざるを得ない。

都外なら、黒耀はいくらでも力を振るえる。孝弘《たかひろ》を通して、蒼太は都の術の強さを「見た」。一旦《いったん》都外に出た黒耀の開放感は、己の比ではないと思われる。

――でも、今なら……

黒耀の力を跳《は》ね返せるのではと思うほど、蒼太の中には力がたぎっていた。

ふと名を呼ばれた気がして、蒼太は立ち止まった。

「どうした？」

恭一郎が振り向いてやはり足を止める。

辺りを見回して耳を澄ませるも、近くに人里がないせいか、随分前にすれ違った男が更に遠ざかって行くばかりである。

首を傾《かし》げて歩き出すこと五町ほど。前方から二つの影が駆けて来た。

「蒼太！」

みるみる近くなった男女の内、男の方が蒼太を呼んだ。

恭一郎が鯉口《こいぐち》にかけていた手を放し、女の方に声をかけた。

「名は宮本苑《みやもとその》だったな？　金翅《こんじ》が真昼間から何用だ？」

「お前の名は鷺沢《さぎさわ》というらしいな。鷺沢恭一郎……お前なんぞに用はない」

鼻を鳴らして、金翅の苑は嘲笑《ちょうしょう》を浮かべた。

「蒼太。久しぶりだな」

もう一度、男に名を呼ばれてやっと気付いた。

「さき、ち」

「そうだ。覚えていてくれたか」

にっこり微笑《ほほえ》んだ佐吉《さきち》は、母親の苑より背は低いがもう立派な若者だった。

「上から二人が見えたんだ。街道だったらきっと判《わか》らなかった」

結界がなくとも、妖魔除《よ》けが施された街道沿いは、佐吉たちの目にはもやがかかったように映るらしい。蒼太と恭一郎を見つけることができたのは、辺鄙《へんぴ》な田舎道だからこそであった。

「これで黒川《くろかわ》のもとへ出向く手間が省《はぶ》けた」

苑が言うのへ、恭一郎が問う。

「黒川のもとへ、とはどういうことだ？」

苑は小莫迦《こばか》にしたように恭一郎を見やったが、むっとした蒼太が睨《にら》みつけると、蒼太の方を向いて事情を語った。

知恵に長《た》け、人に化《ば》けることもできる種族は、それぞれの言葉の他、他種族と共通の言葉を持つが、十歳まで——しかも山幽《さんゆう》だけの森でしか暮らしたことのない蒼太は、この共通の言葉をほとんど知らぬ。ゆえに苑たちとの対話は人語を使ってなされたが、その思わぬ内容に蒼太は己の耳を疑った。

「……つまり」

一通り話を聞いたのち、確かめるように恭一郎が問うた。

「黒耀に手当たり次第の殺戮《さつりく》をやめるよう、蒼太から進言しろというのか。黒耀が聞く耳持たぬようであらば――そして蒼太が望むなら――お前たち金翅は、蒼太を立てて黒耀と対立するのも厭《いと》わぬ、と？」

「そうだ」と、苑が頷《うなず》いた。

己を見やって恭一郎が言った。

「……だそうだ」

「しらん」

莫迦莫迦しい限りである。

あの黒耀が、己の言うことを聞くとは到底思えぬ。ましてや黒耀に成り代わり、妖魔の王になろうなどとは、蒼太は微塵《みじん》も望んでおらぬ。

「しらん。かいさと、に、ゆく」

「悪いが蒼太にその気はないようだ」

肩をすくめた恭一郎をじろりと一睨みしてから、苑が言った。

「神里なら、私が連れて行ってやろう。こんなところをちまちま人と歩まずとも、我らなら一飛びだ」

……「おんをきせる」つもりだろうか？

しかし、神里へ向かえというのは大老の命令だ。蒼太は理一位の野々宮《ののみや》の命なぞ関心がなく、案じているのは夢に見た夏野《なつの》や馨《かおる》であり、この二人とて恭一郎の命には代えられぬ。いつ黒耀が現れるやもしれぬのに、このような田舎道に恭一郎を置いて己だけが神里へゆくなぞもっての外だ。

「いらん。きょう、と、ゆく」

きっぱり言って、蒼太はそっぽを向いた。

苑はしばしむっつり黙り込み、やがて口を開いた。

「……判った。鷺沢も一緒に運んでやればいいのだな？　しかし——蒼太は背中に乗せればよいが、そやつは……」

「俺《おれ》を乗せては流石《さすが》に飛べぬか？」

「お前ごときの荷なぞ屁《へ》でもないわ。だがその刀はいただけぬ。大体、剣士を背負って飛ぶような、愚《おろ》かな金翅がいるものか。八辻の剣なら尚更《なおさら》だ」

強気を装っているものの、苑たちが恭一郎の剣を恐れているのが見て取れた。

「刀を置いてゆく気はないぞ？」

「うむ……ううむ……」

口をへの字に曲げて唸《うな》ったかと思うと、舌打ちを漏らした。

「ええい、くそっ！　佐吉、お前はここに残れ。すぐに戻るゆえ——」

言い捨てて苑は踵《きびす》を返し、維那へ向かって走り出す。

「まったく面倒臭いやつらめ――」

ぶつくさつぶやく声が遠ざかったと思いきや、一町もゆかぬうちに苑は、一羽の大きな金色の鳥に姿を変えて飛び立った。

そのまま空を一直線に南下して行く。

「母はその、少々せっかちで……」

「そうらしいな」

空を仰いだ佐吉と恭一郎が言葉を交わす間に、苑はあっという間に見えなくなった。

「すく、もと……る？」

「そう言ってたけど、何を思いついたのやら……」

身体《からだ》こそ大きくなったものの、中身は蒼太とそう変わらぬ佐吉は、少年らしい、困った顔で蒼太を見やった。

一時でも無駄にはできぬと、蒼太たちは再び歩き出したものの、飛ぶことに慣れた佐吉の足は遅い。鳴子《なるこ》村《むら》を離れて以来、あえて人に化けることもなかったようで、よく見ると着物の襟元《えりもと》から金色の鳥の産毛《うぶげ》が覗《のぞ》いている。

振り切るのも忍びなく、足を緩めて歩んでいると、半刻《はんとき》と経たずに苑が戻って来た。

「これに乗れ」

苑が運んで来たのは一丁の駕籠《かご》であった。

乗物と呼ぶほど豪華でも堅牢《けんろう》でもなく、組んだ竹に簾《すだれ》をかけただけの町駕籠だ。

「盗ってきたのか?」と、恭一郎が問う。

「そうだ」と、悪びれもせず苑は応《こた》えた。「南北道ならいくらでも駕籠が通っておるからな。近くを行き交っただけで、駕籠を置いて逃げ出しおった」

「南北道まで行って帰って半刻か」

「なんぞ文句でもあるのか？」

「いや、感心しておるだけさ。空をゆくなら簾は上げておいた方がよかろう」

手際よく簾を巻き上げると、外した刀を片手に恭一郎は駕籠へ乗り込んだ。その潔《いさぎよ》さに慌てたのは蒼太の方だ。

「かこ、おちう」

「なんだと？」

恭一郎と苑が声を揃《そろ》えた。

「おち、た、こま、う」

「落ちるって言ってるんじゃなくて、落ちたら困るって言ってるんだよ。なぁ、蒼太？」

言い直してくれた佐吉へ、蒼太は大きく頷いた。

「その、おと、す」

人によい感情をもたぬ金翅だ。偶然を装ってわざと駕籠を落とすことも考えられる。

「母さんはそんなことしないよ。それに万が一底が抜けたらおれが必ず拾ってやるから」

「……おれも、かこ、のう」

恭一郎の膝を押しのけ、蒼太も駕籠に乗り込んだ。己と一緒ならば、わざと落とすことはなかろうし、万一の事態があっても近くにいれば己の念力でなんとかなるやもしれぬ。

馨ほどの大男ではないが、恭一郎も六尺近い身体つきだ。互いに膝を折ってもすし詰めで窮屈だが恭一郎を護《まも》るためには致し方ない。

「蒼太の目方は九貫もないが……」

ちらりと恭一郎が苑を見上げると、鳥の姿をしたままの苑は鼻を鳴らした。

「莫迦にするな。百貫でもびくともせぬわ」

「そいつは心強い」

微笑んだ恭一郎に、苑が戸惑いつつも言い放つ。

「駕籠にしっかりつかまっておれ」

ふわりと、苑はまず己だけ飛び立った。

一旦仰ぐほどの高さまで上がると、宙で大きく旋回《せんかい》し、今度は地面すれすれに近付いて来る。

大きな鉤爪《かぎづめ》が、巻き上げた簾ごと駕籠棒の真ん中をつかんだ。

勢いよく駕籠が地面を離れる。

思わず蒼太は恭一郎の腕をつかんだ。

ぐんぐん上がって、地面から二町ほど離れると、ようやく水平飛行になる。

「や、これは絶景だな」

楽しげに恭一郎はつぶやいたが、蒼太は初めての空の旅に声も出ない。

森育ちゆえか、大地から離れているのがどうも落ち着かぬのだ。

「見てみろ。人があんなに小さい」

右手で恭一郎の腕を、左手で駕籠の縁《ふち》をつかんだまま、蒼太はおそるおそる下を覗いた。

遠くに二人連れの男たちが見える。昼間から金翅を二羽も見るのは珍しかろうし、内一羽が駕籠ごと人を攫《さら》ったとなれば尚更だ。蒼太の目をもってしてもその表情は判らぬが、二人が呆然《ぼうぜん》と立ち尽くしているのは見て取れた。

高さもさることながら、今まで感じたことのない速さで風が駕籠を吹き抜けて行く。

「怖いか？」

「こ……ない」

精一杯強がってみたが、恭一郎には通じなかったようでくすりと笑われた。

斜め下を並行して佐吉が飛んでいる。

佐吉の翼は三間はゆうにあるかと思われた。苑の翼は更に一回り大きい。

四半刻もしないうちに恵中州を抜けた。北部の、山々が低い南側を回ると玖那と思《おぼ》しき村が前方に見えてくる。

「ここからでは、あのとねりこは判らぬな」

三年前、座敷牢《ろう》から己を助け出してくれた恭一郎を、翌日、蒼太はとねりこの木の下で見つけた。

奏枝の亡骸を埋めた場所であった。

「もう三年も経ったのか……」

「ん……」

恭一郎に出会う前の、一人で過ごした五年間が遠い昔のことのようだ。

――「ひとり」で「にげて」いた……

黒耀に角を落とされた蒼太は念力が使えず、ただ逃げ回ることしかできなかったのだ。

駕籠の縁から手を放して、己の額に触れてみた。一分ほど覗いていただけの角がやや大きくなっている。山幽の角はすっかり伸びても一寸に満たぬが、あまり大きくなると「ひとのふり」が難しくなる。

しかし「ちから」があるのは悪いことではない、と蒼太は思った。

たとえ再び一人になっても、己はもう賞金首ではない。この三年で得た「ちから」があれば、何者にも脅かされることなく「じゆう」に生きられるだろう。

黒耀と殺し合うことでもない限り――

黒耀が蒼太の死を願っているとはとても思えぬ。同様に、蒼太も黒耀の死を望んではいなかった。

苑たちの話では、黒耀は種族を選ばぬ殺戮《さつりく》を始めたらしい。それはひとときの気まぐれなのか、何か考えあってのことなのか、蒼太には知る由がない。

黒耀を諌《いさ》めて欲しいと苑たちは言うが、話し合いを試みたいと思ったところで、神出鬼没の黒耀とはつなぎのつけようもなかった。

風に煽《あお》られ剝《む》き出しになった角を通じて、大地の——自然の気が伝わってくる。

地上の争いごとを離れた、豊かで穏やかな気……

ようやく空を行く緊張が解け、心地良さに蒼太は目を閉じたが、一点きらりと目蓋《まぶた》の裏に光るものをとらえてすぐに目を開いた。

「なつの」

「黒川？」

「なつの！」

言葉が苦手な蒼太だが、精一杯叫ぶと、道行く二つの人影が足を止めた。

†

左目がちりっと疼《うず》いた。

蒼太の声が聞こえた気がして夏野は辺りを見回したが、天候が思わしくないせいか、街道沿いには夏野と伊織の他、旅人は見当たらぬ。

同じように足を止めた伊織がつぶやいた。

「上だ」

見上げると、二羽の大きな鳥がぐんぐん近付いて来る。内一羽は駕籠をぶら下げていた。

夏野たちの近くへ駕籠を下ろすと、更に一町ほど飛んだところで金翅たちも着地した。

「蒼太！」

「恭一郎……一体これは？」

駕籠から降りた二人に口々に声をかけた。

「神里まで乗せてくれるというのでな。伊織、お前にも神里行きの命が出たか」

「そうでもないが、大老様は俺の応変な才覚こそ買ってくださっている筈だ」

「つまり、勝手に向かっておるのか。大老様も苦労なさるな……」

「何、これしきのことは不服に入らぬ。大老様もご子息で慣れておられるさ」

呆《あき》れ顔の恭一郎に伊織が澄まして応えた。

金翅の姿だが、苑と佐吉なのはすぐに判った。

苑が夏野を見やってにやりとした。

「黒川、もうお前に用はないぞ。蒼太と話はついたゆえ」

「そうなのか、蒼太？」

夏野が驚いて問い質《ただ》すと、蒼太は頭を振って否定した。

「かい、さと……に、ゆく。かおう……と、いち、い。かし」

「蒼太も火事の夢を見たか」

昼の九ツを過ぎたばかりと思しき時刻であった。朝餉《あさげ》ののちに空木村を発った夏野たちは既に六里は歩いていたが、蒼太たちもほぼ同刻に発ったと知って目を見張る。

維那からここまで、恭一郎の足でも三日はかかる距離である。

「もうよいのか？　神里までゆくのか、ゆかぬのか？」

苑が蒼太へ問い、蒼太は恭一郎を見上げた。

「俺たちは先に神里へゆこう。野々宮様と馨の無事を確かめねばな」

「なつの……こき……」

「そうだ。黒川が狗鬼《こうき》と戦う夢も見たのであったな。とすると、二人をここへ置いて行くのも不安が残る」

今度は恭一郎が苑を見上げた。人の姿でも六尺超えの苑だが、金翅本来の姿はそれより更に一尺は背が高い。

「なんだ？」

「俺たちを運んだ後、この二人も連れて来てくれぬか？」

「我々はお前らの駕籠舁《か》きではないわ」

苑はつんとそっぽを向いたが、佐吉が伊織を見つめていることに夏野は気付いた。

「佐吉、このお方を覚えているか？」

「ええ。――あなたには借りがある」

夏野に頷くと、佐吉は伊織に話しかけた。

「あなたが……柴田多紀《しばたたき》に言ったんだ。『佐吉は、母親へ――金翅のもとへ返す』と。おれの背中に刻《きざ》まれていた術を解いたのは、あなたでしょう？」

「うむ」

金翅の佐吉を我が子として育てるために、術師の多紀はその背中に符呪箋《ふじゅせん》のごとき刺青《いれずみ》を施した。佐吉を愛するがゆえの所業だったが、懇願する多紀を振り切り、背中の術を解いて佐吉を苑の――実母の――手に返したのは伊織だ。

「神里までゆくのなら送ります。おれの背中に乗ってください」

「それはありがたい。しかし――」

そうなると夏野が一人残されることになる。蒼太が見た、己が狗鬼と戦う夢というのは気になるが、伊織がいないのなら護るのは己の身一つだ。

「私は後から追って参りますので……」

「……うだうだと面倒臭いやつらめ」

舌打ちして苑が言った。

「黒川、私の背中に乗れ。おっと、刀は外すのだ。そっちの術師もだ」

恭一郎が頷いたので、夏野と伊織は刀を外して恭一郎に預けた。

「かたじけない、苑」

夏野が頭を下げると、蒼太も倣った。

「その。かたじけ、な」

「ふん」

鼻を鳴らして苑は夏野へ顎《あご》をしゃくる。

鷹《たか》や鷲《わし》にさえ触れたことのない夏野だが、身をかがめた苑の大きな翼へおそるおそる手を伸ばした。

「首につかまれ」

「うむ」

夏野が首元に手をかけると、苑が夏野の身体を翼で押し上げた。

そのまま軽々と駆け出した苑の両翼が上下に強くはためき、瞬《またた》く間に地上を離れる。

翼を動かす苑の両肩が力強く波打つ。旋回にずり落ちそうになって、夏野は必死に首にしがみついた。

「莫迦者！ 首を絞めるな！」

「す、すまぬ！」

蒼太たちの駕籠を拾うと、苑は再び上昇した。

身体が水平になっても、夏野の心臓は早鐘を打ち続けている。

「黒川、上はどうだ？」と、恭一郎が問うた。

「どう、と言われましても……」

駕籠の様子は判らぬが、恭一郎の声から緊張は微塵も感ぜられない。

苑の首元からそっと覗くと、少し下を飛ぶ佐吉の背中に乗った伊織が見えた。やや身体を起こして興味深げに地上を眺めている。夏野に気付くと微笑んで小さく手を振った。

鷺沢殿といい、樋口様といい……

豪胆な二人といると、己が臆病者《おくびょうもの》に思えて仕方ない。

「呑気《のんき》なやつらめ……鷺沢！ お前の賭《か》けは裏目に出たようだぞ！ 前を見てみろ！」

苑が言うのへ、夏野も前方を見やった。

神里の手前より北にかけて、雨雲が厚く空を覆《おお》っている。

今にも降り出しそうな町へ向かって、十は下らぬ影が山間を駆けて行くのが見えた。大きさと敏捷《びんしょう》さからみて狗鬼のようである。一番後ろを行く、一匹だけ毛色が違うものは鴉《あ》猿《ざる》だろう。

妖魔の多くは夜行性だが、悪天候なら日中の奇襲もありうる。

蒼太の予知通り、狗鬼と戦う羽目《はめ》になりそうだった。

狗鬼たちの走る山を左手に見ながら、苑と佐吉は平野を飛び抜け、神里があっという間に目の前に迫った。まばらに降り出した雨は、神里が近付くにつれ激しくなっていく。

神里の東側の結界沿いに二匹の鴉猿が見えた。夏野たちが頭上を行くのを驚き顔で仰いでいる。夏野の目にうっすら映る結界は、二匹を挟んで一部が既に破れていた。

「結界が――」

「佐吉！　すまぬが伊織を別のところで降ろしてやってくれ！」

恭一郎が隣りを行く佐吉へ叫んだ。

「伊織！　野々宮様は任せたぞ！」

伊織の声は聞こえなかったが、佐吉は苑から離れて北へ――野々宮の家と八辻宅がある方角へ飛んで行った。

「黒川、お前も少しは腕を上げたか？　お手並み拝見といこうか」

　苑はゆっくり身体を返し、結界の外――鴉猿から僅《わず》か半町ほど離れたところまで戻ると駕籠を降ろした。苑が震わせた背中から、夏野も転がるように地面に降り立つ。

「黒川！」

　恭一郎が放《ほう》った刀を左手で受けとり鞘《さや》を払った。

　そのまま飛び立った苑は、文字通り、高みの見物を決め込むようだ。

　突進してきた鴉猿へ斬《き》りつけたが、鴉猿は横へ飛んで刀をよけた。

　これは――！

　夏野が手にしているのは恭一郎の八辻九生《きゅうせい》だった。

　振り向くと、恭一郎がもう一匹の鴉猿の左手を斬り飛ばしたところであった。

　夏野と伊織の二刀を左右の手に握っている。

　駕籠の反対側に転がり出た蒼太も、立ち上がって鴉猿たちを睨みつけていた。

「結界はどうだ？　俺には見えん」

　鴉猿を牽制《けんせい》しつつ恭一郎が言った。

　うっすらと左目に映る結界は、虫食いの麻《あさ》のごとく、一畳分ほどほころびている。

「既に少し破られて――私が食い止めます」

　鴉猿たちと間合いを取りつつ回り込み、夏野は破られた結界の前で刀を構えた。

「来るぞ」

　恭一郎がつぶやいた。

気配だけでなく、狗鬼の足音が耳に届き始めていた。

山裾《やますそ》から先頭を駆けて来た狗鬼が飛び出した。

一匹目を、恭一郎が二刀を振るって斬りつける。

すり抜けて来た二匹目は、すんでで身をよじって夏野の刀をよけた。数歩下がって向きを変えると、一匹目と息を合わせて恭一郎へ襲いかかる。

「鷺沢殿！」

夏野が叫ぶ間に身をかがめた恭一郎の右手の刀が一匹目を突く。更に身を返しざまに振り上げた左手の刀が、後ろから襲いかかった二匹目の腹を裂いた。

二刀を使いこなす恭一郎の剣技につい目を奪われたが、見惚《みと》れている暇はなかった。

三匹目、四匹目と、狗鬼は木々の合間から次々姿を現し、襲いかかって来る。

だが、おそらく八辻の剣ゆえだろう。夏野へ向かって来る狗鬼たちには微《かす》かな躊躇《ためら》いが感ぜられた。

それでも向かって来るのは符呪箋のせいか――？

それらしき物を手にした鴉猿が、雨から庇《かば》いつつ、狗鬼たちの後ろからやって来る。

一匹でも結界の中に入り込めば必ず死者が出る。向かって来る狗鬼には、夏野は容赦《ようしゃ》なく刀を振るった。

触れただけで使ったことはなかった恭一郎の剣だが、吸い付くように手に馴染《なじ》む。

狗鬼の一匹の横腹を斬りつけ、また一匹は首を飛ばした。

しかし返り血を浴びる度に「違う」という思いが強くなる。

狗鬼たちではない。

この刀で斬るべき相手は他にいる――

群れの端にいた一匹の咆哮《ほうこう》が急に途絶《とだ》えた。

地面に崩れ落ちると、二度、三度と身悶《みもだ》えて、こと切れる。

「蒼太……」

駕籠の傍にまっすぐ立った蒼太の右拳《みぎこぶし》が、固く握られている。

『黒耀様……?』

鴉猿たちが辺りを見回す。

辻越町《つじこしちょう》の一件で味を占めたのか、黒耀は近頃《ちかごろ》、心臓を握り潰《つぶ》すことで妖魔たちを死に至らしめているとのことだった。

雨脚が強くなってきた。

沛然《はいぜん》と降りしきる雨に叩《たた》かれながら、蒼太はじっと握り締めた己の拳を見つめている。

拳を胸に抱いた蒼太が、反対側の手をゆっくりと空にかざした。

疼《うず》いた夏野の左目に、微かに青く閃光《せんこう》が走る。

「そう――」

夏野が蒼太の名を呼ぶ前に、稲妻《いなずま》が閃《ひらめ》き地面が揺れた。

一瞬目を伏せたものの、夏野は慌てて恭一郎を見やった。

刀を取り落とすことなく立ち尽くしたその背中に安堵したのも束の間、鼻に届いた異臭に眉《まゆ》をひそめる。

恭一郎から少し離れたところで、焼け焦げ、千切れ飛んだ狗鬼の肉塊が散らばっていた。一匹ではない。二、三匹まとめて吹っ飛んだようである。

鴉猿のように声には出さぬが、狗鬼たちの動揺の念が伝わってくる。

『黒耀様』

『黒耀様だ』

狗鬼が一匹、身を翻して逃げ出した。

符呪箋を持った鴉猿がその背中に怒鳴《どな》る。

人語ではなかったが、『逃さぬ！』といった意が夏野には伝わった。

鴉猿が丸めていた符呪箋を広げて、内一枚を破り捨てた。

逃げ出した狗鬼が前のめりに倒れ込む。

少しだけ足が痙攣《けいれん》したが、すぐにぴくりとも動かなくなる。

――妖魔どもに癪《しゃく》を与えるようなもの――

符呪箋に記された理を、伊織はそう説いた。

狗鬼たちの間に別の動揺が走った。とどまれば黒耀に、逃げれば鴉猿に殺されるという恐怖が辺りに満ちる。

と、再び青白い稲妻が細く光った。

続く落雷の衝撃は一つ目と比べると格段に小さい。

それは符呪箋を破った鴉猿一匹だけを的確に貫いた。

鴉猿の手から符呪箋が離れて宙を舞い、半分焼けた身体が地面に転がる。

羈束《きそく》したのは術師ではなく、この鴉猿自身だったようだ。鴉猿の死によって羈束が解けた狗鬼たちが次々に逃げ出した。

取り残された二匹の鴉猿は顔を見合わせ、狗鬼の後に続くべく走り出す。

その頭上で弾《はじ》けた光を見て、夏野は蒼太へ駆け寄った。

「よせ！」

八辻の刀を投げ出し、宙にかざした蒼太の手を押さえて抱きしめた。

「蒼太！　もう……もうよいではないか！」

落雷に地面が揺れた。

蒼太を抱きしめたまま倒れ込んだ夏野が振り向くと、落雷は僅かに鴉猿たちを外したようだ。

蒼太は泣いていた。

雨で既に上から下まで濡《ぬ》れ鼠《ねずみ》だが、鍔《つば》で隠されていない右目から静かに流れているものは涙に違いなかった。

「もうよいのだ……」

己を見つめる蒼太に頷いてみせ、抱きしめた腕に力を込める。

逃げて行った鴉猿たちの足音が遠ざかると、苑と、いつの間にか戻って来ていた佐吉が人に姿を変えて駆け寄って来た。

「聞きしに勝る力ではないか！」

喜びを滲《にじ》ませて苑が叫ぶ。

涙と雨を手で拭《ぬぐ》い、蒼太は夏野を押しやった。

「こく、よ、さま、は、しらん」

立ち上がってきっぱりと言った蒼太へ、苑は口角を上げて応えた。

「よい。お前がしらずとも、黒耀様の方が放っておかぬさ。あの鴉猿を殺《や》ったのはお前も腹に据えかねたからだろう？　同じ力を持つお前の言うことなら、黒耀様も耳を貸してくださるだろう。さもなくば——忘れるな蒼太。我ら金翅はお前の味方だ」

「しらん」

「これをやろう」

懐《ふところ》から苑が取り出したのは、長さ一寸半、太さ一分ほどの細く白い筒である。目を凝らすと、小さな穴がいくつか空いているのが見えた。

「私の足の骨から作られた笛だ。これが私の忠誠の証《あかし》だ。結界の外でなければ聞こえぬが、お前が呼ぶならいつでも馳《は》せ参じよう」

「いらん」

蒼太がそっぽを向くと、苑は肩をすくめて夏野の方を向いた。

「ならば黒川、お前に託そう。蒼太へやるのであって、お前にやるのではないぞ」

「し、しかし、それなら私よりも鷺沢殿へ預けた方が」

夏野はちらりと、苑はじろりと、同時に恭一郎を見やった。

「……あの男は駄目だ」

むっつりと却下《きやつか》して、苑は夏野の耳元へ口を寄せた。

「駕籠舁き代わりに使われては敵《かな》わんからな……」

夏野の手にしっかり笛を握らせて、居丈高《いたけだか》に苑は言った。

「失《な》くしたら許さぬぞ」

「う、うむ……」

踵を返した母親を追って佐吉も一歩踏み出したが、振り向いて蒼太へ話しかけた。

「蒼太。おれは母さんが……柴田多紀が好きだったよ。蒼太がそこの鷺沢という男を慕うように、おれもあの人を慕ってた。あの人の死を知ってから、おれは人が嫌いになったけど……それでもおれは人を殺したいとは思っていない。人だけじゃない。他の妖魔だってむやみに死なせたくはないんだ。おれには黒耀様や鴉猿たちが判らない……許せない。蒼太は――蒼太は違うのか？」

「……しらん」

片目でまっすぐ見上げて応えた蒼太へ、佐吉は悲しげに口元を歪《ゆが》めた。

「ゆくぞ」

苑に促され、躊躇いながらも佐吉は身を返した。

狗鬼たちが逃げて行った山の方へ小走りに駆けたかと思うと、雨を物ともせず金色の翼を空にはためかせた。

二羽が山を越えてゆくのを見送ってから、思い出して夏野は投げ出した八辻九生を拾った。狗鬼を斬りつけた血は既に雨に流されていたが、刀身を手拭《てぬぐ》いで拭ってからこれも放り出したままだった鞘に納めて恭一郎に差し出す。

「大事な刀を……ありがとうございました」

深々と頭を下げると、「なんの」と、恭一郎は微笑んだ。

「俺の方こそ、大事な形見を振り回して悪かった」

とっさのこととはいえ、恭一郎が己の刀を間違える筈がなかった。夏野に八辻の剣を放ったのは、それが多少なりとも妖魔たちを怯《ひる》ませると踏んだからだろう。

「おれ……いおい、よぶ」

つぶやくように言うと、蒼太が駆け出して行く。

「おい、蒼太！」

恭一郎の声に振り向くことなく、蒼太は雨の中へと姿を消した。

「結界のほころびはでかいのか？」と、恭一郎が問うた。

「そうでもありませんが、狗鬼や鴉猿には充分な大きさです。ここは私が護りますゆえ、鷺沢殿は蒼太を――」

「あの足にはとても追いつけぬ。どのみち、伊織か野々宮様にしか結界は直せぬ。万一やつらが引き返して来たらと思うと、黒川一人を置いてはゆけん」

「しかし」

黒耀のごとき力を振るいながら、泣いていた蒼太が気になった。

だが同時に、それを己の口から恭一郎へ告げるのも躊躇われた。赤子ならともかく、理由が何であれ、親に泣き顔を見せたい子供はそうおらぬからだ。

認められたいと望んでいるなら尚更だ。

「まあ、俺では蒼太ほど頼りにならぬだろうがな」

「そんなことはございませぬ……」

否定しつつも尻《しり》すぼみになったのは、恭一郎の眼差《まなざ》しに憂いを見たからだ。

一町と離れていないところに、焦げて千切れた狗鬼の屍《しかばね》が散乱している。更に少し離れたところには黒い塊となった鴉猿の屍があった。

煙《けぶ》る雨の中の惨状は灰色だ。だが、泥《どろ》に交じった血や肉の焼けた臭いはいまだ辺りに漂っていた。

「蒼太の力が、この世を滅ぼす……か」

「鷺沢殿、どうしてそれを？」

「槙村《まきむら》が戯《ふざ》けて言ったことだが、黒川こそ、どこで誰に聞いたのだ？」

「私は以前、夢の中で……」

一昨年、蒼太を預かっていた時に、蒼太の夢を夏野も垣間見た。

――お前の力が……この世を滅ぼす……――

そう、知らぬ男の声が言った。

「夢の中で、蒼太は鷺沢殿の刀を手にしていました。やはり蒼太が安良《やすら》様の望む者ではないでしょうか？　その八辻の刀をもって黒耀を倒す者――」

「確かに二人の力がぶつかり合えば、こんなものでは済むまいな。だが、国を滅ぼすほどではあるまい。それに、槙村の話を全て鵜《う》呑《の》みにするのは早計だ」

眉をひそめた夏野へ微笑んでみせ、恭一郎は駕籠から簾を外した。

結界の前に敷くとその上に腰を下ろす。

「気休めだが、まあ座れ」

「はあ……」

すっかり雨の染みこんだ着物は重く、ところどころ返り血も滲んでいる。洗濯《せんたく》を頼む駿《しゅん》太《た》郎《ろう》を思うと泥の上に座るのは気が引けるものの、簾は一畳に満たぬ大きさである。片膝を立てた恭一郎の横に、夏野は遠慮がちに正座した。

山幽の槙村孝弘に会ったことを始め、維那での出来事を恭一郎が語る。

金印が無事に見つかり、閣老の疑いが晴れたことは喜ばしい。

しかし蒼太のこと――黒耀に脅され人を殺してしまったこと、八辻の剣を抜いただけで倒れ、三日も寝込んだこと――には胸が痛んだ。

暗然としてうつむくと、小さなくしゃみが出た。

妖魔たちが去ってから半刻ほどが経っただろうか。

夏野の見当では野々宮の家はここから半里ほどだ。蒼太と伊織の足ならもう戻って来ていてもおかしくないというのに、二人の姿どころか気配さえいまだ感ぜられなかった。

「寒いか？」

こんな時に不謹慎だと思いつつ、問うた恭一郎の声の近さに胸が高鳴る。

「いえ、寒くはありません。雨脚も大分弱くなりましたし……」

地面を叩くように降っていた雨は、いまや霧雨《きりさめ》となって静かなものだ。その静けさに夏野は余計にどぎまぎしたが、恭一郎は濡れた顔を手で拭うと、苦笑を漏らした。

「蒼太といい、黒川といい……意地っ張りだな」

「意地では――」

「いつもそうだ。寒いかと訊《き》けば寒くないといい、痛いかと訊けば痛くないと応える。怖いかと訊けば――いや、くだらぬことを問う俺が悪いのだな。怖くない筈がないというのに……」

蒼太の不安を――躊躇いを……鷺沢殿は承知しておられる――

思わず夏野が見つめると、恭一郎は今度はやや困った顔をした。

「すまぬ。ただの愚痴だ。――それにしても、本当に寒くないのか？　凍《こご》えておるではないか。顔も幾分赤いようだし……熱でもあるのではないか？　小雨になったとはいえ、このままでは風邪も引こう」

「わ……」

いつも見上げている顔を間近にして、夏野の口はもつれた。

頬が熱いのは自覚しているが、まさか恭一郎のせいとは言えぬ。

「わ、わたくしめのことなら、心配ご無用にございます。小心者ゆえ、いまだ身震いが続いているだけのことです」

「しかし――」

「しかしもかかしもございませぬ。なんとかは風邪を引かぬというではないですか。私はそのなんとかでして、この十年、風邪に臥《ふ》せったことはございませぬゆえ……」

懸命に取り繕っているところへ、恭一郎の名を呼ぶ蒼太の声が聞こえた。

振り向くと、蒼太を先頭に、伊織、野々宮、馨の三人が走って来るのが見えた。

助かった――

勇《いさ》んで立ち上がろうとして――夏野はよろめいた。

「黒川」

己の身体を支えた恭一郎の手を、皆の手前、慌てて押しやる。

ますます火照《ほて》った顔では、とても恭一郎を見られぬ。

真っ先に戻って来た蒼太が眉根を寄せた。

「あ、足がしびれて……」

言い訳がましく夏野が口ごもるうちに、伊織たちも追いついた。
馨と野々宮もずぶ濡れだったが、顔や腕に煤《すす》けた跡が残っている。
やはり火事が――
だが大事はなさそうな二人に安堵したのも束の間、地面が揺れた。
地震が、と、言いかけた言葉は声にならなかった。
揺れたのは地面ではなく夏野自身だった。
昏倒する寸前にそう気付いたが、もはや夏野にはどうしようもなかった。

第七章
Chapter 7

障子《しょうじ》を通して届く陽光に誘われて、夏野はゆっくりと目を覚ました。幾度か寝返りを打ち、やがてもぞもぞと起き出したものの、身体《からだ》の節々と頭の痛みに顔をしかめる。

「なつの」

襖《ふすまと》戸の向こうで蒼太が小さく呼んだ。

「蒼太か。入れ」

そろりと襖戸が開いて、蒼太の顔が覗《のぞ》く。

「なつの、おき、た？」

「うむ」

「みす」

枕元の水差しから茶碗《ちゃわん》に水を注《つ》いで、蒼太が手渡した。

「かたじけない」

「かゆ、くう？」

「そうだな……」

しかし腹はあまり減ってない——

そう夏野が続ける前に、蒼太は廊下を駆け出して行った。

夏野がぼんやり水をすする間に、ぱたぱたと二つの足音が戻って来る。

「お目覚めとお聞きしました」

「お駿《しゅん》」

「お加減はいかがですか？」

「悪くないが、まだ少し頭が重い」

「なつの、やま、い。かせ」

「黒川様はあの雨の中、結界を護《まも》っていらしたと聞きました。お風邪《かぜ》を召されたのもやむを得ません」

「ええと、今日は——」

どれだけ眠っていたのか問うつもりだったが、早とちりして蒼太が応《こた》えた。

「きょう、いおい、と、いしょ。かおう、と……のの、も」

「そうか」

「けか、い、みま……り」

「見廻《みまわ》りに出かけられたということは、結界は既に直していただけたのか？」

「ん」

頷いてから、ようやく問いを勘違いしたことに気付いたようだ。

「なつの、きの。きょう、は……あし、た」

「私が倒れたのは昨日で、今日はもう翌日なのだな？」

「ん」

夏野が言い直すと、駿太郎がようやく腑《ふ》に落ちたという顔をした。

「八ツ半かという時刻でございます。皆様もそろそろお戻りになるかと」

ほぼ丸一日眠っていたらしい。

「その、私をここまで運んでくださったのは――？」

「きょう」

「鷺沢殿が？」

予想はしていたが、そうと知って夏野は動転した。

寝間着を着ている己を見下ろすと、心得たように駿太郎が応える。

「僭越《せんえつ》ながら、お着替えはわたくしめが」

「そ……それはかたじけない」

しかし、身に覚えはなくとも半里――つまり四半刻《しはんとき》は恭一郎に背負われていた筈《はず》で、熱くなった頰《ほお》へ夏野は思わず片手をやった。

「なつの。かせ。ね、つ」

覗き込んだ蒼太が顔を曇《くも》らせる。

「くす、い。のの、の、くす、い、の……む」

「野々宮様のご指示で、薬湯を用意してあります。今お持ちしますので」

「かゆ、も」

「かしこまりました」

先に駿太郎が運んで来てくれた桶《おけ》の湯で寝汗を拭《ぬぐ》い、さっぱりしてから座敷で薬湯を含んでいるところへ、男たちが戻って来た。

「黒川、加減はどうだ？」と、伊織が問うのへ、「よいです」と一旦《いったん》即答したものの、急ぎ言い直した。

「その、まだ少し頭痛が」

伊織の後ろから入って来た恭一郎が微《かす》かに目を細める。

夏野に粥《かゆ》を、男たちに酒と肴《さかな》を手早く用意し、駿太郎はそっと戸口から出て行った。

駿太郎の気配が充分離れてから、野々宮が切り出した。

「大事がなくて何よりだった。妖魔《ようま》どもを食い止めてくれたこと、礼を言うぞ、黒川」

「とんでもないことです。あれは……」

破られた結界の前で己も刀を振るったが、恭一郎の剣と蒼太の力、そして何より苑たち金翅《こんじ》の協力がなければ、とても襲撃は防げなかっただろう。

「樋口《ひぐち》と鷺沢から、金翅たちのことは聞いた。空木の襲撃は、樋口を神里から離すためだったのだろうな。州司の小野寺《おのでら》殿は神里にも二十人は下らぬ侃士《かんし》をお抱えだが、十匹からも狗鬼がいたのでは、到底太刀打ちできなかったろう」

「そういえば、火事があったのではないですか？　見たところここは無事ですが、まさか野々宮様の家や蔵が焼けたのでは――？」

「きお」と、野々宮の代わりに蒼太が応えた。

「きお？」

流石《さすが》に判《わか》らず問い返す。

「きお、う……かか、い」

「……燃えたのは妓楼《ぎろう》でしたか」

「うむ」と、頷いたのは野々宮だ。「明け方、有明行灯《ありあけあんどん》を倒した者がおってな……」

寝ぼけていたのか、襖が燃え始めるのをぼうっと見つめていたという。火事に気付いて皆慌てたが、夜明けの妓楼とあって、下帯さえ身に着けていない者が多かった。

「女も様々だ……湯文字《ゆもじ》だけ引っつかんで飛び出した者もいれば、櫛《くし》や簪《かんざし》を風呂敷に包み始める者もいた。命あっての物種だろうに……」

腕を組んだ馨がしみじみ言った。

「幸い、我々の相方はそれぞれ機転の利く女でな。すぐ表へ出たのだが、真木が言うようにぐずぐずしている女が――いや、女だけではなかったが――おって、結句《けく》、火中へ戻る羽目になったのだ」

「いやはや、大変な騒ぎだったぞ。右往左往する男どもは窓から放《ほう》り出してやったが、女たちはそうもいかぬしな」

「さようで……」

樋口様がいないのをいいことに、お二人は夜通し妓楼にいらしたのか……

つい憮然《ぶぜん》としてしまったのは、駿太郎の気持ちを知ればこそだ。予知が当たったことに変わりはないが、夏野は拍子抜けした。

火を出した妓楼はほぼ丸焼けで、隣りの妓楼も三分の一ほど焼けたそうである。火事が収まったのちも馨と野々宮はしばしとどまり、火消したちと共に後始末に勤《いそ》しんだ。近所の炊き出しで昼餉《ひるげ》を済ませ、州司の厚意で御屋敷で風呂《ふろ》を借りようとした矢先、蒼太を伴って伊織が現れたという。

「俺《おれ》の方は、佐吉に屋敷からそう遠くないところで降ろしてもらった。降りたところは誰《だれ》にも見られておらぬが、飛び立った佐吉はお駿が見ている。まさか俺が金翅に乗って戻って来たとは思っておらぬだろうが……お駿なら判らぬな」

肩をすくめて伊織は続けた。

「屋敷に二人の姿が見えぬのでお駿に問うたところ、昨夜妓楼に行ったきり戻らぬと言うので町に向かった。途中で妓楼の火事を知り、そちらへ向かったところへ蒼太が来た」

伊織は蒼太を見やったが、蒼太は伊織には目もくれず、肴の里芋《さといも》の田楽《でんがく》に手を出した。

「妖魔たちは既に逃げたと蒼太から聞いたのでな。騒ぎ立てることなく野々宮様と馨を連れ出したのだが——おぬしはあの雨の中、ご苦労だった」

「いいえ、ご苦労なさったのは鷺沢殿です。私が至らぬばかりに、大変なご迷惑を——」

両手をついた夏野へ、恭一郎が苦笑した。

「詫《わ》びは不要だ、黒川」

「めわ……ちかう」

恭一郎の横から蒼太が口を挟んだ。

「……なつの、おも、かた」

「えっ？」

「こら蒼太、何を言うのだ」

たしなめる恭一郎へ、きょとんとして蒼太は言い返した。

「きょう、いた。『あかあ、す、おも、い』」

「相変わらず重い、とな。それは興味深いな」と、馨がにやりとした。

「それは……言葉のあやに過ぎん。黒川は女子にしては上背があるし、柿崎《かきざき》で鍛えられているゆえ、こう見えて結構目方《めかた》があるのだ」

「ほう」

「眠っていると余計に重く感じるものだ。それに着物にもすっかり雨が染み込んでいた」

「うむ。だから俺が代わりに背負ってやると言ったではないか。その友の善意を断ったのはお前だぞ。屋敷への道のりもよく知らぬというのに、この意地っ張りめ」

「意地を張ったのではない。俺もいい加減くたびれておったのだ。昼餉も食わずに妖魔どもを相手にしたのだからな。黒川を背負ってでも、早く飯と寝床《ねどこ》にありつきたかったというのが本音だ。それに馨、お前になら二人の警固を安心して任せられる」

「そんな世辞には騙《だま》されんぞ」

「あの」と、いたたまれずに、夏野は口を開いた。「全《すべ》てはわたくしめの不覚にあります。まこと、申し訳ありませぬ。風邪を引くなど絶えてなかったのですが……私はまだまだ修業が足りぬようでございます」

　再び頭を下げた夏野へ馨が言った。

「修業の有無はかかわりなかろう。俺も一冬に一度は風邪を引く。少なくとも此度《こたび》は、おぬしの方が恭一郎よりかしこいことが証明されたのだ。よかったな、黒川」

「は……？」

「ほれ、なんとかは風邪を引かぬというだろう。恭一郎はそのなんとかでな。皆が風邪で臥《ふ》せっておる時も、こやつだけはけろりとしておる」

「なんとかには、風邪を引いても気付かぬ者も含まれておるのだがな……」

　くすりと笑って伊織は続けた。

「しかし俺が知る限りでも、恭一郎が病に臥せったことはないな。怪我《けが》は絶えぬ餓鬼《がき》だったが……もしやお前は、二日酔いすら知らぬのではないか？」

「二日酔いなら嫌というほど知っておる。風邪も引いたことがなくもない。九つだったか十だったか——母上がまだ存命だった頃《ころ》の話だが」

十歳だったとしても、己が生まれる前のことである。

もしや私は……

鷺沢殿を莫迦呼《ばか》ばわりしたことに……

青ざめた夏野の方へ、蒼太が飯碗を押しやった。

「なつの、かゆ、くう」

「う、うむ」

夏野たちのやり取りを微笑《ほほえ》ましげに眺めていた野々宮が、ようやく口を開いた。

「風邪は食って寝て治すしかないからな」

「はい……」

「とはいえ俺も、もう二十年は風邪を引いておらぬがな」

「聞いたか、馨？　成句などあてにならぬのだ。大体お前が風邪を引くのは、冬のさなかにもかかわらず酔い潰《つぶ》れ、布団もかぶらずに寝るからだ」

「むぅ……」

馨をやり込めた恭一郎が、夏野を見やって微笑んだ。

「だから黒川、おぬしが気に病むことはない」

「は、その、かたじけのうございます」

「ところで黒川」と、今度は伊織が呼んだ。

「はい」

「苑から、何やらいいものを受け取ったそうだな？　見せてくれぬか？」

苑からもらった笛は、羽根と一緒に守り袋に入れておいた。笛だけ出して渡すと、伊織が手に取ってしげしげと確かめる。

「これを吹けば、苑が馳《は》せ参じると言ったのだな？」

「ええ、結界の外でなければ聞こえぬとのことですが……」

「ほう」

相槌《あいづち》を打った伊織の手から、恭一郎が笛を奪う。

「どれ、俺が一つ吹いてみよう」

「いけません！」

夏野が慌てて止めると、恭一郎が目を丸くした。

「何故《なぜ》だ？　結界の中なら聞こえぬのだろう？」

「それは——そう言われましたが……」

「きょう、は、ため」

「そうです。鷺沢殿は駄目だと苑が言っていました。万が一苑に聞こえたら、蒼太や私の信用が損なわれます」

「しかし——」

憮然とした恭一郎の手から笛を取り返して、伊織が微笑んだ。

「恭一郎が駄目なら俺が吹こう。万が一の時には俺から苑に詫びるし、笛も恭一郎よりは心得がある」

「鳥笛に心得も何もあるものか」

不貞腐《ふてくさ》れた恭一郎をよそに、伊織がそっと笛を口にした。

音は聞こえなかったが、波動が細い一筋の金の糸となって笛から飛び出したのが左目に映る。糸は天井の南側に向かって二間ほどまっすぐ飛んだが、天井に届く前に淡くなり、細かく砕けて散っていった。

「私には何も聞こえませんでしたが……野々宮様は？」と、伊織が問うた。

「俺もさっぱりだ」と、野々宮。

恭一郎と馨も首を振る。

どうやら、糸が「見えた」のは夏野と蒼太だけらしい。

「おぬしらには聞こえたか？」

「金色の糸が……」

見えたものを夏野が言葉にすると、蒼太もこくりと頷いた。

「この屋敷は都のような術で護られているので、外には届かなかったようでございます」

「こん……じ、おん、きせ、う。ふえ……いらん。すてう」

「まあ待て」

蒼太は笛に手を伸ばしたが、とどめようとする野々宮の手を避けるために横へ飛びしさった。理一位とはいえ、会ったばかりの野々宮に触れられるのは嫌なのだろう。伊織や馨とでさえ、直《じか》に触れ合うことを躊躇《ためら》う蒼太だ。

「苑に借りを作るのが嫌なのでしょう」と、夏野は言い繕った。

「しかし、捨てるのはあまりにも惜しいではないか。黒川、金翅が見込んだ通り、これは
おぬしが預かっておいてくれ」

野々宮と伊織が頷き合い、戻された笛を夏野は再び守り袋へ仕舞った。

ぷっと膨れてみせたが、蒼太はそれ以上何も言わず、黙々と田楽を食べ始める。

同じように田楽を手にした馨がのんびりと問うた。

「ところで恭一郎、どうしてお前は駄目なのだ？」

「よく判らぬが、苑には嫌われておるようだ」

肩をすくめて恭一郎がつぶやく。

何故だか伊織が夏野へ笑みを向けたが、わざわざ苑の言い分を伝える必要もあるまいと、
夏野は目を落として粥が入った碗を手に取った。

†

宵の五ツを過ぎた頃だろうか。

目覚めてもまだ、蒼太は夢の中にいるような気がした。

むくりと身体を起こし、座敷の中を見回した。

神里に着いて三日目。恭一郎たち男四人は御屋敷での宴《うたげ》に招かれて、八ツ過ぎに出かけて行った。蒼太と夏野にも声はかかったが、州司との宴など堅苦しいばかりだ。まだ本調

子ではない夏野が留守番を申し出たので、蒼太も便乗することにした。

駿太郎が用意した早めの夕餉を夏野と二人で済ませたものの、手持ち無沙汰《ぶさた》の蒼太はすることがなく、早々に床を取って横になっていたのである。

男たちはまだ町から戻っておらず、座敷はがらんとしているが、襖を隔《へだ》てた奥の寝所からは夏野の気配を感じた。行灯を灯《とも》して、野々宮の蔵書を読みふけっていると思われる。

厠《かわや》へ行くべく、蒼太はそっと表へ出た。

葉月《はづき》も明日で十日で、外はひやりとしている。

が、空は澄んでいて無数の星が瞬いていた。

用を足すと、蒼太は屋敷から少し離れて、改めて夜空を見上げた。

もう二日もしたら晃瑠に発《た》つと、昼餉の折に恭一郎から言われていた。

ただし、馨は野々宮の伴をして維那へ向かう。

野々宮の維那行きは大老の命令だった。神里が狙《ねら》われたのは、やはり野々宮の命を狙ってのことではないかという推測からである。襲撃を不首尾に終えた鴉猿たちだ。諦《あきら》めたのか、再度の襲撃を試みるかは判らぬが、蒼太たちもいつまでも神里にはとどまれぬ。皆で晃瑠へという案も出たようだが、晃瑠には佐内理一位もいる。いくら「妖魔知らず」の都とはいえ、残り三人になってしまった理一位を、ひとところに集めるのは不安があるとのことだった。維那には野々宮が懇意《こんい》にしている恩師がおり、また、いまだ不穏な維那の政を見守るためにも、しばらく維那で暮らすそうである。

風邪の熱が引いたのは喜ばしいが、夏野は昨日から何やら己と恭一郎にぎこちない。どうやら「おもい」というのは褒め言葉ではなかったようだと、遅まきながら蒼太は気付いた。

――相変わらず、重いな……――

まだ雨がそぼ降る中、夏野を背負った恭一郎はそう言って微笑んだ。

その声には悪気は微塵《みじん》もなく、むしろ夏野への好意が溢《あふ》れていた――ように蒼太には感ぜられた。

蒼太はよく恭一郎の遣いで酒屋へ行くが、酒屋の親爺《おやじ》の匙《さじ》加減で酒瓶《さかびん》が「おもい」と恭一郎は喜ぶし、稀《まれ》に菓子屋でおまけしてもらう蒼太も同じだ。

また夏野は剣士である。同じ段の男たちに打ち負けることがあるのは、技量ではなく体格のせいだろう。もしも夏野の背丈が六尺あったら、猛者《もさ》揃いの柿崎道場でもそう負けはせぬと蒼太は思っている。現に恭一郎、馨、伊織、由岐彦《ゆきひこ》、野々宮と、蒼太の知る「つよい」者は得てして身体が大きい。比較的小柄で還暦《かんれき》を過ぎた道場主の柿崎鍊太郎《れんたろう》でさえ、腕や胴回りは夏野より太い。

大体……

成長しない蒼太からすれば、小さくて良いことなど無きに等しかった。

この「ちから」を除《のぞ》けば――

否。強い妖力が本当に「良い」のか、蒼太にはどうも判らなくなった。

力があればこそ恭一郎や夏野を護れるのであり、強くなりたいと願う蒼太だが……

己の内に潜む闇《やみ》を蒼太は恐れた。

昔、カシュタの――同胞の赤子の心臓を食《は》みながら、それを「旨《うま》い」と思った自分。

慚愧《ざんき》に耐えぬ思いを抱き、もう二度とあのようなことをしないと蒼太は誓《ちか》った。

――でも、「なつの」が止めてくれなければ、おれは殺していた……

結界の際での戦いで、蒼太は当初、恭一郎を襲う狗鬼を止めようとしたのだが間に合わなかった。まだ群れの中にいた一匹の心臓を握り潰したのは、脅しというより、己の力を確かめたかったような気がする。

どことなく後悔の念を抱いたが、雨雲の中に微かな光を見た途端、後悔を上回る、好奇心とも呼ぶべき感情が己を突き動かした。

黒耀様と同じことが――

できる、と思ったのだ。

己の角を落とした黒耀の雷を思い浮かべ、飛ばした気で雨雲の中の光を捕えて引き寄せた。すると、思い描いた通りの落雷が起きた。

意識を集中させることで、次の雷をまっすぐ狙った鴉猿に落とすこともできた。

あの鴉猿は符呪箋《ふじゅせん》を用いて狗鬼たちの逃亡を阻《はば》んだ。恐怖で狗鬼たちを言いなりにさせようとした鴉猿には嫌悪と侮蔑《ぶべつ》を抱いたが、己も同類だったとすぐに気付いた。

黒耀の真似《まね》をすれば、皆恐れをなして逃げるだろうと思った。

脅すだけでよかったのだ。

鴉猿はともかく、狗鬼たちを殺すことはなかった……

心臓を潰したのも、落雷も、己が「ねらって」したことだった。そこに愉悦はなかったと思いたかったが、自身の心がいまや蒼太にはつかみ難い。

狗鬼の後を追って逃げ出そうとした鴉猿を、蒼太は殺すつもりだった。なんの疑いもなく、あの時はただそうするのが当然のことのように思えていたのだ。

もうよい、と夏野は言った。

殺さずに済んだことに安堵《あんど》し、迷わなかった己に失望し――

夏野の腕の中で思い出したのは、維那で殺した若者だ。

あの若者には悪いことをした。

そう思う己の心は「ほんとう」であって欲しいと、維那の方を見つめて蒼太は願った。

以前、伊織が蒼太に言ったことがある。

――常人に見えぬ力――しかも命を奪えるほどの力を得るということは、それに見合った使命を負うということだ――

己を正しく律することができるかどうか、伊織でさえいまだ迷うことがあるという。

――おれにも「しめい」があるのだろうか？

あるとすれば、それを果たす時、おれは自分を「ただしく」「りっする」ことができるだろうか……？

ふと、見知った気配を感じて蒼太は振り向いた。

屋敷の奥から障子を通して、行灯の灯《あか》りが漏れている。

畑の向こうへ目をやると、野々宮の小屋にも同じように行灯が灯っているのが見て取れた。微かに揺らぐ影から、駿太郎が小屋の中にいることは間違いない。

再び屋敷の方を見た蒼太の目が、林の合間に動くものをとらえた。

何かが歩んで行くのは確かなのだが、その姿はおぼろげで向こうの木々が透《す》けて見える。

――「ゆうれい」……

霊という概念を、蒼太は恭一郎から教えられていた。自分たちが住んでいる長屋について、「無頼《ぶらい》」と「幽霊」という言葉の意味を訊《たず》ねたことがあったからだ。

林を行くものはまさしく、恭一郎から聞いた「ゆうれい」だと思われた。

目を凝らすと、ぼんやりと気配が形になってくる。

それが人の形を取った時、蒼太の脳裏に幽霊の正体が閃《ひらめ》いた。

あれは――

小走りに蒼太は林に近付いた。草履《ぞうり》を脱ぎ捨てて小道に入り、音を立てぬよう密《ひそ》やかに幽霊の後を追う。小道は限られているが、森で育った蒼太には道なき道も苦にならぬ。

野々宮が施したという敷地を囲む結界をまたぐと、幽霊の輪郭《りんかく》が更に判然とした。

『翁《おきな》！』

山幽《さんゆう》の言葉で呼びかけると、幽霊が足を止めた。

『イシュナ！　翁のイシュナ……』

ゆっくりと幽霊が振り向いた。

輪郭が徐々に浮き彫《ぼ》りになり、紛れもないイシュナの姿となった。

『あ……』

喉《のど》が詰まった。

郷愁と再会の喜びに、同族殺しの後悔と森を追われた恐怖が相混じる。

『シェレム……』

山幽の名でイシュナは蒼太を呼んだ。

にこりともせぬが、怒りや恨みといった負の気配は感じなかった。

イシュナの気は淡いままで、ふとすると消えてしまいそうだが、イシュナがここに「いる」ことは間違いない。

恭一郎は「ゆうれい」を死者の残像のごとく語ったが、目の前にいるイシュナがただの残像とは到底思えぬ。

『イシュナは……生きてるの？』

おずおず問うと、イシュナは微かに眉根《まゆね》を寄せた。

『……まだ死に切れぬようだ……』

つぶやくように応えると、ふいと身を翻して再び歩き出す。

一瞬躊躇ったのち、蒼太もイシュナの後に続いた。

駆けて行く足音を聞きつけて、夏野は書物から顔を上げた。外を見ずともそれが蒼太の足音であることは判っていたが、裏の林へ向かって行ったことが気になる。

もしやまた苑と佐吉が――?

書物に栞《しおり》を挟み、障子戸を開いて外を覗いた。

林に入って行く蒼太の後ろ姿が見える。

一体どこへ、何へ向かっているのかと林の闇に目を凝らすと、左目が翳《かげ》った。

じっと意識を集中させると、屋敷を護る結界の向こうに淡く揺らぐ気が感ぜられる。

その儚《はかな》い気を追って、蒼太は駆け出して行ったようだ。

急ぎ寝間着の裾《すそ》をからげた。刀だけを手にして行灯を吹き消すと、夏野も縁側から林へ足を向ける。

蒼太の足取りは密やかだが緩い。夏野の気配に気付かぬ筈がないが、蒼太は振り向きもせずただ前を見て歩んで行く。

蒼太に近付くにつれ、前方の淡い気が少しずつ形になり始めた。

人の形となったそれは、着物ではなく、麻よりも粗い一枚の布で身体を包んでいる。鳶《とび》色《いろ》の長い髪が背中でくくられているものの、身体つきからして男だと思われた。

山幽――

男が歩みを止め、ゆっくりと振り向いた。

姿かたちがはっきりとして尚《なお》、その向こうの景色が透けて見える。

山幽の印である角が、男の剝《む》き出しの額《ひたい》の上に覗いている。顔つきは孝弘よりやや若い
二十歳前後の若者だが、その瞳《ひとみ》からは老いを感じた。

『……の目……』

山幽の言葉を夏野は知らぬが、男の意は頭に直に響くがごとく汲《く》み取ることができた。

今しがた聞き逃した言葉は、どうやら蒼太の山幽の名のようだ。

「私の名は黒川夏野。訳あって蒼太の目を借りている」

『「そうた」……？』

『おれは今、人にそう呼ばれている』

蒼太の言葉も、その意味が頭の中に伝わった。

『お前は今、人と共におるのか……？』

男に問われて、蒼太はこくんと頷いた。

所作は幼いが顔は毅《き》然《ぜん》としている。

『どこの森も入れてくれなかったけれど、「きょう」は一緒に暮らそうって言ってくれたんだ……』

『「きょう」……』

『翁は今、どこにいるの？』

蒼太の問いを聞いて、夏野は男がただの山幽でなく「翁」と呼ばれる者だと気付いた。

蒼太の故郷が稲盛に襲われた時、二人いた翁の内、一人が死したと聞いている。

眼前の山幽はそれこそ「幽霊」と思《おぼ》しき姿だが、死者とは思えなかった。過去見のように一方的な意思ではなく、男は蒼太と対話している。だからこそ蒼太は男の――翁の居場所を問うたのだろう。

『……白玖山《はくさん》』

「白玖山？」

夏野が訊《き》き返すと、男は応えずに顔をそむけて再び歩き出した。

『待って』

男に並ぶように蒼太が追い、その後ろに夏野が続く。

白玖山に「いる」というのなら――

ここにいるのは男の霊魂のみ――もしや「生霊」といわれるものではなかろうか。

夏野はこれまで霊と呼ばれるものを見たことがなかったが、常人でも憎悪や殺気を「放つ」ことができる。

山幽の翁は理に通じている筈だと、樋口様は仰《おつしや》った。翁だからこそ、己そのものといえる気を、これほど遠く離れたところまで放つことができるのか……

『森のみんなも、白玖山にいる……？』

躊躇いがちに訊ねた蒼太へ、振り向きもせず男が応える。

『……森の者は……私が、殺した……』

『生きて逃げた者もいた。おれは――おれはサスナに会った』

今度ははっきりと、名前と思しき言葉が伝わった。

『サスナ……可哀想《かわいそう》に……お前がカシュタを殺したばかりに……』

傍らの蒼太が唇を嚙《か》む。

「カシュタ」という名には聞き覚えがあった。

確か、晃瑠であの女が蒼太を殺そうとした時に……

あの時も夏野は山幽の言葉を解したが、その折に悩まされた眩暈《めまい》や頭痛は今はない。蒼太の目に慣れたからか、理術の修業の賜《たまもの》か、はたまたその両方かと思われる。

槙村が連れて来た「カシュタ」の母親の名が「サスナ」――

男に問いたいことはたくさんあったが、相手は実体のない生霊だ。下手《へた》に己が問い質《ただ》して逃げられても困る。

二人から数歩離れて、静かに、だが大きく緩やかに夏野は二度呼吸した。

息を潜めるのではなく、過去見をした時のように、ゆったりと己の気を放って自然との同化を試みる。

『……私も殺した……』

空を仰ぎながら、男がつぶやいた。

『私も殺したのだ、シェレム……』

『知ってる……夢で見たから』

『そうか……』

『でもイシュナは、みんなを救うためにそうしたんだ。そうしないと「いなもり」に取り込まれてしまうから』

ふいに、いつか見た夢の光景を夏野は思い出した。

焼け野原となった故郷を蒼太がさまよう夢だ。炭となった亡骸《なきがら》は土へ還っていったが、焼けていない二つの亡骸の胸には刃物で刺されたと思しき傷があった。これらのものは炎に巻かれて死したのではなく、刃物で心臓を貫かれて死したのだ。

あの胸の刺し傷は、この翁――「イシュナ」――の仕業だったのか……

稲盛は紫葵玉《しきだま》のためだけに森を襲ったのではなかったのだ。伊紗《いさ》の娘だけでなく、あわよくば山幽を取り込まんとしたのだろう――

『私が……殺した……』

蒼太の言葉が届いているのかいないのか、イシュナはつぶやくだけで蒼太を見ようともしない。

『……まだ、生きていたというのに……皆、もう二度と戻らぬ……』

山幽にとって同族殺しは大罪だと聞く。

蒼太の故郷には、数十人の山幽が共に住み暮らしていたという。半数は生き延びたと孝弘は言ったが、焼死した者を除いても――また「皆」というイシュナの言葉からも――手にかけたのは二人だけではなかったと思われる。

もはや、正気ではないのやもしれぬ。

蒼太も同じ思いなのか、夏野を見やった目がやるせない。

眠っていたからか、蒼太は眼帯を付けていなかった。

青白く濁った見えぬ筈の左目に、刹那《せつな》、躊躇いが揺らいだ気がした。

夏野の姿を映した右目からはゆっくりと、だが確たる蒼太の意志が伝わってくる。

『……ウラロクは、おれがこの世を滅ぼすと言った……』

消え入りそうな声で蒼太が言うと、イシュナは足を止め、目を閉じた。

いつの間にか、夏野たちは西側へ林を抜けていた。

半月よりやや満ちているが、あいにくの曇り空で月明かりは切れ切れだ。

林の中では感じなかった南風が、ところどころ白く浮かんだ薄《すすき》を揺らしている。

『ウラロクは……森は、お前を恐れた』

『おれは』

『シェレム、ウラロクは「見た」のだ。お前がやがて行き着く先を……お前は生まれながらに、我らにはない力を秘めていた』

イシュナの眉間《みけん》に苦悩が滲《にじ》む。

『我らは恐れた……お前がやがて黒耀のごとき力を得ることを……森から再び、裏切り者を出すことを……』

驚きに夏野は思わず息を呑んだ。

蒼太はイシュナをまっすぐ見上げている。

おもむろに開いた目で、イシュナは蒼太を見つめ返した。

『お前はまた、殺したな』

『イシュナ、おれは――』

『これからも殺す――ウラロクの……予言通りに』

ざっと吹き抜けた一陣の風がイシュナを闇に砕いた。

『イシュナ!』

風を追って蒼太は身を翻したがもう遅い。駆け出した足を止めると、風に巻かれたイシュナの気が北へ遠ざかって行くのを見据えた。

夜の帳《とばり》の向こうには奈切山《なきりやま》がある。

イシュナの霊魂は奈切山より更に遠く――おそらく白玖山へと戻って行くのだろう。

眉根を寄せて、夏野も蒼太と共に風を見送った。

「なつの」

見上げた蒼太の眼差《まなざ》しは真剣だ。

「なま、え……たこ、む、よ」

夏野が山幽の言葉を――名前まで解していたことを蒼太は知っているのだ。

蒼太が案ずるのも無理はない。

蒼太はかつて仲間だったシダルに捕らわれた時、伊織が詞《ことば》に真名《まな》を併《あわ》せることで熊谷《くまがや》湊《みなと》を死に至らしめたところを見ていた。のちに夏野が伊織を真似てシダルの動きを封じ、剣をもって仕留めたところも。

あの手の——命を左右するような——術は理一位の伊織でさえも、限られた距離や閉じられた場所でしか使えぬことを、夏野は理術の修業をするようになってから知った。夏野に至っては、今となってはあの詞を違《たが》えずに唱《とな》えられるかどうかも怪しく、よしんば唱えられたとしても、おそらくあの時同様、詞だけでは相手を死に至らしめることはできぬと思われる。しかしながら、そこそこ腕のある術師なら真名を利用して、殺せぬまでも、苦しめたり、捕らえたりすることができるらしい。

蒼太の山幽本来の名は、恭一郎でさえ知らぬ筈だった。

シエレム——

初めて聞いた蒼太の真名は耳に快《こころよ》い。

「承知した。他言はせぬ」

「いみつ」

「うむ。蒼太と私だけの秘密だ」

「やく、そく」

指南所ででも習ったのか、蒼太が小指を突き出した。

「ああ、約束する」

小指を絡めると、僅かだが蒼太の険が取れた。

が、再び北へ険しい目を向けた蒼太へ、夏野は問うた。

「白玖山が気になるか？」

「……ん」

「もしや、白玖山にも森があるのではないか？」

「あう……や、も。おれ、しらん。きた……さうい」

白玖山に山幽の森があってもおかしくない。白玖山なら、人どころか妖魔さえ滅多《めった》なことでは近付かぬと思われた。一人で逃げ回っていた間も、寒がりの蒼太は北にある白玖山には近寄らなかったようである。

白玖山に「森」があるなら、そこにも翁と呼ばれる者がいるだろう。

――あのイシュナという者が森にいようがいまいが、森の者なら――翁なら――消息を知っていると思われる。

山幽の森があるなら……

槙村と八辻は必ず森を訪ねた筈だ――と夏野は思った。

「白玖山か……」

その姿は見えぬが、山が抱える秘密は夏野を強く魅了した。

今の己なら、山幽の言葉を難なく解することができる。

先ほどのイシュナの言葉から、黒耀は蒼太と同じ森の出らしいと夏野は踏んだ。

イシュナか翁と言葉が交わせれば、いくつかの謎《なぞ》は明らかになるに違いない——

しかし公には、行って帰った者はいない白玖山だ。奈切山以北は道は無きに等しいゆえに、麓《ふもと》にたどり着くだけで一苦労だと思われる。

孝弘がいれば、とも思うが、維那では再び蒼太を試すようなことをしたと恭一郎から聞いた。また、孝弘と安良が探す者が誰であれ、その者にしか秘密を話す気がないようだ。

と、一つ夏野は閃いた。

「蒼太、白玖山へ行ってみぬか？」

「ゆく？」

「そうだ。樋口様や鷺沢殿にお伺いしてみねばならぬが、私に一つ案がある——」

微かに風の仕業とは思えぬ葉擦れが聞こえた。

振り返りつつ夏野は鯉口《こいぐち》を切ったが、すぐに戻した。

「お駿か」

草むらに隠れた姿は見えぬが、気で判る。十間は離れているだろうが、蒼太共々もっと早くに気付いてしかるべき距離だった。互いにイシュナに気を取られ過ぎていたようだ。

「申し訳ございませぬ」

「いつからおったのだ？」

「お声を聞いたのはつい今しがたでございます。後を追っては来たものの、お二人と気付いたのは林を抜けてからでございまして……」

「見たのは私たち二人だけか?」

「はい。あの、お二人の他にも誰か……?」

どうやら、駿太郎にはイシュナの姿は見えなかったようである。山幽の言葉も常人の駿太郎には聞こえなかっただろう。

「いや、何やら不穏な気を感じただけだ」と、夏野は誤魔化した。

「あの、黒川様は……白玖山へ行くと仰いましたか?」

「聞いていたのか?」

「申し訳ございませぬ!」

弓を置いて、駿太郎は平身低頭した。

「ですが、お約束の中身までは聞こえませんでした。誓ってまことにございます。お二人が密談のためにいらしたのなら引き返そうとしたのですが、白玖山の名を聞いて、ついとどまってしまいました……」

「白玖山がそんなに気になるか?」

何ゆえ——と、問い質そうとして、はっとする。

煙の臭《にお》いがした。

「かし」

蒼太が言うのへ、駿太郎が慌てて林を見やる。

真っ先に駆け出した駿太郎を追って、夏野たちは来た道を戻り始めた。

火は落とした筈だ――

†

夏野は駿太郎に続いて林を駆け抜けた。

とっくに駿太郎を追い抜いた蒼太の姿はもう見えぬ。

林を飛び出すと、寝所とは反対側の、納戸の方が火の元らしい。

寝所の縁側から飛び込み、廊下を窺《うかが》うと、土間の方へ逃げて行く影があった。

ずんぐりした影は風呂敷《ふろしき》包みを背負っている。獣《けもの》の臭いを嗅《か》ぎ取って夏野は叫んだ。

「鴉猿！」

「まさか、そんな……」と、駿太郎が呆然《ぼうぜん》としている。

廊下を走り抜けながら納戸を見やると、開いたままの地下蔵から煙が出ている。

鴉猿が地下蔵に入り込み、火を放ったのだ。

「書が――！」

嘆《なげ》いたところでどうにもならぬ。

外まで鴉猿を追った駿太郎が矢をつがえた。

鴉猿は畑を越え、屋敷の裏手に広がる林の東側を目指して逃げて行く。

放たれた矢は鴉猿の腿《もも》に刺さったが、鴉猿は即座に引き抜き、よろめきながらも足を止めなかった。

追うべきか迷ったが、火事を放っては行けぬ。

「火が」

「お駿！」

駿太郎と共に、台所にあった瓶《かめ》の水を地下蔵へ全てぶちまけた。地下蔵の火は収まったものの、外へ広がった炎はしぶとく、廊下を渡って寝所の襖を燃やし始める。土間から入り込んだ風に煽《あお》られ、鴨居《かもい》や天井に燃え移った火の勢いが増していく。

どこから持って来たのか、駿太郎は大きな木槌《きづち》を手に火消しよろしく打ち壊しを始めた。だが、女一人でできることなぞ高が知れている。

「間に合わぬ！　表へ！」

「しかし――」

引きずるように駿太郎を表へ連れ出し、燃え始めた屋敷を仰いだ。

そういえば、蒼太はどこに――？

鴉猿が逃げて行った方角へ目をやると、微かな地響きがした。

反対に、町へと続く道から野々宮が駿太郎を呼ぶ声が届く。

「お駿、おぬしはここで野々宮様を待て」

火事は男たちに任せればよいと判じて、夏野は鞘《さや》を払い、林へ駆け出した。

新たな地響きに足を取られそうになりながらも、懸命に走る。

八辻宅と野々宮の小屋の北に広がる林は、東側の方が木々がまばらだ。畑を駆け抜けた夏野は、野々宮の施した結界の外――深まった闇の先に鴉猿ともう一つの影、そして蒼太の姿を見た。

あれが――術師か！

夏野に気付いた鴉猿が、風呂敷包みを投げ出して向かって来た。

一閃《いっせん》、二閃と白刃を振るったが、鼻先でかわされる。飛びしさった鴉猿は、充分な間合いを取って夏野の行く手を阻《はば》んだ。

術師の向こうで立ち尽くした蒼太の顔には、戸惑いがあった。

夏野を見やるも手足がうまく動かぬようだ。

微かに漂う血の臭いを嗅ぎ取って、夏野は気付いた。

おそらく術師が己の血を使い、蒼太を罠《わな》にかけたのだ。

「蒼太！」

夏野が呼ぶも、蒼太は口も利けぬ様子である。

「まさか大老の孫が手に入るとはな。しかし樋口の虎の子だけある……恐るべき念力だ」

低く笑った術師の声には覚えがあった。

まさか……

「鹿島《かしま》――」

おもむろに振り向いた術師は、行方《ゆくえ》知れずといわれていた鹿島正佑《しょうすけ》であった。

その見目姿にかつての面影《おもかげ》を見出《みいだ》すのは難しい。

上背は変わらぬが、背中が少し丸くなっていた。ふくよかだった身体は引き締まり、首や腕は反対に一回り太くなっている。どちらかというと色白だった顔はいまや浅黒く、眉や髭《ひげ》の毛深さが目立っていて、目鼻立ちだけでは到底鹿島と断言できぬ。あまりにも変わり果てた姿に夏野は唖然《あぜん》とした。

「鹿島……生きていたのか」

「いかにも」と、鹿島はにやりとした。「そうとも、鹿島はまだ生きておる……」

この男は——！

「稲盛！」

一歩踏み出した夏野へ、眼前の鴉猿が仕掛けて来た。

伸びて来た手はかわしたものの、太さ三寸ほどの木が代わりに折れた。まばらといっても木々の中では刀は振るいにくい。

次々と繰り出される鴉猿の拳《こぶし》をかわす夏野へ、途切れ途切れの囁《ささや》きが届いた。

『やめてください、稲盛様……ティバだけでも既に……この上、子供まで——』

「やめろ、稲盛！」

蒼太を——蒼太を取り込もうというのか——

囁きは鹿島本人に違いなかった。

ティバというのは、あの時の鴉猿の名だろうと、夏野は推察した。

紫葵玉が放たれた堀前町の川沿いで、鴉猿の屍が一つ見つかっていた。

稲盛は己の身体を捨て、鹿島を「乗っ取り」、鴉猿を「取り込んだ」のだ。

それが可能かどうかを疑う前に、夏野は稲盛の中に、鹿島とは違うもう一つの気配が潜んでいるのを感じ取っていた。

峰《みね》で腕を弾《はじ》き、返した刃《やいば》で相手の胸を斬り裂くと、鴉猿はようやく数歩引いた。

斬りつけた胸の傷は浅く、新たな血の臭いが漂うも、鴉猿には怯《ひる》む様子がない。

鴉猿の後ろで、いまや鹿島の姿をした稲盛がゆっくり蒼太へ近付いて行く。

「おとといはよくも邪魔をしてくれたな。鴉猿どもに任せた私が甘かったが、まさか金翅を味方につけていようとは。しかし今日は儂《わし》の勝ちだ。理一位どもはともかく、求めていた書は手に入れた。ついでに黒川、お前の目でも得られぬかと思ったが、まさかこいつが引っかかるとは……儂は剣術なぞいらん。左目しか取り柄のないお前より、こいつの方がずっと役に立ちそうだ」

慄《おのの》く蒼太の目が、伸びて来る稲盛の手を凝視《ぎょうし》している。

「やめろ、稲盛！　蒼太――」

叫ぶことしかできぬ夏野の左目が、頭上で揺らいだ光をとらえた。

落ちて来た青く細い稲妻が、瞬時に鴉猿の肩を打ち砕き、右腕を吹き飛ばす。

悲鳴を上げて鴉猿が地に転がった。

見上げた空には無数にある筈の星が見えぬ。

「黒耀様！」

稲盛が空に向かって叫ぶ。

「あなたは前にも私を阻んだ！　おとといも――あなたの力は承知している。私はあなたを敵に回すつもりはない！　私は必ずあなたの役に立つ筈だ……」

「人が――思い上がりも甚《はなは》だしい」

鼻で笑う声は低い男のものだったが、気配は紛れもなく黒耀――橡子《しょうこ》――だ。声色はわざと変えているのだろう。黒耀の正体が山幽だと――ましてや、幼き少女の姿であることを他の妖魔は知らぬし、夏野も「知らぬ」ことになっている。ゆえに夏野は沈黙したまま、成りゆきを窺った。

「私はもはや人とはいえぬ。人に――無能で弱いだけのやつらに尽くす気もない。この身の内には鴉猿と術師を宿している」

新たな光が空に閃き、稲盛はとっさに飛びしさって蒼太から離れた。

「私は既に百五十年を生き、術の腕は理一位に遜色《そんしょく》ない……いや、やつらより上だ。やつらを超える力があればこそ、こうして妖魔の妖力と若い肉体を手に入れることができた。結界破りもお手のものだ。私なら――私なら東都の安良を討つこともできる――」

「ほう……だが、お前が通じている西の閣老は気に入らぬな」

「西原《さいばら》にはまだ使い道がある。安良を倒すまではとことん利用してやるつもりだ。あの男も私を利用する心積もりだからお互い様だ。あの男の望みは大老職――あわよくば国皇だが、あいつは国皇の器ではない」

「お前がそうだと？」

「少なくとも西原よりは、私の方がふさわしい。だが、あなたはおそらくこの世の誰よりも——安良よりも——強い。なればこの稲盛文四郎《ぶんしろう》、あなたを王と呼ぶのに否やはない」

「ふん……」

「あなたはどうやら、この子供らを望んでいる模様。ならば私は大人しく身を引くといたそう。いずれ私をあなたの右腕に……どうかご一考いただきたい」

稲妻が落ちたが、どうやらそれは脅しだったようだ。己からほんの一間ほどしか離れておらぬ木が真っ二つに裂《さ》けるのを、眉一つ動かさずに見やって稲盛は足を踏み出した。

鴉猿が投げ出した風呂敷包みを軽々と拾うと、肩を押さえた鴉猿へ顎をしゃくる。

「ゆくぞ」

黒耀がいるからか、呻き声を我慢《がまん》して、鴉猿は辺りを窺いながら稲盛の後に続いた。

黒耀の気配が薄れ、頭上に再び星が瞬き始める。

己を見つめる蒼太に気付いた夏野は、そっと歩み寄ってその手を取った。

†

夏野が己の手を握った瞬間、呪縛《じゅばく》が解けた。

自由になった足を動かし、蒼太は足裏を地面にこすりつけて拭った。

——森の中で、煙の臭いと共に蒼太が感じ取ったのは黒耀の気配だ。

黒耀を追って走って来たものの、その姿は見当たらず、代わりに見つけたのが稲盛と鴉猿だった。

屋敷の周囲の術も今の蒼太はさほど苦にせぬが、「外」の開放感には代えられぬ。冴えた妖力で、姿を目にする前に蒼太は術師の正体を見破っていた。

黒耀を見失ったのは残念だったが、のちの禍根《かこん》を絶つつもりで、蒼太は後からやって来た稲盛と鴉猿と対峙《たいじ》した。

二度力をぶつけてみたが、かわされた。

初めから、蒼太か夏野が追って来ると予想していたのだろう。

流血していた鴉猿に油断して、稲盛の血の臭いに気付かなかった。「罠」に足を踏み入れた途端、蒼太は動けなくなった。

かろうじて動かせた目で見下ろすと、斎佳の防壁で見たような、蒼太の知らぬ文字の羅《ら》列《れつ》が黒い靄《もや》となって裸足《はだし》の足に絡んでいた。足の裏がぴりぴりしびれ、靄が己の中に染み込んでくるのを蒼太は恐れた。

夏野が——否、黒耀がいなければ、己は今頃、稲盛に取り込まれていたやもしれぬ。

「蒼太、大丈夫か？」

「ん」

覗き込んだ夏野へ頷いて、つないだままだった手を放した。

結界の理を知る術師と「つながる」ことができれば、容易《たやす》く結界を越えることができると伊織から教えられていた。蒼太は気を失っていたが、恭一郎が初めて蒼太を伊織のもとへ連れて行った際、葛《くず》の蔓《つる》を通して伊織と「つながる」ことで己は結界を越えたらしい。

今思えば、己が斎佳の防壁に詞を見出すことができたのは、左目を通じて夏野とつながっていたからではなかろうか。

夏野はまだ詞を知らず、シダルを仕留めた時は伊織の詞をそっくり真似たという。だが、あれからじきに三年が経《た》つ。剣術と共にたゆまず理術の修業を続けてきた夏野は、知る知らぬにかかわらず、多少は術師のごとき力を身につけたようである。

さもなくば、「いなもり」の術からこうも容易く抜け出せなかったろう……

だが、同じ直弟子の夏野の成長を喜んでいる暇はない。

「ゆく」

「蒼太?」

「いなも、い、こおす」

稲盛が生きていたとなると「へいわ」は増々遠ざかるばかりだ。

それに……

鹿島やティバという鴉猿に、恨みこそあれ恩はないのだが、同じように稲盛に囚《とら》われていた伊紗の娘を思うと、僅かとはいえ同情を禁じ得ない。また、稲盛さえいなければ、イシュナが仲間を殺すこともなかったのだ。

稲盛の後を追って蒼太は駆け出した。

しばらくは罠を抜け出せぬと高をくくっていたのだろう。小走りともいえぬ足取りの稲盛と鴉猿に、蒼太はあっという間に追いついた。

黒耀は稲妻を使ったが、雨雲のない空からどう稲妻を見出したものか、蒼太にはまだ判らぬ。しかし、念力を放つことはできる。

己の内に宿る白い光を確かめた。

明るさを増した「それ」で稲盛を吹き飛ばし――今度こそ死に至らしめてくれる。

蒼太に気付いて稲盛が振り向いた。

今だ――!

己の内から放たれた波動が、紫葵玉の水流のごとく波打って稲盛へ襲いかかる。

が、目を見開いた稲盛の前で、同種の波動が蒼太の力を弾いた。

眼前が白く爆《は》ぜて、三間ほど蒼太の方が後ろに吹っ飛ぶ。

「蒼太!」

追って来た夏野に助け起こされると、穴の開いた地表の向こうに、やはり起き上がった稲盛と鴉猿の姿が見えた。

闇の合間から声がした。

「ゆけ、稲盛……」

黒耀の作り声だ。

「おかげ様で命拾いいたしました、黒耀様」

黒耀は応えなかったが、稲盛は鴉猿を促して今度は駆け足で逃げ出した。

稲盛の気配が遠ざかってから蒼太は問うた。

『何故《なぜ》だ、黒耀様！　何故止めた？』

『あの者はまだ、私を楽しませてくれそうだ。じきに全てが終わるだろうが……この世がどう滅ぶのか、私はじっくり見物したい』

『じきに全てが……終わる？』

『そうだ。稲盛なぞ余興に過ぎぬ。お前の的は他にある』

『おれは、この世を滅ぼしたりしない……』

『ならばせいぜいあがくがいいお前の……己の無力を知るために……』

暗闇に同化していた黒耀の気配が小さくなった。

本来の姿に戻ったのだろうか。

遠ざかる気配を追って闇を睨《にら》むも、その姿は見えぬ。

見えぬのだが……

蒼太の脳裏に、軽やかに、楽しげに駆けて行く少女の後ろ姿が浮かんで――消えた。

†

座敷の一部と土間の台所を残して、八辻宅は燃え落ちた。

南風だったにもかかわらず、裏の林が類焼せずに済んだのは、馨と恭一郎の働きが大きかった。馨は大斧《おおおの》を、恭一郎は手斧をそれぞれ振るい、屋敷に近い木々を斬り倒して回ったのだ。先日の雨で林がまだ湿っていたことも幸いした。

近隣の者も交えて消火にあたったが、すっかり鎮火したのは明け方だった。

曲者が入り込み、火を放った――

そう野々宮は駆けつけた者へ説いた。妖力で起こされた地響きは、近頃多発している地震で片付けられそうである。

一番近い隣家でも四半里は離れている。火は収まっても敷地を離れるには不安があるため、夏野たちは野々宮の道場に筵《むしろ》を敷いて一休みすることにした。

火事で駿太郎と野々宮が負傷していた。

夏野が蒼太を追って行ったのち、駿太郎は水をかぶって再び屋敷に飛び込んだらしい。

「何故、そのような――」

眉をひそめた夏野に、恭一郎が応えた。

「八辻の懐剣を護ろうとしたそうだ」

夏野が見つけた八辻の懐剣は、箱に入れたまま寝所の行李《こうり》の傍《そば》に置いていた。湿った袖《そで》で箱を包んだまではよかったが、天井《てんじょう》が落ちて来た。と同時に、後を追って来た野々宮が駿太郎を抱き取り、障子戸に体当たりする形で表へ転がり出たという。

突き破った障子戸が野々宮の肩を切り裂いた。駿太郎は野々宮が着く前に、剝き出しの足に火傷《やけど》を負っていた。

二人に手当てを施した伊織が、野々宮と共に道場へ戻って来た。負傷したとはいえ、事の次第を知らねば野々宮もおちおち休んでいられぬのだろう。

ちらりと己を見やった蒼太に目で頷き返し、夏野は口を開いた。

──山幽の名を解したことは、伊織たちにも秘密にする約束だった。

黒耀の正体も漏らさぬよう留意しながら、手短に昨夜の出来事を伝えた。

「稲盛が鹿島を乗っ取った……それはまことに稲盛だったのか？」

「はい。間違いございませぬ」

野々宮の問いに夏野はきっぱり応えた。

「その上、鴉猿も取り込んでおると──」

「鹿島の言葉は聞きました。鴉猿の声は聞いておりませぬが、稲盛がそう言っていました。姿かたちからしても間違いないかと……おそらく斎佳で屍が見つかった鴉猿でしょう」

丸まった背中や毛深さが鴉猿を思わせた。

「稲盛文四郎が生きていたとは……」と、野々宮は唸《うな》った。

「人が人を乗っ取るなど……そんなことができるのか？」

伊織を見て馨が問うた。

「理次第だ」と、伊織。

「お前にもできるのか？」

「俺にはできぬ」

言下に伊織は否定した。

「試みることはできよう。だが、俺には己と他人をうまく同化させる自信がない。俺の知る理ではどうしても無理が出るのだ。黒川とておそらく、片目のみだからうまくいったのだ。以前の、伊紗の娘を取り込んでいた稲盛も、無理があったからこそ肉体の衰えは避けられなかった。黒川が見た様相からして、此度も完全な同化には至っておらぬようだ。なればこそ、そう長くはもたぬだろう。しかし己の肉体を捨てたというのは厄介だ。次の獲物を探し、繰り返すうちに、稲盛はいつか確かな理を手に入れるやもしれぬ」

「ううむ」

「恐るべき男だ。一朝一夕に成し遂げられることではないが、用心せねばならぬ。黒川に蒼太、次はむやみに稲盛に近付いてはならぬぞ。黒耀が言ったことも気になるゆえ」

——じきに全てが終わる——

そう、黒耀は言ったのだ。

「おれ……」

『おれは、この世を滅ぼしたりしない……』

山幽の言葉で繰り返した蒼太の背中へ、夏野はそっと触れた。

蒼太ははっとして夏野を見たが、伊織や野々宮には聞こえなかったようだ。

「おれ、まな、ぶ。ちかあ……たたし、く、つか、う。いおい、が、おしえう」

「伊織から、力を正しく律するすべを学ぶというのだな？」

「ん」

野々宮のために言い直した恭一郎へ、蒼太が大きく頷く。

「……だそうだ、伊織。どうか一つよろしく頼む」

「俺の物差しを信用してくれるのか?」と、微笑した伊織へ、

「俺の物差しよりはましなようだからな」と、恭一郎が肩をすくめた。

隣りで馨がにやりとした。

「うむ。それくらいなら俺にも判るぞ」

「なんだと?」

苦笑して恭一郎が言い返し、ようやく座が少し和んだ。

落ち着いたところで、夏野は伊織に問うた。

「お駿のおかげで懐剣が無事だったのはよいのですが、書はどうしましょう?」

「小野寺州司の力を借りて、できるだけ乾かすさ」

「しかし盗まれた書は――」

夏野と駿太郎が初めに水をぶちまけたため、地下蔵は焼け残った。

ただし十数冊の書が盗まれ、残りは水浸《みずびた》しとなっている。地下蔵にあったのは希書、それも古文書ばかりで、水で既に修復できぬものも多かった。

「稲盛の手に渡ったのは悔しいが、物だけなら俺と野々宮様でなんとかできる」

「なんとかと仰いますと?」

「地下蔵にあったのは滅多に手に入らぬ希書だと聞いたが、どこかあてでもあるのか?」

夏野と馨が口々に訊ねるのへ、「ここにある」と伊織は己の頭を指差した。

「幸い、野々宮様は全ての書に幾度か目を通しておられるし、俺の記憶はまだ新しい」

「樋口が読み終えていて助かった。俺とお前ならなんとかなろう」

「ええ」

どうやら二人で手分けして書き直すらしい。

馨は絶句したが、伊織とは古い付き合いの恭一郎に驚きは見られぬ。

「俺や樋口にはもはや不要ともいえるが、塾や寮の者――この先、理術を学ぶ者たちのために、書物はできるだけ残しておいてやりたいのだ。のちに続く者を育てる。真木、剣術の師範であるおぬしなら、俺たちの気持ちが判るのではないか？」

「それはそうですが……」

「俺たちの死後も人は生まれ、育っていくのだ。そう、信じたいが……」

野々宮は顔を曇らせたが、すぐに気を取り直して夏野へ声をかけた。

「ところで黒川、おぬしが白玖山行きを考えているというのはまことか？」

「はい」と、夏野は素直に頷いた。「先ほどお話しした山幽の翁といい、八辻の一件といい、白玖山へゆけば、いくつかの謎が明らかになるのではないかと思うのです」

今の蒼太と私なら、きっと何かを得ることができる――

自惚《うぬぼ》れではなく、予知に似た意志を己の中に感じていた。

「翁の幽霊……か。蒼太ならその翁や、山幽の森を見つけ出すこともできようが、向こうが蒼太を迎えてくれるかどうか」

恭一郎がつぶやくように言った。

「八年前とは違います。蒼太はもう賞金首ではありませぬ。あの翁の幽霊は蒼太を拒んだのではないのです。そもそもここまでやって来たのは、蒼太に会いたかったからではないでしょうか」

イシュナが正気かどうかは怪しかった。

だが意図があろうがなかろうが、蒼太がいるからイシュナは神里に現れたのだと夏野は信じていた。

「また森があるとして、槙村の知己だと伝えれば、門前払いされることはないでしょう」

これも勘だが、夏野は疑っていなかった。

「ほう」と、恭一郎が興味深げに微笑んだ。「おぬしの言い分は頼もしいが、白玖山までの道のりは厳しいぞ。神里からでも往復で一月はかかろう。奈切山の先は糧食《りょうしょく》だけでも重荷になる。蒼太と共に行くとしても、結界も神社もないところで、どう凌《しの》ぐのだ?」

「――苑に頼んでみようと思います」

それが夏野の案であった。

「金翅たちなら、白玖山までもひとっ飛びです。樋口様、おととし佐吉の母親が――いえ、柴田多紀が言っておりました。街道を外れて残間山《ざんまざん》に行った際、身の回りに小さな結界を張って夜を凌いだと。私がその術を会得するのは難しいでしょうか?」

「今のおぬしならそう難しくはなかろうが……」と、今度は伊織が微笑んだ。「俺が同行すれば事は早いぞ」

「しかし……」

「それがよい」と、恭一郎が頷く。「伊織が行くなら、当然、用心棒の俺も――」

「きょう、は、ため」

　横から頑として蒼太が遮った。

「む？」

「ため。その、いた」

「駄目なのは笛だけだ。刀が嫌なら、また駕籠《かご》を調達すればよい」

「ため。きょう、みこ、て、うす、ぱん」

「俺だけ都で留守番とな。それはなかろう、蒼太」

「鷺沢殿の身を案じてのことでしょう」と、夏野は口を挟んだ。

「だが……」

「それはのちほど検討するとして、金翅に助っ人を頼むなど、よく思いついたな、黒川」

　恭一郎を遮って伊織が微笑み、隣りで野々宮が顎《あご》を撫《な》でた。

「うむ。型破りな案だが、金翅の信頼を得ている黒川ならできそうだ。しかし鷺沢が言ったように、相当な覚悟がいるぞ。本気なのか？」

「はい。いつまでも手をこまねいていてはどうにもなりませぬ。それに、樹海の奥深くに住む山幽たちが、世情に疎いとは思われぬのです。槙村のような者を通じて、黒耀や稲盛の動きを窺っている筈です。なればこそ、うまく事を運べば、山幽たちを味方にできるやもしれませぬ」

「樋口の弟子だけあって、剛毅《ごうき》だな――ならばすまんが、駿太に会ってやって欲しい」

「お駿に？　それは構いませぬが、何ゆえ……？　そういえばお駿は白玖山を気にしていました」

「俺にもよく判らぬのだが、そう頼まれて来た。あいつが俺に頼みごとなぞ、そうないことなのだ」

「はあ」

野々宮に伴われて小屋へ行くと、足音を聞きつけたのか、上がりかまちで駿太郎が手をついて迎えた。

「やめてくれ。怪我に障《さわ》る」

夏野は慌てて駆け寄った。

「黒川は本気で白玖山へゆくつもりだ。手立ては内密だが、見通しは悪くない。樋口も同意している」

野々宮が告げると、駿太郎は胸に手をやった。

「黒川様なら……と思っておりました。屋敷は護れませんでしたが、紺野家の言いつけは果たせます。黒川様、まことにありがとうございます……」

戸惑う夏野へ、駿太郎は胸元から守り袋を取り出し首から外した。

「どうか、これをお持ちください」

「守り袋なら既に一つ持っておるゆえ……」

「袋ではなく、この石を。これは紺野家から託されたものです。いつか、伊達《だて》や酔狂ではなく、本気で白玖山を目指す者が八辻宅に現れたらこれを渡すようにと、固く申し付けられてきました」

「ん？　それは初耳だ、駿太」

「申し訳ありません、野々宮様。その時までけして他言せず、野々宮様の手を煩《わずら》わせることなく、己の信じる者へ渡すようにと仰せつかっておりました。黒川様へお確かめいただくことで、結句、お手を煩わせてしまいましたが……」

「それはよいのだが――一体、どんな曰《いわ》くがその水晶にあるというのだ？」

「私には判りません」

駿太郎が袋から取り出したのは、なんの変哲もない一片の紫水晶だ。

「どうか――どうかお納めくださいませ」

「ではありがたく頂戴《ちょうだい》しよう」

平伏しようとする駿太郎を押しとどめて、夏野は水晶を受け取った。

宝石にはおよそ興味のない夏野だが、水晶は魔除《まよ》けになるといわれている。

気休めに過ぎぬだろうが――

何気なくつまみ上げて、夏野は思わず手を放した。

ぼんやりとだが、水晶に光が宿ったのだ。

「今のは、一体――」

傍らで野々宮も目を見張る。

「蛍石《ほたるいし》か……？　いや、ただの水晶だった筈だ」

夏野が取り落とした石を野々宮がつまむも、何も起きぬ。

しげしげと確かめたのち、野々宮が夏野へ頷いた。

石から陰の気配は感ぜられない。

夏野が差し出した手のひらへ、野々宮がそっと石を載せる。

ぼうっとやはり石が光った。

極微弱だが熱も感じる。

石の中に灯った光は、手のひらで転がすとほんのり明るさを増した。

「黒川様、やはりあなた様が……」

喉を詰まらせ、駿太郎が夏野を見つめた。

第八章
Chapter 8

洞窟《どうくつ》に横たわるイシュナが目を覚ました。

うっすら開いた目で、イシュナは槙村孝弘——ムベレト——を見た。

『生きている……』

『ああ、おぬしはまだ生きている』

孝弘が差し出したマデティアをイシュナは拒んだが、眠っている間に森の者が既に一つ二つ含ませたと聞いている。

生き延びたことを苦痛に思っていても、死を選ぶほどの覚悟はまだないらしい。

妖魔が餓死《がし》に至るには相当の時を要するため、本気で死を望むなら己の心臓を刺すという手もある。寝床の傍《そば》に、イシュナが匕首《あいくち》を隠していることを孝弘は知っている。

稲盛と共に森を襲った鴉猿《あざる》から奪った匕首だ。

紫葵玉《しきだま》を護《まも》ろうとしたウラロクは、鴉猿に胸を刺されて死したと聞いた。

イシュナの抵抗は鴉猿には——稲盛にも——思いも寄らなかったことだろう。

どうしたものかイシュナは鴉猿から匕首を奪い、反対に刺し殺した。紫葵玉を餌《えさ》に稲盛を一旦《いったん》森から離し、その合間に焼け落ちる森で動けなくなった仲間を殺して回った。

怪我《けが》で動けなくなった者と、稲盛の罠《わな》に嵌《はま》った者と。

火に巻かれて死した者もいたから、イシュナが手にかけたのは十人に満たぬだろう。

デュシャ――山幽《さんゆう》――たちは稲盛のことを知っている。

ゆえに、稲盛に囚《とら》われるくらいならほとんどの者が死を望んだだろうが……

中には拒む者もいただろう、と孝弘は想像した。

『……シェレムに会った』

『そうか』

『人と――女子《おなご》と共にいた――我らの封じたシェレムの左目を持つ女子だ』

『黒川《くろかわ》に会ったのか』

『「くろかわ」……「なつの」。そうだ、あの女子はそう名乗った……』

どこかへ「飛んでいる」ようだ……と、森の者から聞いてはいたものの、孝弘は改めて
イシュナの能力に驚いていた。

……翁《おきな》だけはある。

個差はあれども念力や感応力は全《すべ》ての山幽が備えている。だが、過去見や予知――まして
や己の魂《たましい》を飛ばすなど、並の山幽にはできぬことであった。念力も、普通の山幽なら拳《こぶし》
大の石を少し動かすのがせいぜいだ。

理術師に適した人が生まれるように、他にはない力を備えて生まれる山幽もいる。

死したウラロクは予知能力を持っていた。といっても、おそらく蒼太のそれよりずっと漠然としたものだったらしい――と、今の孝弘は思っている。

それでも災害や闖入者《ちんにゅうしゃ》、赤子の誕生などを予知したウラロクは森の者の敬意を集め、やがて翁として久峩山の森を任されるようになった。

イシュナは己の魂魄《こんぱく》を身体《からだ》から離す術を知っていた。魂魄となっても結界の中には入れぬらしいが、森を出るという危険を冒《おか》さずに、外の世界を知ることができた。

山幽がひとたび「翁」となると、他の森の翁たちが様々な術を伝授する。それらの術は「理術」に相通じていたが、人――ひいては安良から学んだものではなく、森で暮らす山幽たちが自然と編《あ》み出したものである。

『シェレムはまた殺した。私には判《わか》る』

天井の岩を見つめてイシュナは言った。

『角を取り戻して、更なる力を得たようだ』

森が蒼太を追放するまで、孝弘は蒼太のことをよく知らなかった。

初めから私に任せてくれれば……と無念に思わぬでもないが、黒耀――アルマス――のことで森の信用を損なったのは己の過失だ。

アルマスは幼い頃《ころ》から、他の者より強い念力を発揮した。天の気を読むのが得意で、微《かす》かな雷で遊んでは、山火事を恐れた森の者に叱《しか》られていたという。

この者ならば――

そう見込んで、孝弘は翁には内密に、当時、アルマスの次に優れていると思われた者の血を与えた。

他者の血を与えたのは、孝弘自身は一人の凡庸《ぼんよう》な山幽に過ぎなかったからだ。今でこそ気配を絶ったり、角を隠したりという易《やさ》しい術をいくつか身につけたが、それだけだ。山幽独特の感応力、体力はともかく、念力はごく弱く、使いものにならぬ。

成長を止めるだけなら誰《だれ》の血でもよかった。だが血肉に混ざり合うことを考えれば、少なからずのちの能力に差が出てもおかしくない。

仲間の血を飲み、成長を止めるのは、山幽が「一人前」となる通過儀礼だ。山幽の多くが験《げん》を担《かつ》ぎ、両親や彼らに近しい者、または翁の血を望むのが常であった。

アルマスの父親は孝弘の賛同者だった。ゆえに孝弘は森からアルマスを連れ出すことに成功したが、これらは母親の留守に行われた。孝弘を疑っていた母親は、同様の考えを持つ者と共に他の森の意向を訊《たず》ねるべく出かけていたのだ。やがて森に戻って来た母親は事の次第を知って激昂《げっこう》し、なだめる夫を振り切ろうとして――不幸が起きた。

突き飛ばされた夫――アルマスの父親――の心臓を、裂けた枝が貫いたのだ。

父親は死に、母親は正気を失った。

母親はのちに、久峩山の火口に身を投げたという。

旅中だった孝弘とアルマスは、伝え聞くまでこれらのことをしばらく知らなかった。

まだウラロクやイシュナが翁となる前のことである。当時の久峩山の森の翁はリエスという者で、あの後百五十年余りを経てイシュナとウラロクを翁としたのちに、この白玖山の森に身を移している。

ウラロクは、生後まもない蒼太がアルマスに似た強い力を持つことを見て取った。黒耀の正体は山幽たちにも知られていないが、リエスを始め、久峩山の山幽は黒耀はアルマスではないかと推察していたようだ。イシュナとウラロクがリエスから森を託された頃には、黒耀はとうに妖魔《ようま》の王として名を馳《は》せていたから、ウラロクが蒼太を恐れたのも無理はなかった。

ただし蒼太があのように成長を止めようとは、ウラロクも見抜けなかったようだ。

生まれる者がいれば死す者もいる。山幽も少しずつ代替わりして、アルマスの一件を知る者も減ってきたが、過去をよく知る翁たちは孝弘を敬遠した。

千年には遠く及ばぬが、アルマスを森から連れ出したのも、もう随分遠い昔になってしまった……

『シェレムはおぬしの望む者ではない……』

つぶやくようにイシュナが言った。もう幾度も聞かされていることである。

『そうか？』

『ウラロクは言った……あれはこの世を滅ぼす者で……救う者ではない……』

『それはまだ判らぬ』

仲間の赤子を殺したことで、蒼太を「葬《ほうむ》る」恰好《かっこう》の理由がウラロクにはできた。だが己の手を汚す覚悟まではなかったのだろう。角を落とせば、外で長く生きられぬ。そう踏んでわざわざ黒耀を呼び出し角を落とさせ、紫葵玉を使って賞金首にした。

非道なことをしたものだ……

己の所業を棚に上げ、孝弘はぼんやりと今は亡きウラロクを思い出した。

『シェレムは私の居場所を問うた』

『おぬしはそれに応《こた》えたのか？』

『白玖山……』

『ならばシェレムは、おぬしがここにいることを知ったのだな？』

すぐには応えずに、イシュナは再び目を閉じた。

『あの女子も問うた……「くろかわ」……「なつの」……』

『黒川は何か言っていたか？』

夏野が山幽の言葉を解することは知っている。イシュナが白玖山にいると知って、蒼太や夏野はどうするだろう、と孝弘は考えを巡らせた。

が、イシュナは目を閉じたまま、ただつぶやいた。

『シェレムの目を宿す者……シェレムはきっとまた殺す……』

後に続いた言葉は孝弘にさえ聞き取れなかった。

森が焼かれてこのかた、イシュナは半分気が触れている。仲間を幾人も殺したとあっては致し方ないと思うものの、このまま失うにはあまりにも惜しい翁であった。

なんとか正気に戻って欲しいものだが――

それでも今宵は話せた方だ。

ここ――白玖山――は全てが始まった場所だ。

全てが……

ふと、恭一郎のことを思い出した。

――添い遂げられぬ無念は私も知っている――

そんなことを恭一郎の――人の――前で思わず吐露《とろ》した己を、孝弘は内心自嘲《じちょう》した。

……余計なことを言ったものだ。

と、微かに大地が揺れるのを感じた。

奈切山の噴火以来、地脈に不穏な動きがみられる、と、リエスは言っていた。

もしも――もしもまた、白玖山が噴火したら……

白玖山が最後に噴火したのは、千七百年余り前で、孝弘はまだ生まれていなかった。

全てはおそらく、あれを境《さかい》に始まったのだ。

孝弘のみならず、安良もそう考えている。

狗鬼《こうき》や蜴鬼《やくき》を始めとする動物の変種――妖魔――が生まれ始めた。

己が山幽だと気付いたのは、十九歳で怪我を負った時だ。もっとも「山幽」という名は後からついたもので、当時はただ己が「他と違う」ことしか判らなかった。

誤って鉈《なた》で切ってしまった傷が、二日後には跡形もなく治ったのだ。

あの頃はまだ、孝弘は「タカ」という親が名付けた名で呼ばれていた。

そういえば――と、当時の孝弘は思い出した。少し前に、山中で足を取られて転んだことがあった。てっきりひねったと思ったが、しばらく休んでいたら痛みが治まり、家に戻る頃にはすっかりよくなっていた。

妻のイトには打ち明けたが、固く口止めをした。

この「奇跡」は吹聴《ふいちょう》すべきものではない――むしろ忌《い》むべきものなのだと、本能が悟っていた。

己が生まれながらに山幽だったかどうかは定かではない。ただ、幼少の砌《みぎり》から頑丈なのが取柄《とりえ》だった。かすり傷などの治りは早い方だったが、目を見張るほどではなかった。成人するまで大怪我がなかったのは幸運ゆえだろう。しかし、病に臥《ふ》せった記憶もない。足も速く、疲れ知らずだったが、今ほどではなかった。

額の角も今の山幽のように生来のものではなく、十五歳を過ぎた頃に小さな突起ができて、徐々に半寸ほどにまで大きくなっていった。

孝弘が知る限り、両親は「人」であった。兄と弟、妹もそれぞれ皆「人」として生まれた。孝弘だけが「変種」で、白玖山の噴火のおよそ一年後に生まれていた。

小さな自傷を繰り返すことで、治癒力を確かめた。

狗鬼や蜴鬼の存在が広まるにつれ、孝弘は己の異質さを恐れた。

イトとは互いに十七歳の時に祝言を挙げたが、十年を経ても子供は生まれなかった。両親は離縁を勧めたが、孝弘はイトを愛していた。

三十路《みそじ》まであと数箇月となった時、イトが言った。

――あなたはちっとも変わらない。私ばかりが老いていく――

不老はまだ噂《うわさ》になっていなかったが、己と似たような者の話は、ちらほら聞くようになっていた。異常に怪我の治りが早い者、額に角を持つ者、手を触れずに物を動かす者、日に何十里と駆けてけろりとしている者などの噂だ。微力ながら、己にも念力があると知ったのもこの頃だ。

孝弘のことが村人の口に上るようになるまで、そう時を要しなかった。

出稼《でかせ》ぎに行く、と言い繕って孝弘は村を出た。

噂を頼りに人里を渡り歩くうちに、幾人かの「仲間」に出会った。

成長を止めたのは「仲間」の血だと思い当たったのは、村を出てから十年も経てからだった。二十三歳の時に孝弘は、毒蛇《どくへび》に嚙《か》まれた旅人を助けたことがあったのだ。とっさに毒を――血と共に――吸い出し、手当てを施した。その旅人・岩丸《いわまる》と再会したのが、村を出て十年後だった。

岩丸は年相応に老《ふ》けていたが、それは岩丸が「仲間」の血を飲んでいなかったからだ。

孝弘の血を飲むことで、岩丸も成長を止めた。もしや、己の血を飲ませることで、イトを「仲間」にできぬかと孝弘は考えたが、運命はそれほど甘くなかった。

まだ結界がなかった人里は、度々妖魔に襲われるようになっていた。鉄は既にあったものの、その精錬法は稚拙《ちせつ》で、刀や槍《やり》も今ほどの威力を持っていなかった。

――年が明ければ私は四十路《よそじ》になります。もう子供は望めないでしょうが、妻にと望んでくれる人がいます――

密《ひそ》かに呼び出したイトは、そう孝弘に告げた。村には何度か戻っていたが、常に人目を避けて、イトとだけ会っていた。村では己はとうに死したことになっているのも知っていたが、村を捨て、己と共に旅に出ることをイトは拒んだ。

――あなたのような者のことを、山の幽霊……『山幽』と皆は呼んでいます。人に似て、人に非《あら》ず……人里にとどまれず、山で妖魔たちと暮らす者――

――それは違う。俺たちとて狗鬼や蝪鬼とはとても相容《あいい》れぬ――

それでも我らは、人よりも狗鬼や蝪鬼に近いのだ……

孝弘がその事実を受け入れたのは、生まれ育った村で、見知った者が全て死に絶えた後である。イトと話した時の孝弘はまだ若く――「人」であることを諦《あきら》め切れずにいた。

――……明日、祝言を挙げます。あなたのことは誓って他言いたしません。心変わりを許せぬというのなら、今ここで私を殺してください――

――莫迦《ばか》な――

そう言うのが精一杯であった。

――本当にあなたは変わらない。村を出て行った時のまま……もしも私に情けを、老いてゆく私を憐《あわ》れんでくださるのなら……タカ、どうかもう二度とここには戻らないで――

土下座するイトを見るに耐えず、かける言葉も浮かばず、孝弘は無言で踵を返した。

山幽たちはやがて少しずつ集まって、山中でひっそり暮らすようになった。「人に似ている」という自負や厭世《えんせい》の苦悩が他の妖魔と一線を画する理由となり、その「高慢さ」が金翅《こんじ》や鴉猿《あざる》に嫌われた。

しかし隠れて暮らす真の理由は、山幽の弱さにあった。山幽は人より体力に秀でているが、獣のそれには数段劣る。人里で暮らせぬ限り、山にこもり、自衛しながら細々と暮らす他なかったのである。

山で暮らすうちに感応力が発達し、人の言葉は廃《すた》れて、独自の音を抑えた言葉に変わった。また、才ある者は徐々に自然を――理を利用する術を会得《えとく》していった。

孝弘も山で仲間たちと暮らすようになったものの、探究心を失うことはなかった。他の集落とのつなぎという、危険な役を孝弘は自ら買って出て外の世界を探った。

そうして三百年ほど経《へ》たのち、集落で自死が相次《あいつ》いだことをきっかけに、孝弘は山を下りた。角を隠して、一人で山里を渡り歩くことにしたのだ。

この千数百年のうちに、人里ではいくつもの違う名を名乗った。

此度《こたび》の「槙村孝弘」もその一つだ。だが此度はどこかで、生来の名を意識していたのやもしれないと孝弘は思った。

どこかで、この長い「旅」の終焉《しゅうえん》を予感――否、望んでいたからに違いない――

妖魔とて不死ではない。

狗鬼に襲われ、岩丸はとっくに死した。各地に「森」ができる前のことである。

結界を備えた「森」ができる前は、人に殺されたものも多くいた。

似ているがゆえに、山幽の度を過ぎた不死身性や妖力を人は恐れ、忌み嫌ったのだ。

山幽に限らず、己より長く生きている妖魔を孝弘は知らぬ。

ここ――白玖山の翁・リエスでさえも千百歳を少し越えたところだ。

凡庸な己が、千七百年もの年月を越えて生き長らえてきたこと。

それだけで今の孝弘は、運命、そして安良を信じることができる。

長かった……

村の者はもちろん、親兄弟の顔ももう思い出せぬ。過去の記憶は夢のごとく、年を経るごとに曖昧《あいまい》になっていく。

だが。

「タカ」と呼んだイトの声は、今尚《いまなお》はっきり思い出せる。

ひれ伏したイトの漆黒の髪と、その合間に覗《のぞ》いた青白いうなじも。

終わらせたいものだ、と孝弘は願った。

私が死を迎えぬうちに――

†

八辻宅の鎮火から六日後、中秋の翌朝に夏野たちは神里を発《た》った。

濡《ぬ》れた書物の修復には、州司の小野寺が手配した二人の経師屋《きょうじや》があたることになった。

八辻宅の再建は紺野家と小野寺家に任せることにして、駿太郎は当面、野々宮の小屋で暮らす。野々宮と馨は大老の言い付け通り維那へ、伊織、恭一郎、蒼太、そして夏野は報告がてら一旦晃瑠へ戻ることに決まった。

早く白玖山へと、焦る気持ちがなくはないが、もう随分東都を留守にしている。白玖山へ行くとなると相応の支度をせねばならぬ上、大老や安良の許しも必要だ。伊織が同行するなら尚更である。

「どのみち晃瑠からだろうが神里からだろうが、苑たちにはさして変わらぬだろう」

そう言った恭一郎は、今から次の空の旅を楽しみにしていることが窺《うかが》える。

神里から空木村まで三日、空木村から恵中州府の差間に着くまで更に三日かかった。

一刻ほど前に差間の北の番所を越え、町中の宿屋に腰を落ち着けたところである。

忍び旅だというのに、番所から知らせを受けたのだろう、恵中州司の上原秀明《うえはらひであき》が宿屋まで出向いて来た。野々宮へは無論、特別手形を持つ夏野、恭一郎、蒼太へも目通りを所望する。挨拶《あいさつ》だけで四半刻《しはんとき》も居座った上原を夏野たちが相手する間、偽名の手形で「従者」となった伊織と護衛役の馨は次の間でのんびり酒を飲んでいた。

「ずるいぞ、樋口」

上原が辞去したのち、伊織を見やって野々宮が口を曲げてみせた。

「そうだ。ずるいぞ、伊織」と、恭一郎も追従する。

大の男が、二人して子供じみたことを言うのが夏野には可笑《おか》しい。恭一郎は伊織と気の置けない仲であり、野々宮は他の理一位よりずっと気さくで夏野も接しやすかった。

「お二方ともお疲れ様でございました。早急に夕餉《ゆうげ》を運ばせましょう」

伊織はにっこり笑って杯を置き、夏野より早く、自ら仲居を呼びに行った。

「私が――」

「いいのだ、黒川。伴の者ならこれくらい当然だ」

夏野を止めて、恭一郎は胡坐《あぐら》をかいてふんぞり返っている。

上原様も仲居も、樋口様が理一位様だと知ったら腰を抜かすだろうに……

「野々宮様、お加減はいかがで？」と、馨が問うた。

「悪くない。が、酒はまだ控えておいた方がよかろうな」

野々宮の肩の傷は、夏野が思っていたより大きかった。奥まで刺さった木片を取り出す合間に随分出血したそうで、縫った針目も二十は下らぬと聞いた。野々宮の荷物は馨が背負っているのだが、無理をして傷が悪化しても困る。

「維那からの一行はまだ着いておらぬようだな？」と、今度は野々宮が馨に問う。

「ええ。しかし、まだ日暮れまで時がありますから」

道中の空木村で、夏野たちは再び甘粕《あまかす》理二位に出会った。元木村《もときむら》にいた甘粕光一《こういち》は晃瑠の清修寮《せいしゅうりょう》から神里に行くよう命じられたという。野々宮が留守の間に神里を護るためで、甘粕曰《いわ》く、維那の清修寮からも二人、理術師が神里に向かっている。この二人には四人の護衛役が同行しており、四人の内二人は理術師について神里へ、後の二人は馨と共に野々宮について維那まで戻る。一行とはここ、差間で落ち合うことになっていた。

夕餉の膳を携えた仲居と共に伊織が戻り、一同揃《そろ》って箸《はし》をつける。

「樋口、皆が着かぬとも、明日発とうと思うが」

「一日くらいお休みになってはいかがでしょう」

「だが、今の俺では東北道まで少なくとも一日、維那まで更に二日はかかろう。ここから東北道までは一本道ゆえ、行き違いになることはない」

「東北道まで一日か……金翅なら半刻だというのにな」と、恭一郎。

「笛は使いませんよ」

ちらりと己を見やった恭一郎へ夏野は言った。

「判っておるが、人とはまこと、不便なものだな」

まるで妖かしのようなことを言う――

夕餉の席では呆《あき》れてみせたものの、部屋に引き取ると恭一郎の言葉が再び思い出された。

人は不便――というよりも、旅に出ると人の弱さをひしひしと感じる。

常人なら半刻で一里歩くのがせいぜいで、夏野たちさえ日に十里も歩けば疲弊《ひへい》する。身が軽い者でも狗鬼や山幽の足元にも及ばぬし、強靭《きょうじん》な者でも蜴鬼の甲羅《こうら》のように剣を通さぬほどではない。野々宮の傷も、妖魔なら三日もあれば本復しているところだ。

有史以前から人と妖魔は対立してきたが、人が妖魔の後に生まれたとは考えにくい。国史は国皇の即位と共に始まった。それより前の結界のない世で「弱い」人が辛くも生き延びてこられたのは、妖魔より長い来歴と培《つちか》われた知恵があったからではなかろうか。

しかし、妖魔が人より後から生まれたとすると……

妖魔こそこれからの世を司《つかさど》る生き物の形なのかと、夏野は不安に思わぬでもない。

伊紗も言っていた。

――人は欲深く、自分勝手で浅ましい。他人を妬《ねた》み、ひがみ、食う物に困ってもいないのに、同じ人間を陥《おとしい》れ、同族殺しも厭《いと》わない。見下げ果てた生き物――

広義で同族といえる狗鬼や蜴鬼を利用する鴉猿、種族構わず妖魔や人を気まぐれに殺す黒耀は、より「人」に近いともいえる。安良が望む太平の世にふさわしいのは、山幽や金翅のように、生きるために必要な分だけを狩り、他の種族を支配しようなどとは思わぬ妖魔たちかもしれぬと、つい考えてしまう。

黒耀といえば――

イシュナが黒耀を「裏切り者」と呼んだことが気にかかっていた。

駿太郎からもらった石を取り出して、夏野は手のひらで転がした。

ぼんやり光りはするが、神里から遠ざかるにつれて弱くなっている。

「ほた、いし」

横から蒼太が覗き込むのへ、石をつまんで蒼太の手のひらに載《の》せてやった。途端に光は消えて、石は水晶のごとく沈黙する。

伊織曰く、水晶と蛍石では「基《もと》」が違うそうだが、夏野にはその違いがよく判らぬ。伊織と野々宮が交互に検分したのち、水晶に酷似した蛍石ということで落ち着いたが、二人ともどうにも腑《ふ》に落ちぬ顔をしていた。

夏野が腑に落ちぬのは、蒼太が触れても石が光らぬことだ。

石が光ったのは、てっきり蒼太の左目のおかげだと思っていた。のちに蒼太に触れさせてみて、石が夏野にしか反応しないことが判ったのである。

――伊達や酔狂ではなく、本気で白玖山を目指す者――か。どんな曰くがあるのか、紺野家に問うてみたいところだが……――

そうつぶやいた野々宮も、白玖山行きには興味津々《しんしん》であったが、伊織を差し置いて自ら出向く気はないようだ。臆病なのではなく、伊織の実力を認め、己の役割をわきまえていればこそである。

「なつの、の」

蒼太が石を夏野に返すと、再び石がぼんやりと光りを宿す。

「おれ、おもう。いし、くあ、い……あくさん、とく、なた」

「光が弱くなったのは、白玖山から遠ざかったからか」

「ん」

石が白玖山由来であることは想像に難くない。石を紺野家に託したのは、八辻九生自身だろうということも。八辻と孝弘が砂鉄を採りに白玖山に行った際、世話をした――もしくは恩恵を受けたのが紺野家なのだろう。

石になんらかの細工《さいく》――術――が施されているのは確かなのだが、その理は伊織や野々宮にも読み取れぬらしい。

白玖山には山幽の森がある。

イシュナと会った時はただの勘に過ぎなかったが、石を託されたことで夏野は確信した。

「白玖山に行こう、蒼太。もう一度あの翁に会わねばなるまい」

声を潜めて夏野は言った。

蒼太も含めて男五人と女一人の旅である。忍び旅とあってそう贅沢《ぜいたく》はできず、宿では二部屋を取り、夏野と蒼太が同室で過ごしている。同室を提案した際、素直に頷《うなず》いてくれたのは、野々宮を嫌ったというよりも、己への信頼の証《あかし》かと夏野は思う。

夏野自身も、蒼太が傍《そば》にいると心強い。

強くなった蒼太を頼りにしていることは否めぬが、それ以上に「つながっている」という安らぎがある。隣りで横になっていると、蒼太を介して大地とつながるがごとく、どっしりと不動で温かい気が夏野を満たすのだ。

念力よりも、自然とつながる力。

それこそが蒼太の真の力ではなかろうか。

ゆえに夏野は、ウラロクの予言は見当違いだと思わずにはいられない。

蒼太がこの世を滅ぼすなど――

「あくさん、に、ゆく」

夜具にもぐりこんだ蒼太が、夏野を見上げて言った。

眼帯を外した左目は青白く濁ったままだが、その「目」を通じて蒼太の強い決意が伝わってくる。

「うむ」

頷いて、夏野は思わず布団の上から蒼太を一撫《ひとな》でした。

たじろぐ代わりに蒼太は微かに口元を緩め、目を閉じる。

「ねう」

「ああ、お休み、蒼太」

灯《あか》りを落としてしばらくすると、健《すこ》やかな寝息が伝わってきた。

それは耳に届くというよりも、静穏たる波動となって夏野を揺らし、広がっていく。

ふと、星空を見上げているような錯覚《さっかく》に陥った。

目は閉じているし、開いても部屋の暗闇《くらやみ》の中だ。

初めて野宿をした時のことが思い出された。

一人旅の心細さが、寝転んで空を見上げるうちに和らいだ。

月のない暗闇だと思っていた宙に、無数の星々が瞬いている。

大地を背にしているだけで、大きな力に護られているような気がした……

森羅万象《しんらばんしょう》。

私という理はその一片、否、一粒にも満たぬ——

だが己の矮小《わいしょう》さを惨《みじ》めだとは思わなかった。
己がこの世と共に在ること——それだけにただ喜びを感じた。

†

翌日、夏野たちは七ツを半刻ほど過ぎてから、東北道沿いの奥戸村《おくどむら》に着いた。

野々宮の意向で維那からの一行を待つことなく差間を発ったが、一本道にもかかわらず、一行と出会うことはなかった。

「他の宿屋を確かめて参ります」と、荷物を置いて馨が出て行く。

奥戸村は差間から八里ほど離れた、恵中州との州境を越えた西側の間瀬《ませ》州にある。すぐ南は矢岳《やたけ》州で、晃瑠から維那までの東北道のほぼ真ん中に位置している。村の端から端まで二里しかないが、東北道沿いの五町は宿屋や居酒屋、屋台などで賑《にぎ》やかだ。

夏野たちだけなら八ツ前に着いていただろうが、野々宮の顔がどうも優れぬ。野々宮を気遣いながらの道中となり、予想より到着が遅れた。

馨が宿屋を訪ねて回ったが、維那からの一行は奥戸村にさえ着いていないようだ。

野々宮が眉根《まゆね》を寄せた。

「おかしいな。ここまで遅れるなら、なんらかの知らせがあってしかるべきだが……」

「様子が判るまで、私どももとどまります」

伊織が言うのへ夏野たちも頷く。

「この村には鳩舎《きゅうしゃ》がないからな。維那まで飛脚を走らせたいところだが、問題は維那までの道中だ。飛脚は差間に走らせて、差間から颯を送ろう」

「ええ」

言われる先から矢立《やたて》を取り出し、伊織が書付をしたためる。

「私が行きましょう」と、今度は夏野が申し出た。

「おれ、も」と、蒼太も立ち上がる。

「蒼太もついて来てくれるのか」

「まんじゅ、かう」

「すぐに夕餉だぞ?」と、恭一郎が呆れた。

「まんじゅ、くう。やた、い。まんじゅ」

どうやら、盛り場の手前にあった屋台の饅頭が気になっているらしい。

野々宮が笑って財布を取り出した。

「俺も、ちと甘い物が食いたい。皆の分も買って来てくれんか?」

「ん」

「ほれ、これで足りるだろう」

そう言いながら百文銭《ひゃくもんせん》を蒼太にではなく夏野に渡した。蒼太が直《じか》には受け取らぬと踏んでのことだ。夏野が百文銭を手渡すと、蒼太が問うた。

「のの、さま、いく……いう?」

「俺は一つで充分だ」

「おれ、みつ、くう」

「うむ。おぬしは三つでも四つでも、好きなだけ食うといい。釣《つ》りは取っておけ」

「かたじ、け」

ぺこりと頭を下げた蒼太へ、恭一郎が苦笑した。

「調子のいいやつめ……」

番頭に飛脚屋を教えてもらって、外に出た。

飛脚屋は宿屋の南、饅頭売りの屋台は北にある。

「連れ立って行くと日が暮れる。別れて行こう」

「あと、て」

「うむ。急ごう」

宿屋の前で別れて、夏野は足早に飛脚屋を目指した。

明日の朝一番に出立してもらうために、法外な料金を取られたが致し方ない。支払いを済ませて表へ出ると、西の空の一部に橙《だいだい》色を残しただけで、太陽は既に山間に姿を隠していた。

宿屋まであと一町ほどとなった時、六ツの捨鐘が鳴り始めた。

と、正面から蒼太が駆けて来るのが見える。

声をかける間もなく、あっという間に蒼太が宿屋へ入った矢先に、悲鳴が上がった。

地を蹴《け》って、夏野も急ぎ宿屋へ向かった。

宿屋の玄関から数人が叫びながら転がり出て来る。

「何事だ？」

「お、お助け——斬《き》られる——」

要領を得ぬまま中へ急ぐと、知らぬ男の怒声が聞こえた。

「手向かう者は斬るぞ！」

剣を抜き、声のした方へ足を向けるも、廊下はわらわら逃げる客や仲居で一杯だ。

血の臭《にお》いと真剣が合わさる音。

意識を集中させずとも、突き刺すような殺気があちこちに感ぜられる。

「外へ！　早く！」

叫びながら部屋の一つに飛び込むと、開け放してあった縁側に続く戸から庭へ出た。

黒頭巾《くろずきん》を被《かぶ》り、抜き身を手にした男が二人、外から野々宮の部屋を窺っている。

夏野に気付いた一人が無言で向かって来た。

問答無用で斬りかかってきた男の一の太刀を避け、二の太刀を弾《はじ》いた。

「何者だ？」

誰何《すいか》するも男は応えず、次々と太刀を繰り出して来る。

男は夏野より少し背が高く、侃士《かんし》かそれに匹敵《ひってき》する腕前を持っている。

真剣が繰り出される音が部屋の中から幾重《いくえ》にも響く。恭一郎、馨、伊織がそれぞれ剣をもって戦っているとしたら、敵は少なくとも五人はいることになる。

真剣で人と斬り合うのは、昨年の斎佳以来だ。修業の成果か、落ち着きを失うことはなく、ゆえに相手の力量がよく見える。相手は己とほぼ互角の腕前で、己よりも場数を踏んでいると思われた。

敏捷《びんしょう》さにおいては人は狗鬼に敵《かな》わぬが、刀は狗鬼の爪《つめ》の何倍も長い。

幾度か切り結んでは離れた。

二人目が加勢に加わろうとこちらに一歩踏み出した時、馨の怒号と共に血飛沫《ちしぶき》を上げながら男が一人、外へ吹っ飛んで来た。

仲間に一瞬気を取られた男の隙《すき》をついて、夏野は峰打《みねう》ちで男を眠らせた。

「真木殿！」

「莫迦め！」

馨がののしったのは夏野ではなく敵だ。吹っ飛んだ男と入れ違いに、外にいた男が馨へ向かって行ったが、ものの一瞬でこと切れた。

馨の刀は三尺の大刀だ。部屋の中では脇差《わきざ》しを使っていたようだが、縁側で居合抜きにした大刀に斬られたのである。

叫ぶ間もなく、血飛沫が弧を描いて、男は仰向《あおむ》けに庭に倒れた。

馨に続き、野々宮が男の亡骸《なきがら》を避けるように縁側から庭へ出て来る。

「野々宮様！」

駆けつけようとした夏野の前に、手前の部屋の縁側から敵がまた一人躍《おど》り出た。

一の太刀を弾いて男の後ろに回り込む。

野々宮を間に挟み、馨も反対側から向かって来た男と切り結んでいた。

今度の男もなかなかの手練《てだ》れだ。

先ほどの男に遜色《そんしょく》ない腕前で、容赦なく斬り込んで来る。

切り結んでは離れ、睨《にら》み合ってはまた切り結ぶ。

一瞬たりとも気の抜けぬ攻防が続いた。

このままでは――！

殺《や》るか殺られるか。

だが、斎佳の時のように迷う暇はなかった。

「黒川！」

野々宮の短い叫びと共に、夏野の目が新たな白刃をとらえた。

右側から斬りかかってきた二人目の敵の刃《やいば》を身をひねってかわし、一旦下げた刀をすくい上げて、斬り合っていた男の右腕を斬りつける。

男が刀を落とす合間に、かわした男の二の太刀を弾き、その胸を突く。

間髪《かんはつ》を容《い》れずに引き抜いたが、己の刀が男の心臓を貫いたことを夏野は既に悟っていた。

先ほど、峰打ちで眠らせた男だった。

打ち方が甘かったのだろう。目を覚まして、仲間に加勢するつもりで襲いかかって来たところへ返り討ちに遭《あ》ったのである。

「これまでか……」

つぶやきにはっとして振り返ると、刀を落とした男が左手に小柄《こづか》を握っていた。

「よせ！」

夏野の叫びも空《むな》しく、男が小柄で己の喉《のど》を掻《か》き切る。

血飛沫を散らして男がくの字に倒れ込んだ。

表は騒がしいままだが、宿の中はしんとしている。

殺気はもはや感ぜられない。

それがどういう意味なのか、考え込むまでもなかった。

殺されたか、自ら死を選んだか――

立ち尽くした夏野の肩に、馨が手をかけた。

小さな足音と共に蒼太が駆けて来た。伊織と恭一郎も続いて庭へ下りて来る。

「野々宮様、ご無事で」

「お前も無傷のようだな、樋口」

伊織は抜き身を手にしていたが、刃は汚れていなかった。

「野外でなくてこちらは助かりましたが、町の者に犠牲《ぎせい》を出してしまいました」

「うむ……」

駆けつけて来た番人と村役人を交えて、宿屋の中を検分して回った。

夏野たちが借りた二間を中心に、死屍《しし》累々《るいるい》たる有様だ。

曲者の亡骸は全部で十六あった。

斬られた者が十一人、自害した者が五人である。自害した五人の内、二人には刀傷がなく、血を吐いていたことから毒を含んだと推察されたが、のちに蒼太が妖力で仕留めたのだと夏野は知った。

他に宿屋の者が二人、客が一人、曲者に斬られて死している。

番頭によると、七、八人の剣士が連れ立ってやって来て、店の前で頭巾を取り出して被ると、番頭が止める間もなく無言で押し入ったという。残りの男たちは裏口から同様に侵入したようだ。

曲者たちは皆、侃士に匹敵する手練れで、狭い部屋の中ということもあり、恭一郎や馨も苦戦した。足を斬られて動きを封じられた者は、夏野が目の当たりにしたように、喉を掻き切るか、または舌を嚙《か》み切って自死していた。

宿屋や村の者の手を借りて、亡骸は番屋に運ばれて行った。

行きがかり上、野々宮の身分を明かし、夏野たちは村長の屋敷に世話になることになった。理一位のお忍びが知れて、外には村の強者たちが屋敷の警固のために集まっている。

伊織は「筧《かけい》伊織」のまま、野々宮の護衛役の一人で通したものの、曲者たちは伊織の身分を知っていたようである。

「西原の差し金だろうな……」

「おそらく。となると、維那からの一行も無事ではありますまい」

理一位たちの話を聞きながら、夏野はただ膝《ひざ》に置いた己の拳を見つめていた。

三年前に夏野が殺した熊谷という術師は、シダルという山幽に身体を乗っ取られていた。

狗鬼や蜴鬼、鴉猿など、既に何度も夏野は剣で「命」を奪っている。

敵に同情の余地はない。

ただ「人」を殺したという事実が重かった。

人殺し。

否。

同族殺し……

「なつの」

声をかけてきた蒼太を見やると、横から蒼太を代弁するごとく恭一郎が言った。

「疲れたろう、黒川。そろそろ四ツになる。向こうで蒼太と休むといい。外は町の者が護ってくれておるし、ここは俺と馨が交互に見張るゆえ」

「しかし……」

「つかい、た。ねう」と、蒼太が夏野の袖《そで》を引っ張る。

このまま座り込んでいたところで、己はなんの役にも立たぬ。

立ち上がって頭を下げると、夏野は蒼太と共に廊下を挟んだ小部屋へ移った。

夜具に身を横たえてもなかなか寝付けなかった。

目を閉じると、手のひらに感触がよみがえる。

とっさの突きだ。

刀が男の心臓を貫いたのは偶然に違いない。

……それとも私は知らずに「狙《ねら》って」いたのか？

「なつの」

暗闇の中でも、眼帯を外した蒼太の顔がうっすらと見える。

口元が微かに動いたと思った途端、頭の中で囁《ささや》き声が言葉になった。

『おれは強くなる』

山幽の言葉だ。

『もっと強くなって、「いなもり」と「さいばら」を殺す』

「蒼太」

『黒耀様にも邪魔はさせない。邪魔をするならおれは戦う。おれは黒耀様より強くなってみせる』

それだけ言うと、蒼太はぷいと夏野に背中を向けた。

「蒼太――」

「ねう」

シダルに嵌《は》められ、蒼太は十歳の時に仲間の赤子を――同族を――殺している。

三年前、シダルの真名《まな》を教えたことで、蒼太は夏野と共にシダルをも殺したといえた。

ゆえに夏野の葛藤《かっとう》を蒼太は見抜いているのだろう。

強くなりたい。

夏野もそう願って精進してきた。

だがそれは己と己の大切な者たちを護るためであって、誰かを殺すためではなかった。

此度は大義のため……

大義のために斬る、と夏野は伊織に大見得を切ったが、どうしても後悔に似た思いが胸中を曇らせる。

稲盛と西原——そして黒耀——がいなくなれば、この先多くの命が救われるだろうことは想像に難くない。

蒼太の気持ちも判らなくはないのだが……

悄然《しょうぜん》として、夏野は夜具を胸に引き寄せた。

昨夜と違って、いつまで経っても蒼太の寝息は聞こえてこなかった。

第九章 Chapter 9

奥戸《おくど》村《むら》で野々《のの》宮《みや》殺害を図ったのは「西の衆」であった。生え抜きの侃士《かんし》が四人差間《さしま》から飛ばされた颯《はやて》を受け、維那《いな》から貴一《きいち》を含む安由《あゆ》が三人、駆けつけた。

貴一の証言で、曲者たちの少なくとも三人が西の衆であることを夏野《なつの》たちは知った。残りはどうやら西原家縁の家に仕える侃士らしいが、西の衆を含め一人として手形を身につけていなかった。

落ち合う筈《はず》だった一行は、奥戸村から四里ほど離れたところで殺されていた。

安由たちは奥戸村からそれぞれ更に散って行ったが、念には念をということで、馨《かおる》だけでなく夏野たちも皆、野々宮に同行することになった。維那から送られて来た侃士四人を交えて、総勢十人で維那の東門をくぐったのは、襲撃から五日後のことである。

野々宮は維那にいる間は、閣老の高梁《たかはし》が住む御屋敷ではなく、武道の師である藤本幸雄《ふじもとゆきお》の屋敷に滞在するという。藤本は五十代半ばで体格は野々宮より一回り小さいが、野々宮にとっては師であると同時に兄分でもあるようだ。柔術の他、槍術《そうじゅつ》も教えている藤本道場は御屋敷からも近く、屈強な弟子が交代で野々宮の警固にあたってくれるというので、夏野たちも安心した。

藤本が道場を案内してくれることになり、興味津々で夏野も男たちについて行くと、組手の稽古《けいこ》をしていた弟子の一人が振り向いて目を丸くした。

「黒川《くろかわ》！　黒川夏野ではないか？」

右腕が肘《ひじ》までしかないその弟子には見覚えがあった。

「岡崎《おかざき》殿」

「おお、そうだ。覚えていてくれたか」

昨年、草賀《くさか》州府の笹目《ささめ》が妖魔に襲われた時に出会った男だ。名は照義《てるよし》で、維那の安妻《あづま》番町奉行を務める岡崎家の三男である。笹目で岡崎は仲間と共に剣を取って戦ったものの、狗鬼《こうき》に腕を嚙み千切《ちぎ》られていた。

「あの時は大変世話になった。改めて礼を申す」

膝《ひざ》を折りかけた岡崎を夏野は慌ててとどめた。

「岡崎殿が、藤本先生のもとで修業されていたとは……」

「もう、刀は持てぬでな」

岡崎はおどけて言ったが、夏野は一瞬目を落とした。

「おぬしが気に病むことはない。左手が使えぬものかとしばらく剣を続けてみたが、思うようにいかんでな。鞍替《くらが》えしたのだ。柔術は今一つだが、槍《やり》は見込みがありそうだ」

「それはようございました」

「まったくだ。それもこれも笹目で命を落とさずに済んだおかげだ。まこと、おぬしがこのような身分とは思いも寄らず、あの時は――」

またしても深々と頭を下げた岡崎に恐縮しながら、夏野は先だって目の前で自害した男を思い出した。

腕を斬《き》りつけ、男が刀を落としたことで勝負はついたと思った。斬り落とすまでに至らなかったのはひとえに間合いの問題で、間合いが短ければ勢いで腕を落としていたやもしれなかった。目論《もくろ》んだ結果ではなかったが、安堵《あんど》したのは事実だった。

己と互角ということは、それだけの才を持った者か、同じように努力を重ねてきた者に違いない。更生《こうせい》して欲しい、剣の道を閉ざしたくないという思いが夏野の胸中にはあった。

それが己の甘さだと重々承知している。

命のやり取りをしている時に、そのような情けを覚えたのは己の欺瞞《ぎまん》に過ぎぬ。

それに、あの男は迷わず自害した……

どのみち理一位殺害を試みたとあれば、いずれは獄門になっただろう。ならば拷問で全《すべ》てを吐かされる前に自決したのも頷《うなず》けるのだが、そう易々《やすやす》と夏野は気持ちを割り切れぬ。

藤本の計らいで、夏野たちは高梁に会う前のひとときに岡崎から話を聞いた。

町奉行の息子とあって、岡崎は維那の政《まつりごと》にも精通している。

「高梁様の疑いは晴れましたが、風当たりは強くなっております」と、岡崎は言った。

蒼太の活躍で盗まれた金印は高梁の手に戻り、天文方《てんもんかた》の多嶋《たじま》徹茂《てつしげ》と高家の次男・米倉《よねくら》英勝《ひでかつ》が捕えられた。

「しかし翌日、米倉は牢《ろう》で毒殺されており、多嶋の姿は消えていました。てっきり多嶋が西の衆と謀《はか》って、米倉を殺して逃げたのだと皆が考えていたところ、垂水村《たるみむら》で多嶋の亡骸《なきがら》が見つかったのです」

「多嶋が？」

「垂水村で？」

同時に問うた恭一郎と伊織に、岡崎と藤本がそれぞれ頷いた。

垂水村は維那から西へ十里ほど離れた村で、間瀬州にある。西の霊山といわれる残間山《ざんまざん》の麓《ふもと》に近く、昨年西都で毒殺された本庄鹿之助《ほんじょうしかのすけ》理一位が居を構えていた村でもあった。

多嶋が死したという知らせが維那に届いたのは、奥戸村で夏野たちが斬り合った次の日だった。何やら細い錐《きり》のようなもので心臓を刺されていたという。

「この知らせを受けて、一連の出来事はやはり高梁家の策略だったのではないかと、目付の江口《えぐち》様が言い出しまして」

「江口様は西原《さいばら》寄りの者であったな？」

野々宮の問いに、「ええ」と岡崎は忌々しげに応《こた》えた。

江口というよりも、裏で糸を引く西原は、高梁の公金横領の申し立てを引っ込める気はなさそうだ。それどころか、高梁が多嶋と米倉を罪人に仕立て上げ、安由を使って二人を殺したのではないかと噂《うわさ》を広めているという。

「更には、大老様がこれらのことを知った上で、高梁様が私腹を肥《こ》やすのを黙認している
などと……」

御屋敷で、閣老の高梁真隆《まさたか》は恭一郎《きょういちろう》に深く頭《こうべ》を垂れた。

「私の不手際《ふてぎわ》で、大老様にもご迷惑をおかけしている。深く……深くお詫《わ》び申し上げる」

「高梁様の謝意は大老様にお伝えしますが、今後、身辺には重々お気を付けくださるよう
お願い申し上げます」

礼を返しながら恭一郎が応えると、横から伊織も付け足した。

「有事があれば、野々宮様にご相談を」

「西の衆のことはいつまで内密に？」

不満そうに高梁が野々宮に問う。

貴一の証言の他なんの証《あかし》もないために、野々宮を襲ったのが西の衆だということは、口
外せぬよう夏野たちも奥戸村で告げられていた。

「樋口《ひぐち》から直《じか》に話を聞き、西原の思惑を今少し見極めた上で、大老様から沙汰《さた》されるとの
ことです」

野々宮に続いて伊織も口を開いた。

「西原は、私が野々宮様に同行していたことを知っていたように思われます。鷺沢《さぎさわ》を始め
として真木《まき》や黒川のことも。一人当たり三人もいれば討ち取れると思ったのやもしれませ

ぬが、それにしては派手《はで》なやり方でした。襲撃が成功してもしなくても、下手人が西原につながることは時を待たずに大老様に知れたでしょう。ならば今、声高にやつを責め立てるのは早計、それこそ西原の思う壺《つぼ》なのではないかと、大老様は——我らも——考えております。私が戻るまでに、斎佳の安由たちが何かつかんでいるとよいのですが」

西原利勝《としかつ》の目的は大老職、あわよくば国皇だと稲盛《いなもり》は言っていた。

稲盛が安良を排して国皇になれば、西原家が大老職に返り咲くこともあろう。互いに利用し合っているといっても、いまや黒耀《こくよう》にまで取り入ろうとしている稲盛の方が夏野は恐ろしい。

人と妖魔《ようま》の双方を統《す》べる者。

認めたくはないが、二つの種を自ら交えた稲盛なら、結界で隔てられたこの国の真の統治者になりうるやもしれぬのだ。

黒耀はどうするだろう——？

男たちの話を聞きながら、夏野は傍らの蒼太を見やった。

己の視線に気付かぬ筈はないのに、蒼太は所在なげに畳を見つめるだけだった。

†

大人たちの話は続いていたが、恭一郎が申し出てくれ、蒼太は密談から解放された。

外出も許されたが、これは夏野と一緒ならという条件付きである。

御屋敷にいるよりましだと思って出て来たが、ここしばらく、夏野とはどこかぎくしゃくしたままだ。

「どこへゆくのだ、蒼太？」

「たか、や」

先日の、奈枝《なえ》に会うという約束を果たせぬままにいた。

恭一郎の話では、自分たちは明日にも維那を発《た》つらしい。どうせ気晴らしに出るのなら、一目、貴也《たかや》や奈枝に会って行こうと思ったのである。

以前から時々夏野は山幽の言葉を解していたが、翁《おきな》のイシュナに会ってから、はっきりと己の発する言葉が通じることが判《わか》った。

山幽の言葉は人の囁《ささや》きよりも低く、山幽同士は感応力で意を通じさせることが多い。知恵に長けた妖魔たちは「共通の言葉」で話し合えるが、この共通の言葉をほとんど知らぬ蒼太は、金翅の苑や佐吉はもちろん、最も顔を合わせる機会が多い仄魅《しきみ》の伊紗《いさ》とも、人語を使わざるを得ない。

晃瑠で暮らすようになってもう三年だ。人語は聞き取る分には不自由しなくなってきたものの、口にするのはいまだ蒼太には一仕事である。ゆえに夏野が山幽の言葉を解するようになったことは喜ばしいが、同時に怖くもあった。

念が全て通じることはない。これは同族である孝弘《たかひろ》や黒耀に対してもそうだ。

だが、言葉が通じるようになったことで、己の「本性」が夏野に——夏野を通じて恭一郎にも——知られるのではないかと蒼太は恐れた。

おれはこの世を滅ぼしたりしない……

ウラロクの言葉を思い出す度にそう打ち消してきたが、神里《かみさと》でイシュナに会って以来、ふとした折にカシュタの記憶がよみがえる。

その心臓の、この世のものとは思われぬ甘美《かんび》な味も。

誰《だれ》よりも強くなれば、誰も殺さずに済むのではないかと、蒼太は決意を新たにしていたが、誰よりも強い筈の黒耀は罪なきものを殺《あや》め続けている。

不安から蒼太は、胸元の守り袋を着物の上からまさぐった。

そんな己の横を夏野は無言でついて来る。

蕎麦屋《そばや》・三津屋《みつや》へ行くと、貴也が笑顔で迎えてくれた。

父親の貴一はまだ戻っていない。

「間瀬、松音《まつね》と、妖魔に襲われた村々を回って来るそうです」

「うむ。奥戸村でもそのように言っていた。しばらく戻れぬが、おぬしがいるから娘も安心だと」

「仙助さんがすぐ裏に住んでるし、万作《まんさく》さんも時々泊まってくれるから平気です」

しっかり応えて、貴也は蒼太たちを裏の長屋へ案内した。奈枝は日中は近隣の長屋で遊んでいることが多く、今日は仙助が住む三津屋の裏の長屋の子供たちと一緒だという。

貴也について長屋へ行くと、子供たちが竹とんぼを飛ばして遊んでいた。

「そうた！」

気付いた奈枝が駆け寄って来て、蒼太に飛びついた。

「そうた。そうたがきた」

「ん」

「なえだよ、そうた。そうた、なえのことおぼえてる?」

「ん」

抱き上げた奈枝は今年四歳で、斎佳で会った時よりも一回り大きくなっていた。目を閉じて、己より温かく柔らかい身体《からだ》をそっと抱きしめると、子供独特のほんのり甘い匂《にお》いがした。ぽんぽんと軽く背中を叩《たた》くと、奈枝も嬉《うれ》しげに蒼太の首に回した小さな手に力を込める。

——と、ふいに血の臭《にお》いが鼻をついて蒼太ははっとした。

「そうた?」

腕の中で奈枝が小首を傾《かし》げた。

奈枝の顔に死した——己が殺した——カシュタの顔が重なって、思わず奈枝を取り落としそうになる。

「たか、や」

貴也の手に託した奈枝が悲しげに己を見つめたが、微笑《ほほえ》むことさえできなかった。

「……いそく。もう、ゆく」

急ぎの用などないことを夏野は知っているが、黙ったまま頷いた。

「やだ。なえ、そうたとあそぶ」

「勝手なことを言うな、奈枝。蒼太には大事なお役目があるんだ」

「おやくめ？　おとうさんとおんなじ？」

「そうだ。お役目の邪魔はしちゃいけないといつも言ってるだろう？　蒼太のは父さんのお役目よりずっと大きな――この国を護《まも》るという大切なお役目だ。なぁ、蒼太？」

「……ん」

微笑む貴也に、蒼太は曖昧《あいまい》に頷いた。

「すごく忙しいのに、奈枝のためにわざわざ寄ってくれたんだぞ」

奈枝は不満げに口を曲げたが、貴一の見送りで慣れているのだろう。渋々頷くと、貴也の腕から下りて、蒼太たちを木戸へ先導する。

「おきをつけて、いって、おかえりなさいませ」

つたない口で言い、ぺこりとお辞儀した奈枝の頭に伸ばした手を、蒼太は慌てて引っ込めた。

己にはその資格がないような気がした。

――「かって」なのはおれだ。

おれはこの国を「まもる」どころか「ほろぼす」かもしれないのに……

「お奈枝、貴也と貴一をよろしく頼む」

しゃがんだ夏野が、奈枝の頬《ほお》を撫《な》でつつ微笑んだ。

「はい！」

機嫌《きげん》を直して目を細めた奈枝と貴也に見送られて、蒼太は夏野と長屋を後にした。

夏野に礼を言うべきか迷ったが、一旦《いったん》口を開けば、人語を使っても必要以上に己の気持ちを悟られてしまいそうで、蒼太は無言を貫いた。

夕刻まではまだ大分時があったが、維那はよく知らぬ上、夏野が一緒では「探険」もままならぬ。いっそ御屋敷に戻って昼寝でもするかと二日川《ふつかがわ》沿いを歩いて行くと、三津屋から二本目の火宮橋《ひみやばし》の近くで饅頭《まんじゆう》売りの屋台を見つけた。

竿《さお》にかけた箱と、床几《しようぎ》に座って火鉢で饅頭を焙《あぶ》る男には見覚えがあった。

先月、黒耀に脅されて人を殺した時、水主橋《みずしばし》の近くにいた饅頭売りだ。

奥戸村で野々宮にもらった百文を思い出し、蒼太は財布代わりの巾着《きんちやく》を取り出した。

「まんじゅ、かう」

「奥戸村で食べ損ねたものな」と、夏野は苦笑した。

曲者の襲撃の前に饅頭を買いに行ったものの、殺気だった剣士の一団を見かけて買わずに引き返していた。蒼太は返金を申し出たが、「おぬしも命の恩人の一人だ」と野々宮が受け取らなかったのである。

いくつ注文すべきか蒼太が指折り数えていると、反対側から歩いて来た少女が先に饅頭売りに声をかけた。

「あの……一月ほど前、水主橋にいらした人ですか？」

「そうだが、あんたは？」

少女は背丈こそ蒼太とあまり変わらぬが、蒼太よりは一つ二つ年上に見えた。あどけなさを残した顔立ちは愛らしいのに、その目はどこか暗い。

脳裏に一つの顔が閃《ひらめ》いた。

つい先ほど、奈枝の顔にカシュタの顔が重なったように、少女の顔に一人の若者の顔が重なって蒼太は立ち尽くした。

「麻《あさ》と申します。先月兄が水主橋の袂《たもと》で癪《しゃく》を起こして……」

「ということはあんた、あの若いのの妹さんかい？」

「ええ。真っ先にお医者さんを呼びに行ってくれたそうですね。お役人に聞きました。お礼を言いたくて探したんですけど、見つけられなくて……でも今日、水主橋のお茶屋さんが、こちらに移ったって教えてくれて」

「そうなんだ。験直《げんなお》し——なんて言っちゃあ、お身内のあんたにゃ悪いが、文字通り河岸《かし》を変えてみたのさ」

「あの兄が癪を起こすなんて私には信じられなくて……兄は丈夫で、持病もなくて」

「俺も信じられねぇや。あんたの兄貴は時折見かけたよ。俵屋《たわらや》に奉公してたんだろ？　たまに駄賃《だちん》が入ると饅頭を買ってくれた。あの日も遣いの途中だったらしいな。通りすがりに声かけてくれたと思ったら、半町も行かねぇうちにあんなことに——」

信じられないのも無理はない。

あの男が死したのは「じゃく」なんかじゃなく、おれのせいなのだから――

「あの、お饅頭一つください。兄は甘い物に目がなくて。折角だから霊前にお供《そな》えしたいと思います」

「じゃあ、一つと言わずあんたの分も持ってきな」

「でもお代が――」

饅頭は一つ八文だが、少女の身なりから暮らし向きの厳しさが察せられた。

「お代はいらねぇ。気にすんな」

そう饅頭売りは言ったが、いたたまれなくなって蒼太は足を踏み出した。

「ん」

蒼太が差し出した巾着を、麻はきょとんとして見つめた。

「あの……」

「ん！」

高梁に会うために御屋敷で着替えたから、いつもよりいい着物を着ている。蒼太は帯刀しておらぬが、傍《そば》に控えた夏野を見て、麻は蒼太を身分ある者と判じたようだ。

「お武家さま、どうかお気遣いなく……」

こわごわ言う麻の手を取り、蒼太は巾着を押しつけた。

骨ばった麻の手はひやりとしていた。

くるりと麻に背中を向けると、蒼太は猛然と歩き出した。

後ろから夏野が呼んだが、ただひたすら地面を見て先を急ぐ。

一刻も早く、麻の前から消えてしまいたかった。

†

長月《ながつき》に入って三日目。

約一月半の旅を終え、夏野は東都・晃瑠《あける》に戻って来た。

葉月《はづき》末日に維那を発ち、蒼太、恭一郎、伊織、馨と、揃《そろ》って足の速い男たちに遅れまいと必死に三日間歩き続けて、門が閉まる酉刻《とりのこく》三ツの直前に北門をくぐることができた。

駒木町《こまきちょう》にある居候先の戸越《とごし》家にたどり着くと、汗を拭《ぬぐ》っただけで、夕餉《ゆうげ》も食べずに夜具に倒れ込む。

翌日、惰眠《だみん》をむさぼっていた夏野は、昼の九ツ前にまつに叩き起こされた。

「なっちゃん！　一大事だよ！　御城から――」

「御城？」

飛び起きた夏野が階下に下りると、御城から使者が来ていた。

八辻《やつじ》の懐剣と共に、八ツまでに登城せよ、とのことである。

「登城……」

恭《うやうや》しく安良《やすら》からの命を告げた使者の言葉に、夏野だけでなく次郎やまつ、次郎の弟子たちも呆然《ぼうぜん》とした。

夏野の兄で氷頭《ひず》州司の卯月義忠《うづきよしただ》でさえ、これまで二度しか登城したことがない。

一瞬、この十五年ほど御前仕合や州司代として、何度も御城に出入りしている椎名由岐彦《ひこ》の顔が頭をかすめた。

由岐彦の求婚を断ってからも、州屋敷には月に二度ほど呼ばれて顔を出している。だがそれは兄の義忠を安心させるためであり、いくら由岐彦が変わりなく接してくれても、夏野は心苦しさを拭えずにいた。

初登城は不安だが、由岐彦に相談する時がないことにどこかほっとした己がいる。

飯もそこそこに湯屋へ向かって身なりを整えると、使者に言われるがまま、待たせていた乗物に恐縮しながら乗り込んだ。

膝《ひざ》に乗せた風呂敷《ふろしき》包みには、神里で見つけた八辻九生の懐剣が箱ごと入っている。懐剣は近いうちに伊織から献上してもらうつもりだったのだが、安良はどうやら待ちきれなかったようである。

乗物は東の清和門《せいわもん》から御城に乗り入れた。

理術師が集う清修寮《せいしゆうりよう》は御城の北東にあり、清和門が一番近い。てっきり清修寮に向かうものと思っていた夏野の予想は外れて、乗物は更に奥へと進んで行く。

桝形門《ますがたもん》を二つ抜けたところで乗物が止まった。

「ここからは徒歩でお願いいたします」

本丸の五層の天守を目の当たりにして、夏野の足は微《かす》かに震えた。

城内に入り、腰の刀を預けると、控えの間に通される。控えの間には既に佐内《さない》と伊織、挨拶《あいさつ》を交わした夏野が末席に腰を下ろしてまもなく、八ツの鐘と共に山本《やまもと》という男が現れた。

山本の案内で中門へ続く広い廊下を、佐内と伊織の後について歩いた。

すぐ後ろの蒼太は無言だが、張りつめた気が伝わってくる。

大広間の戸は開け放してあり、ぞろりと並んだ大名たちの背中が見える。戸口で山本が

振り返り、恭一郎へ顎《あご》をしゃくった。

「鷺沢、おぬしはここで控えよ」

「はっ」

頭を下げて廊下で恭一郎が膝を折った。恭一郎は伊織の護衛役でしかなく、城内では帯

刀さえしておらぬ。広間へ上がれぬのは当然なのだが、蒼太が不安げに恭一郎を見やった。

微かに目を細めて蒼太へ頷いてみせると、恭一郎は今度は夏野へ小さく頭を下げた。

御城は晃瑠の中でも殊更堅固な術で護られている。

山幽の蒼太の緊張は己の比ではあるまいと、夏野は自身を奮い立たせる。

目礼を恭一郎へ返して、大広間へと足を踏み入れた。

理一位二人を迎えるために、中央に向き直った大名たちの視線が痛い。

行き交う気はもっぱら好奇心だが、中には嫉妬《しっと》や侮蔑《ぶべつ》と思《おぼ》しきものもあった。

二間続きの下段の中ほどに由岐彦がいた。内心ぎょっとしたもののよそ見はできぬ。州

司代なれば州司の代わりに由岐彦が登城していてもおかしくないのだが、由岐彦の驚きが

伝わって、この接見が大名たちにも予期せぬものだったことが判った。

下段には六十人ほど、中段には十数人の東都の要人たちが揃っている。

山本が足を止めたのは、中段の奥、上段に上がる手前であった。

上段にいるのは大老の神月人見《こうづきひとみ》と国皇・安良のみである。

安良の姿は金の御簾《みす》に隠れてよく見えないが、その紛《まご》うかたなき気が夏野に伝わった。

夏野たちを座らせると、山本は踵《きびす》を返して中段の末席まで戻る。

佐内と伊織に倣ってひれ伏すと、御簾の前に座った人見が厳《おごそ》かに口を開いた。

「佐内、樋口、両理一位、黒川夏野、鷺沢蒼太……よう参った」

上段だけで約三十畳、中段は四十畳、下段は六十畳はあろうかという大広間である。常と変わらぬ人見の声は夏野たちでさえ聞き取りにくい。しかし広間にいる全ての者が大老の言葉に耳を澄まし、広間は水を打ったような静けさだ。

「ちこう」

人見に呼ばれて、夏野たち四人は上段に上がった。

御簾の前に佐内と伊織が並んで座り、伊織に一歩控えて夏野は蒼太と腰を下ろす。

再びひれ伏した夏野たちに「面を上げよ」と、安良が御簾の向こうから声をかけた。

「黒川夏野、鷺沢蒼太、此度《こたび》の神里行き、大義であった」

「は……」

「野々宮の有事を助けたお前たちの働きに礼を言う」

「ありがたき幸せにございます」

「加えて、黒川、お前は神里で新たな八辻の剣を探し当てたそうだな？」

「懐剣でございますが……」

持参した風呂敷包みを伊織に渡そうとした夏野を、安良がとどめた。

「黒川、お前の手で持って参れ」

伊織が頷いたのを見て、夏野はおそるおそる御簾の前に進み出た。

「剣を」

箱から懐剣を取り出して捧げ持つと、御簾を割って差し出された安良の手に渡す。

御簾の向こうで安良が鞘《さや》を払った。

顔は見えぬが、安良の気が和らいだのが夏野には感ぜられた。

「懐かしい」

急に声を潜めて安良が言った。

囁きに等しい安良の言葉は、上段にいる夏野たちにしか聞こえぬだろう。大広間での接見とあって、警固の者たちの気も随分遠い。御簾に隠れた安良の唇は見えぬし、夏野たちは他の者に背中を向けている。公の場でありながら、密談も同然であった。

「私はかつて、この剣に死したことがある」

小さく穏やかな声で安良は言った。

懐剣を胸に刺された少年の亡骸《なきがら》が脳裏に浮かんだ。

安良の亡骸を見下ろしていた黒耀と孝弘の姿も。

「なんだ、黒川?」

「いえ……」

「遠慮せずに申してみよ」

「……その剣で安良様を死に至らしめたのは、黒耀ではありませぬか?」

消え入るような声で夏野は問うた。

佐内と人見の気は揺らいだが、伊織の気は平然としている。後ろに控えた蒼太が、まっすぐ御簾の向こうの安良を見つめているのが判った。

「いかにも」と、安良は事も無げに応えた。

「この箱には文が入っておりました」

「《この刀では力不足であった。次の一振りに望みを託す》……のちに槙村《まきむら》が、八辻に宛《あ》てて書いたものだ」

「では――」

夏野を遮って安良が続けた。

「おぬしが知るように、私は転生を繰り返して今に至る。国史より前にも私は幾度も死を迎えた。私が神月家と共に国を興し、国皇になろうと考えたのは、この世を是正《ぜせい》するのにそれが最も近い道だと考えたからだ」

「この世を是正……」

「千年を越える時を費やして、私はこの世を正すために必要なものを悟った。森羅万象を司《つかさど》る理に通じる者、揺るぎない力で陰《いん》の理を断ち切る剣、そしてそれらを用《もち》いる然《しか》るべき時機——今から百と九十五年前、私は八辻九生こそ私が求める剣を打つ者だと判じた。八辻にこの懐剣を打たせてきたるべき時機に備えるつもりだったが、翌年、私は打つ手を誤り、黒耀に懐剣を奪われて殺された。だが、あの過《あやま》ちはけして無駄ではなかった。あの過ちから、私はこの懐剣は私が求めてきた剣ではないことを知った」

「安良様が求める剣とは、鷺沢殿の刀のことですか?」

「うむ。機も熟しつつある。今の私にはそれが判る。此度の身体は実に御しやすい。理を知りながら使いこなせなかった前の身体が嘘《うそ》のようだ。こうした身体を得たことも、時機が近付いている証であろう」

「それでは、理に通じる者というのは、安良様ご自身のことで……?」

おずおず夏野が問うと、愉悦の交じった声で安良は応えた。

「ならばわざわざお前たちを呼びつけたりせず、ただ時機を待つだけだ。その者が判らぬがゆえ、私はこうしていまだ城にとどまっている。この身体を活かし、千年越しの大望を叶《かな》える前に、再び黒耀に——稲盛、西原などにも——殺されてはたまらぬからな……だが黒川、私は近々——そう時を待たずしてその者が現れると信じている。その者を探し当てるために、これからは野々宮や槙村だけでなく、お前たちにも助力してもらいたい」

理に通じる者——

孝弘が言った「並ならぬ力を持つ者」というのはそういう意味だったのか。

ふいに胸元の熱さに夏野は気付いた。

守り袋――否、袋の中の蛍石《ほたるいし》が、高揚した安良の気に呼応するように熱を発している。

白玖山《はくさん》にいるという翁のイシュナ。

樹海に結界を張り、紫葵玉《しきだま》のような宝玉を作り出すことのできる山幽の翁ならば、「理に通じる者」に充分なりえる。

「しからば、お願いがございます」

「言うてみよ」

「蒼太を連れて――白玖山に行くお許しをいただきたく存じます」

ふっと、今度は明らかな笑みを安良は漏らした。

「――許す。人見、黒川の思うよう、用立ててやれ」

「しかし――」

「お前の孫なら案ずることはない」

「……はっ」

「そうとなれば黒川、これは蒼太にくれてやれ」

御簾から差し出された懐剣を受け取ると、夏野は伊織の後ろへ戻って蒼太に差し出した。

「護身用だ。お前にはちょうどよかろう」

蒼太は無言で、御簾越しに安良を見つめている。

「怖がることはない。お前にも判る筈だ。鷺沢の持つ八辻の剣と比べれば、その懐剣なぞ恐るるに足りぬことが……」

じっと御簾を見つめたまま、蒼太は無造作に夏野の手から懐剣を取り、懐《ふところ》へ差した。

蒼太のずっと後ろで、大名たちが食い入るように上段を見つめている。話は聞こえずとも、蒼太が——大老の孫が——八辻の懐剣を賜《たまわ》ったことは見て取ったようだ。

「人見、御簾を上げてくれ」

声を平常に戻して安良が言った。

手慣れた様子で大老自らが御簾の一枚を巻き上げる。

紫紺《しこん》の着物に象牙色《ぞうげいろ》の袴《はかま》を穿《は》いた安良が、ゆっくりと御簾の外に歩み出た。

着物と揃いの紋付小袖《こそで》の両乳には、国を象徴する飛燕《ひえん》の紋が入っている。着物も袴も無地だが、綸子《りんず》織《おり》の光沢《こうたく》が国皇にふさわしい重厚さを醸《かも》し出していた。

「皆の者」

張り上げずともよく通る声で、安良は広間を見渡した。

「今朝方、斎佳の閣老、西原利勝より遣いが参った」

何を言い出すのかと、広間にいる全ての者が固唾《かたず》を呑《の》んで安良の次の言葉を待った。

「西原の文によると、斎佳の他、松音、草賀、額田《ぬかた》、安芸《あき》の四州は、我がもとを離れ、自治を望んでおるそうだ」

一瞬遅れてどよめきが広がった。

「わ、私は何も——」

中段でうろたえているのは東都詰めの斎佳の少老——閣老の側近——らしい。

西原がとうとう反旗を翻した——

自治を望むというのは建て前に過ぎず、実質西原が一都四州の権力を握ることになろう。

西原は神月家を失脚させて大老の座を狙《ねら》うのではなく、真っ向から国皇に独立を願い出たのである。

夏野はもちろんのこと、佐内と伊織も驚きに顔を見合わせている。

ただ蒼太だけが眉さえ動かすことなく、静かに安良を見つめていた。

安良の言葉が解せなかったのではない。

眼帯に隠された見えぬ目で、西原の謀反《むほん》の果てを——この国の未来を——安良の中に見《み》出《いだ》そうとしているように夏野には思えた。

†

東都・晃瑠にて、要人たちが各々の身の振り方を思案し始めた頃、西北道を斎佳へ急ぐ一人の男がいた。

男の名は田所留次郎《たどころとめじろう》。

三年前、玖那村《くなむら》のはずれの屋敷——恭一郎の妻の奏枝《かなえ》とその仇《かたき》である術師と村瀬昌幸《むらせまさゆき》が死した場所——を訪ねた男である。

三年前まで、恵中州《えなか》を中心に国の中部を荒らしていた盗賊がいた。十数人の一味の頭《かしら》は龍芳《たつよし》という名で、鍵師《かぎ》であった。田所はこの一味の一人でつなぎ役をすることが多く、あの日も久世《くぜ》州の仲間からの言伝《ことづて》と共に玖那村の屋敷を訪れた。

龍芳は小柄で温厚な顔つきをしていて、とても盗人《ぬすっと》には見えない男だった。鍵師としての腕前に加え、奇抜な案を生み出す頭と公平な人柄が仲間に慕われていたが、龍芳には一つ厄介な性癖《せいへき》があった。

子供をいたぶり、その血を嗅《か》ぐことを最上の愉《たの》しみとする性癖である。

三人の人死にを出して以来、空家になっていた屋敷を買い取った大きな理由は、地下に座敷牢があったからだ。

田所が知る限り、屋敷を手に入れてからの一年で、三人の子供が龍芳に切り刻まれて殺されている。「見るな」と言われていたから、龍芳が「お愉しみ」の間は一度も地下に足を踏み入れたことはないが、悲鳴は嫌でも聞こえてくる。表向き平気な振りをしていても、龍芳のこの性癖だけは受け入れ難かった。屋敷には侘助《わびすけ》という家守がいたが、よく耐えられるものだと田所は常々思っていた。

つなぎに屋敷に立ち寄った際に、幾度か田所は侘助と座敷牢へ下りたことがある。「餌《えさ》やり」と掃除を手伝うためだ。子供の身体につけられた無数の傷跡はどれも浅かった。ただ古い傷から膿《う》み始め、血の臭いとは別の悪臭を放っていた。

荒事は苦手ではなく、さして慈悲深くもない田所だったが、座敷牢を思い出すと今でも吐き気を覚える。

蒼太を捕えたのは龍芳自身で、蒼太は近所の神社を遠巻きに窺っていたという。脅しでつけた傷が瞬く間に薄れたのを見て、まさかと思った龍芳が顔見知りの術師に確かめさせて、玖那村に連れ込んだ。

山幽という妖魔なのだと、侘助がこっそり教えてくれたが、他の仲間に田所が口外することはなかった。あのように人に似た妖魔は見たことがなかったし、物珍しさにあれこれ口出しした術師は早々に龍芳に始末されたと知っていたからだ。「蒼太」という名を田所が知ったのはつい先日で、玖那村の屋敷では蒼太はただ「あれ」と呼ばれていた。

蒼太が妖魔であることは疑わなかった。牢の掃除をしている間に、傷がみるみる薄くなっていくのを田所は見ていた。しかし、妖魔とはいえ致命傷を負うこともある。龍芳がつけた傷は次々治っていくのに、古傷らしい左目はいつまでも青白く濁ったままであった。斬っても斬っても死なぬ蒼太は、龍芳には恰好《かっこう》の玩具《おもちゃ》だった。

左目のことがあったから、探りながら龍芳は毎日のように蒼太をいたぶった。一度斬り落とした耳を見せられたことがあったが、あのままだったらいずれ手足を斬り落としていただろう。

田所が最後に屋敷を訪れた日も、龍芳は蒼太をいたぶっていた。

ひとときして地下から上がって来た龍芳は、血糊《ちのり》のついた愛刀を手にしていた。返り血は見られなかったが、全身から血の臭いを漂わせている。嫌悪《けんお》を隠しておべっかめいたことを言い、侘助を交えて、報告がてらにしばし酒を酌《く》み交わしてから床に就いた。

目覚めたのは夜中で、龍芳の怒声が聞こえたからだ。

土間の隣りの座敷で眠っていた田所は、出刃をつかんでから龍芳の寝所に駆けつけた。

同じように駆けつけた侘助が、半分開いた襖戸《ふすまど》を開け放した。

——なっ……——

悲鳴を漏らす間もなく、龍芳の刀が侘助の首元に打ち込まれた。

——お頭！——

及び腰になった田所が目にしたのは、左手で胸を押さえつつ右手で愛刀を振り回す龍芳と、その様子を部屋の隅で冷ややかに見つめている蒼太だった。

有明行灯《ありあけあんどん》だけの薄暗い部屋なのに、蒼太の濁った左目ははっきり見えた。

——ひぃっ……——

短い悲鳴を上げた田所へも龍芳は刀を振るったが、田所は無我夢中で出刃を振り回して逃げ出した。

龍芳は癪を起こしたらしいと、のちに仲間から伝えられた。屋敷には龍芳と侘助の亡骸が残っていただけで、座敷牢は空だったそうである。「ちょうど亡骸を埋めちまった後だったんだろう」と仲間は言ったが、それが事実でないことを田所は知っている。

一体、あの牢からどうやって逃げ出したのか……

傷の治りが早いことと、ろくに人語を話せぬことを除けば、蒼太は人の子供となんら変わらぬと田所たちは思っていたのだ。

蒼太のことを田所は誰にも言わなかった。

あの治癒力を見ていない者が蒼太を妖魔だと信じるとは思えぬし、何より蒼太の復讐《ふくしゅう》を田所は恐れた。

玖那村を飛び出した田所は、黒桧州《くろべ》にもぐり込んだ。しばらく北の港町で大人しく暮らしていたものの、二年で飽きた。少しまとまった金を貯《た》めると、偽の手形を手に入れ昨年維那に入都した。

四人も町奉行がいる維那で盗みを働くのは難しい。また、少しまっとうな暮らしをしたいと思うようになっていた。父親が浪人だったこともあり、口入れ屋でいかにもありそうな身の上話をでっち上げ、維那で渡り中間として働き始めてじきに一年になる。

蒼太を見かけたのは偶然だった。

荷物持ちの一人として主と御屋敷を訪ねていたところへ、蒼太が若侍と共に戻って来たのである。

鳶色《とびいろ》の髪と目。白く濁っていた左目には鍔《つば》でできた眼帯をしている。

記憶にある姿よりやや成長していたが、一目見ただけで確信した。

主を待つ間にそれとなく御屋敷の中間に探りを入れ、蒼太の名前と身分を知った。

あの餓鬼《がき》がまさか、大老の孫に納まっているとは……

数日考えて、田所は維那の勤め先を辞めた。

斎佳の閣老である西原利勝は、神月家を目の仇にしていると聞いていた。

大老が知る知らぬにかかわらず、その孫が妖魔だということは、西原には大老を失脚させる恰好のねたになろう。

いや、西原だけじゃねぇ。

下手をしたら国を揺るがす大事になると思うと、田所は武者震いを覚えた。

持ちかけ方次第では、父親の悲願だった仕官どころか、西原の——のちの国政を牛耳るやもしれぬ者の——重臣になることも可能と思われた。

傾きかけた陽《ひ》が眩《まぶ》しい。

目を細めながら田所は、一世一代の好機をつかむべく、西へ西へと足を速めた。

終章
Epilogue

道場で一通り稽古《けいこ》を終えると、夏野は隣りの樋口家に向かった。

登城してからまだ二日だが、白玖山行きの支度は着々と進んでいる。

小夜《さよ》の招待もあって、今日は樋口家へ泊まり、じっくり行程を検討する予定だ。

くぐり戸を抜けて樋口家の敷地に入ると、伊織の母親の恵那《えな》が下男に布団を運ばせているところであった。今夜、離れに泊まる恭一郎と蒼太のための布団らしい。

「いらっしゃいませ、黒川様。おやつの用意ができておりますよ」

「どうも……お世話になります」

まるで子供扱いだが、三十路《みそじ》を過ぎた伊織や恭一郎でさえそうなのだから致し方ない。

伊織の書斎では、蒼太が黙々と饅頭《まんじゅう》を食《は》んでいた。

「このお饅頭、恵那様がいたくお気に召して……ありがとうございます、夏野様」

「それはよかった」

大皿に並んでいる饅頭は、神里の駿太郎《しゅんたろう》が作り方を記してくれた「山小豆《やまあずき》」という蒸し饅頭だ。「作ってみたい」と駿太郎には見栄を張ったものの、細かく書かれた作り方を見ただけで早々に己には厳しいと判じて、小夜に託したのである。

「気に入ったか？　蒼太？」

「ん」

笑みこそしなかったが、険のない顔に夏野はほっとした。奥戸村の襲撃以来、蒼太は何やら塞《ふさ》ぎ込んでいたからだ。

「さよ。き、ちゃ」

左手に饅頭を持ったまま、蒼太は懐《ふところ》を探って小さな藍染《あいぞめ》の巾着《きんちゃく》を取り出した。

「小夜殿に作ってもらったのか？」

「ん」

「財布代わりの巾着を、どうやら維那で落としたようでな……」

苦笑しながら恭一郎が言い、夏野はただ頷《うなず》いた。

——維那で蒼太が見ず知らずの少女に巾着ごと金を渡したことを、夏野は旅中にこっそり恭一郎に告げていた。

あの場では甘い物好きだった兄と、そんな兄をふいに亡くした少女へ同情したのだろうと思ったが、すぐさま神里で恭一郎から聞いた話を思い出した。少女の兄は癪《しゃく》で死したのではなく、蒼太が妖力で殺したのだ。黒耀に脅され、恭一郎の命と引き換えにやむなくのことであったが、それゆえに蒼太の黒耀への敵意は強まったように夏野には思える。

黒耀はもしや、死を望んでいるのだろうか……？

蒼太の巾着を手に取りながら、夏野はぼんやりと考えた。

無敵の妖力が仇《あだ》をなしたのか、一人孤独に生きる黒耀は蒼太を挑発し続けている。

――この世がどう滅ぶのか、私はじっくり見物したい――

蒼太の力から稲盛を助けた黒耀は、そう言った。

敵であれ味方であれ、黒耀は蒼太に己と同等かそれ以上の力を求め、この世と共に黒耀自身も滅びようとしているのではないか？

「掻巻《かいまき》とお揃《そろ》いだな。よかったな、蒼太」

「ん」

「中の小遣いは恵那様からですよ。後でくれぐれもお礼を――」

「わかて、う」

夏野には頷いてみせたものの、小夜には不満げに口を尖《とが》らせた。

どうやら恵那は、懐かぬ蒼太を金でつろうとしているらしい。

「母上にも困ったものだ。だがここは一つ、小夜の顔を立ててやってくれ、蒼太」

伊織に言われて、蒼太は渋面でもう一度頷く。

小夜が辞去すると、茶碗《ちゃわん》を置いて伊織が恭一郎を見た。

「先ほどの話だが――」

小夜が茶と茶菓子を持って来る前に、伊織と恭一郎は神社について話していたという。

「神社に何か？」

「神社には安良様のご遺骨がそれぞれ納められている。生まれ変わる度に安良様の血肉も変わっている筈《はず》なのに、何ゆえ御神体には同じ気が宿っているのか——と言うのでな」

「それは……それこそが、安良様が神であらせられる証《あかし》ではないのですか？」

「うむ。我々理術師もそう考えている。人の血、骨肉は——その基《もと》は——似ているようで一人一人違う。それなのに、姿かたちは違えど同じ基、同じ気を保ち続けていることこそが安良様の転生の証だと」

「では——」

「俺《おれ》はただ、神社が役に立たぬかと問うただけだ」と、恭一郎が口を挟んだ。

「それは神社は皆の心の拠《よ》り所ですし、妖魔除《ようまよ》けにもなっております」

「そこだ。符呪箋《ふじゆせん》を使えば血を通じて、遠く離れていても妖魔に瘤を与えることができるのだろう？　ならば安良様のご遺骨を——御神体を祀《まつ》る神社も使いようではないのか？折角これだけ国中に散らばっておるのだから、御神体を使って西原や、やつに同調する者たちをぎゃふんと言わせられぬかと思ったのだが」

「ぎゃふんと、ですか。でも一体どうやって？」

「それは伊織が考えることだ。俺には理術は判《わか》らぬ」と、恭一郎は肩をすくめる。

「そんな」

呆《あき》れたものの、気になったと伊織が言うからには、何か手立てがあるのだろうかと、夏野は伊織を窺《うかが》った。

「……特別手形を持つおぬしらだから明かすが、御神体そのものにはさしたる力は秘められておらぬ。黒川が言う通り、神社は国民の心の拠り所だ。妖魔除けになっているのは、御神体を入れた箱や神社の周りに施された術と結界によるところが大きい。これはおそらく安良様、大老様、そして御神体を包む理一位しか知らぬことだ」

神社が造営されるのは主に安良が身罷《みまか》った時だ。託された遺骨――御神体――を箱に入れ術を施すのは理一位の役目で、この数十年は佐内を始め、亡くなった土屋《つちや》、本庄がそれを請け負ってきた。

「しかし、御神体には間違いなく安良様の気が宿っています」

「無論だ。だが、それを符呪箋のようにどうこうというのは……」

どんな小さな村にも必ず一社は神社がある。州府のように大きな町なら三社あるのもざらだった。町村以外にも国の主な街道には旅人の避難所を兼ねた神社が点在している。特に四都を十字につなぐ東西道と南北道、そして東北道から初代安良が生まれたという神里へ続く道には神社が多かった。

「理次第で全《すべ》ては可能だと、お前は常々俺に言っておるではないか。斎佳にある御神体の力で西原を病にしたり、何らかの奇跡を起こして人心を取り戻せぬものか?」

「これも常々言っておるが、俺たち人の知る理なぞ大海の一滴に過ぎぬのだ。お前が言う呪術めいたことは、俺には不可能だと言わざるを得ん。だが……」

「だが、なんだ?」

立ち上がって、伊織は書棚から絵図を持って来た。

広げられた絵図には、いくつも朱色で印がついている。

「この絵図は国に点在する神社を記したものだ」

「それがなんだ？」

「晃瑠から神里、奈切山《なきりやま》へは四都の外にしては多くの神社が連なっている。また、東西道上の辻越《つじこし》の東側から晃瑠へは、西側の倍ほども神社がある」

伊織は奈切山から神里、晃瑠へと絵図を指でなぞり、晃瑠から辻越へと曲尺を描くように更になぞった。

「この二つの筋は安良様の気が流れている地脈といっていいだろう。それとは別に、奈切山――おそらくその先の白玖山から久峩山《くがやま》には火山脈があると我らはみている」

「ならばこれらの神社――地脈――は噴火から晃瑠を護《まも》るためか？　奈切山と久峩山、どちらが噴火しても晃瑠に累が及ばぬように……その割には近頃地震が多いようだが、それはもしや、安良様のお力が弱くなったということではないのか？」

夏野より先に恭一郎が問う。

「そうとは思えぬが、白玖山へ行く前に、今一度安良様に目通りを願い出てみるか……それより恭一郎、お前は明日にでも伊紗のところへ行ってくれ。槙村につなぎをつけたいのだ。白玖山にあるという山幽《さんゆう》の森のことを、できれば行く前につかんでおきたい」

森がどこにあるかは、蒼太も詳しく知らぬらしい。蒼太なら行けば探しだせるであろうが、見知らぬ地で動き回る無駄は極力避けたかった。

「伊紗のところなら私が」

夏野は申し出てみたが、伊織は微笑《ほほえ》んで小さく首を振った。

「黒川が出向いて嘘《うそ》をつかれても困る。伊紗を羈束《きそく》している恭一郎になら、知る限りを白状してもらえよう」

「それにいくらその恰好《かっこう》でも、やはり女子が色茶屋に行くのはどうかと思うぞ」

いつもの袴《はかま》姿の夏野を見て恭一郎も微笑んだ。

夏野としては、恭一郎と伊紗が二人きりで会う方が気になるが、どちらの言い分ももっともだ。仕方なく頷いて、伊紗は恭一郎に任せることにした。

座敷で小夜が腕によりをかけた夕餉《ゆうげ》を囲んでから、恭一郎と蒼太は離れに、夏野は客間に引き取った。

床に入ってから一刻《いっとき》余り。

ぴりっと鋭い気を感じて、夏野は目を覚ました。

殺気ではない。

ほっとした途端に背中が大きく揺れた。

――地震か！

飛び起きると、夏野の他にも人が起きだす気配がした。

此度《こたび》は寝ぼけておらぬと判じて、寝間着の帯を締め直し、刀を片手に夏野は外へ出た。

離れからも蒼太が出て来た。

じっと地面を見つめたかと思うと、今度は空を仰ぐ。

大きな揺れは落ち着いたが、小さな揺れが続いているのが不気味だった。

ふいに蒼太が走り出した。

「蒼太？」

戸惑いながら、蒼太を追って夏野も走り出す。

「こらお前たち、どこへゆくのだ——」

恭一郎の怪訝《けげん》な声が背中にかかったが、振り向くことなく夏野は地を蹴《け》った。

鳥居を出た蒼太は左に折れ、五条大路を東門へと向かって行く。

まだ四ツ前らしく町木戸は閉まっておらぬが、あと一刻余りで夜半とあって辺りは真っ暗だ。夏野が転ばずに走ることができるのは、ひとえに蒼太の目のおかげである。

足の速い蒼太には引き離されるばかりだが、蒼太の気が残した青白い軌跡を追って半里を駆け抜けると、東門で門番に足止めされている蒼太がいた。

「今、お役人を呼んで参りますから……」

屈強な門番が蒼太をとどめようとしている。門番の手には蒼太の特別手形があった。

「あやく。おかい、の、ごよ」

「蒼太、どうしたのだ？」

夏野が声をかけると、門番の方がほっとした顔をした。

「門を開けよと……」

「ちかう。うえ」

　蒼太が防壁の上を指した。

「防壁に上がるというのか？」

「ん！」

　東西南北にある四つの門と都の四隅には、警邏《けいら》の者たちが防壁の上に上がるための階段が内部にある。

「すまぬが、通してくれ」

　自らの特別手形を出しながら、夏野は門番に頼んだ。

「私たちは共に樋口理一位のもとで理術を学ぶ者だ。先ほどの地震で火山脈に不審な動きが見られたため、こうして駆けつけて来た。防壁の上から確かめたいことがあるのだ」

　火山脈云々《うんぬん》はとっさに思いついた方便だったが、言ってからまさにそのために来たのだと感じた。

「しかし――」

　門番が言いよどんだ時、新たな地震が足元を揺らした。

「今すぐこの扉を開けよ！　事と次第によっては、警邏の者を下ろさねばならぬやもしれぬのだぞ！」

　門番は六尺近い大男だったが、常から馨を始めとする道場の猛者《もさ》を見慣れている夏野は臆《おく》することなくどやしつけた。

手形を返すと、門番は迷いながらも階段へ続く扉の錠前を外した。

扉が開く先から蒼太が身体《からだ》を滑り込ませて、階段を上がり始める。

「樋口理一位も追って参られるゆえ」

「理一位様が――？」

おろおろする門番を捨て置き、夏野も蒼太を追って階段を駆け上がった。

息を切らせて上まで一息にたどり着くと、蒼太は北の方をじっと見つめている。

警邏の者を遠ざけて、夏野は蒼太に近付いた。

「何か見えるのか？」

防壁のすぐ外の堀前町にはちらほら灯《あか》りが見えるが、その先は夜目が利くようになった夏野の目にも何も見えない。

夏野と闇夜《やみよ》を交互に見やってから、躊躇《ためら》いがちに蒼太は夏野の手を取った。

じわりと、堀前町の灯りが一度滲《にじ》んだ。

つないだ手とは反対側の手で、蒼太が北東を指し示す。

左目にうっすら微《かす》かな灯りが映った。

遥か北の彼方《かなた》――

「奈切山……いや、白玖山か……？」

目を凝らすと、淡い光が次々と現れ、それらをつなぐごとく細く儚《はかな》い別の光が一筋となって晃瑠へ続いているのが判った。

晃瑠に張り巡らされた術のせいか、ただでさえおぼろげな光の糸は防壁の内側には見られない。だがそれは紛れもなく都の中心――御城に向かって伸びている。

先ほど、伊織の書斎で見た絵図が脳裏に浮かんだ。

ここから奈切山にはより多くの神社が……噴火から晃瑠を護るために……

恭一郎と伊織の話を思い出そうとしたところへ、二人の声が聞こえてきた。

「樋口様、こちらです！」

とっさに蒼太の手を放して、夏野は防壁の下を覗《のぞ》いて伊織を呼んだ。

『……安良様』

囁《ささや》きのごとき山幽の言葉を蒼太が漏らした。

『もっと恐ろしいものがくる――』

「なんだと？」

はっとした夏野を、蒼太は真っ向から見つめた。

眼帯をつけていない蒼太の左目と、己の左目が呼応する。

流れ込んでくるのは戸惑いと不安。

そして――

再び声をかけようとした夏野を遮って、一陣の風が二人の間を吹き抜けた。

ほんの刹那《せつな》閉じた目を開いた時、蒼太は既に夏野を見ていなかった。

「しらん」

「蒼太。しかし――」

「なんでも、ない。まちかい。ちし、とまた」

蒼太の言う通り、地震は収まったようである。

揺れが止まっただけでなく、見渡す限りの大地が波が引くごとく静まり返った。

「どうやら収まったようだな」

階段を上がって来た伊織が辺りを見回した。

「ええ……」

「おお、初めて上ったがなかなかよいではないか。昼間なら眺めもよかろうな」

伊織の後に続いて来た恭一郎が言った。

「かえう」

「それはなかろう、蒼太。俺は上がって来たばかりだぞ？　折角ここまで来たのだ。ちと見物して参ろうではないか」

「かえう。ねう」

「伊織――」

「俺も帰って調べたいことがある。帰りの護衛役なら黒川がおるゆえ、お前は一回りでも二回りでも心ゆくまで見物してくればよい。お前が警邏に交じって見瑠を護ってくれるなら、俺も安良様も安心だ」

憮然《ぶぜん》として恭一郎は夏野を見やったが、夏野の一存ではどうにもならぬ。小さく肩をすくめてみせると、恭一郎はわざとらしい溜息《ためいき》をついた。

遠巻きに窺っていた警邏に伊織が無事を伝えると、恭一郎は階段を下り始めた。

恭一郎の後に伊織が続く。

警邏に一礼すると、夏野は蒼太を振り向いた。

蒼太はじっと晃瑠の中心を——御城を見据えている。

松明《たいまつ》に照らされた横顔は、これまでになく大人びて見えた。

押し殺そうとしているようだが、強い意志が伝わってくる。

「ゆく」

つぶやくように言って蒼太は階段へ足を向けた。

己よりも小さな背中がこの世の全てを拒んでいるように思えて、夏野は唇を嚙《か》んだ。

階段にはところどころ蠟燭《ろうそく》が灯《とも》されているだけだ。

ともすると闇に見失いそうな蒼太の背中を、一歩一歩、ただ追うことしかできなかった。

解説

青木千恵

〈妖国の剣士〉シリーズの第二部が、本書からいよいよ開幕する。〈妖国の剣士〉シリーズは、二〇一二年に第四回角川春樹《かどかわはるき》小説賞を受賞した『妖国の剣士』（応募時タイトルは「加羅《から》の風」）を一作目として同年から毎年刊行され、『妖《あや》かしの子　妖国の剣士②』（一三年）、『老術師の罠《わな》　妖国の剣士③』（一四年）、『西都《せいと》の陰謀　妖国の剣士④』（一五年）をもって第一部が完結していた。著者の知野みさきさんがデビュー十周年を迎える節目もあって第二部の刊行が決まり、二〇二二年十月から二三年七月にかけて、第一部の【新装版】が順次刊行された。そして第一部の完結から八年半を経て、第二部が開幕する。

　第二部のスタートにあたり、これまでの物語を振り返ってみよう。舞台となる「安良《やすら》国」は、東西南北の四つの都と二十三の州からなる島国で、滑空《かっくう》する燕《つばめ》のような形をしている。この世界には人のほか「妖魔《ようま》」が生息しており、樹海の奥でひっそりと暮らす「山《さん》幽《ゆう》」、人の精気を吸い取る「仄魅《しきみ》」、動きが速く狂暴な「狗鬼《こうき》」、羽を持ち空を舞う「金《こん》翅《じ》」など多種多様だ。ただ妖魔の多くは人よりも力が強く、不老不死ともいえる生命力を持つため、遥《はる》か昔から人は妖魔に脅《おびや》かされてきた。凶作や妖魔の脅威《きょうい》で人の数が激減したおよそ千百年前、初代「安良」が現れ、妖力を封じる「理術」と、強靭《きょうじん》な刀で妖魔に致命傷を与える「剣」とを人にもたらした。盾《たて》の「術」と矛《ほこ》の「剣」を得た人々は、術による結界を張り、「妖魔知らず」と言われる四都を中心に文明を築いた。剣の腕を磨いて戦う剣士と、術を扱う理術師は、妖魔から人々を守る役目を担《にな》う。初代・安良の国皇即位を元年とする新暦は千八十年余を数え、現在の安良は二十五代目で東都《とうと》に城を構えている。ただし、国皇の安良は血縁による世襲ではない。なんらかの理由で安良が亡くなると、首筋に燕形の痣《あざ》があり、歴代国皇の記憶を持つ新たな安良が「転生」によって現れるのだ。

以上が基本的な舞台設定で、物語の中心となる人物は、道場主だった祖父のもとで幼い頃《ころ》から修行をした女性剣士の黒川夏野《くろかわなつの》、「安良国一」と謳《うた》われる天才剣士の鷺沢恭一郎《さぎさわきょういちろう》、恭一郎と暮らす隻眼《せきがん》の少年、蒼太《そうた》の三人だ。弟を探して氷頭《ひず》州葉双《はふたつ》から上京した夏野が、東都で恭一郎、蒼太と出会い、弟が攫《さら》われた理由と、東都で相次《あいつ》いだ幼児連続誘拐《ゆうかい》事件の真相を知るまでが、一作目『妖国の剣士』のストーリーだった。故郷を出て、世界の広さと面妖《めんよう》さ、己の未熟さを思い知った夏野は、恭一郎の親友で、国に五人しかいない「理一位」の樋口《ひぐち》伊織《いおり》から理術を学び始める。東都で高利貸の取立人をしていた恭一郎は、実は安良の最側近である大老、神月人見《こうづきひとみ》の長男だ。地位や権力、名誉、金といったものには関心がなく、できれば都を出て蒼太と二人でのんびり旅をしたいと考えているが、なかなか自由になれない。そんな恭一郎の養子で十歳くらいに見える蒼太は、実は「同族殺し」を犯して樹海を追放された「山幽」の少年である。葉双から上京する旅の途中、「仄魅」の伊紗《いさ》にそそのかされて夏野が左目に取り込んだのは、蒼太の封印された目だった。以降、左目を通してつながりあう夏野と蒼太は、数々の出来事と対峙《たいじ》してきたのである。

第一部の四作では、夏野が上京してから二年にわたる出来事が描かれた。そして新たに開幕した第二部一作目の本書は、第一部が完結した年の翌年、「安良《さ》」の国暦一〇八五年の物語で、夏野は二十歳に、蒼太は十八歳になっている。理一位・佐内秀継《ないひでつぐ》と会談する名目で、夏野、恭一郎、蒼太が国皇・安良に謁見《えっけん》してから半年。閣老・高梁真隆《たかはしまさたか》の危機を知った恭一郎は、蒼太を連れて北都《ほくと》の維那《いな》に向かう。一方、老術師・稲盛文四郎《いなもりぶんしろう》の亡骸《なきがら》が見つかり、調査に赴《おもむ》く伊織の護衛を任された夏野は、情報を寄せた理一位、野々宮善治《ののみやよしはる》が住む那岐《なぎ》州神里《かみさと》に向かう。北都の高梁に公金横領罪を着せようとする西都の閣老・西原利勝《さいばらとしかつ》は、一見人当たりがいいが、大老職が欲しくてたまらず、神月家を目の仇《かたき》にして動き回る厄介《やっかい》な人物だ。また、亡骸が見つかったという稲盛は、若い「仄魅」を利用して百年以上生きながらえた理術師くずれである。地位や権力に執着《しゅうちゃく》する西原と稲盛の「気配」が立ち現れて人々の暮らしに影を落とし、第二部が始まる。凄《すさ》まじい妖力の持ち主で「妖魔の王」と呼ばれる黒耀《こくよう》、人と妖魔の狭間《はざま》で長い時を生きる槙村孝弘《まきむらたかひろ》も再び登場し、冒頭で維那と神里に分岐した人々の動きは、やがて一筋に絡み合っていく――。

このように第二部も、これからの展開が大いに期待される開幕である。私（青木）は旧版の文庫『妖国の剣士』（一三年）で解説を担当しており、十年を経《へ》て第二部を手にするこの事態に感動している。第四回角川春樹小説賞の予選に携《たずさ》わった私は、一次選考、二次選考で応募時の『妖国の剣士』を読み、最終選考に推薦《すいせん》した。受賞後、知野さんは三年間で〈妖国の剣士〉シリーズ第一部を書き上げ、時代小説や現代ミステリーを手掛け、そして今回、シリーズ第二部が開幕するこの展開はなかなかすごいことで、ああ、あの時、推《お》してよかった、と思う。正直なところ、推すには推したがこの展開はまったく予想していなかった。受賞作に広がりを感じて、編集者はまずシリーズ化を決めたのだろう。時を経て驚かされるのは、応募の段階で基本的な設定が作り上げられていた点だ。安良国の全図も、東都の地図も、妖魔のさまざまな種も、主要人物の来歴も一作目で存在し、以降は知野さんの想像力によってスケールを増してきた。二〇一二年五月に行われた最終選考会において、角川春樹、北方謙三《きたかたけんぞう》、今野敏《こんのびん》の三氏が『妖国の剣士』を受賞作に決めた理由は「豊かな想像力と、人物造形の確かさ」だったが、それから十年余、知野さんの素質は「まさにその通りだった」と言えるだろう。

だから〈妖国の剣士〉シリーズの魅力を挙《あ》げると、まずは「豊かな想像力と、人物造形の確かさ」である。夏野は可愛《かわい》がっていた幼《おさな》い弟を、恭一郎は最愛の妻と生まれるはずだった子を、蒼太は故郷を失った。重い過去を持つ三人のほか、人も妖魔も、名付けられて登場するや「この世界」を生きる。異世界ファンタジーでありながら、とても身近に感じるリアルさがあるのは、知野さんに人やものを見る目と、想像力があるからだ。

次に、読み進むほどに浮かび上がる「テーマの豊かさ」も魅力だと思う。第一部から第二部へと移り変わるなかで、読者はこのシリーズが、「人対妖魔」「善人対悪人」といったシンプルな構造でないことに気づくだろう。人と妖魔を配した設定に込められたテーマが、巻を追うごとに切々と迫ってくる。「剣」（武器）はこの世界の、いや、いま私たちが生きる世界においてもリアルなアイテムなのだが、己の未熟さを知った夏野、凄まじい妖力を顕現《けんげん》させていく蒼太は、力を持つ一方で「理術」を学び始める。クローズアップされてくるのはむしろ「術」、さまざまな場面で剝《む》き出しになる世界の「理」なのだ。これまでの展開で、理術の最高峰「理一位」が相次いで命を落としているのは重要な部分だろう。人でも妖魔でも、邪《よこしま》な者は「理」を嫌う。理術師に憧《あこが》れてなれなかった稲盛、人々から信頼される安良や大老を嫌い、地位と権力のために動き回る西原の様子を見ると、妖魔よりも人のほうが怖いと思う。「人も妖魔も基《もと》は同じ」、ただ穏《おだ》やかに暮らしたい人々の命や心を脅かすものは何か？　という問いは、一作目から生まれていた。「剣」と「理」がもたらされた世界は危うい均衡《きんこう》で保たれており、本書はファンタジーだが、その状況はリアルでスリリングだ。

もう一つの魅力は、「謎《なぞ》が謎を呼ぶストーリー展開」だと思う。なにしろ重要人物の黒耀や槙村孝弘の過去が、第二部の本書で初めて描かれているのだ。そうだったのか、と巻を追うごとに新しく知るのだが、その一方で二百年前の名匠《めいしょう》が遺《のこ》した剣の秘密、蒼太に執着する黒耀の思惑《おもわく》、人と妖魔の始原など、知るほどに謎は深まり、増えて、もっと知りたくなる。蒼太、黒耀、孝弘、また、恭一郎の亡き妻・奏枝《かなえ》はいずれも〈人に似て、人に非《あら》ず……人里にとどまれず、山で妖魔たちと暮らす者〉、山幽である。都の強い結界に初めは怯《おび》えていた蒼太は、いまは慣れて都で妖力を振るい、己の「本性」のほうに震える。人の夏野、妖魔の蒼太は左目でつながりあって「見抜く力」を得、理術を学んで「感じ取る力」を増しているが、過去見や予知で目にするのは「怖いもの」だ。これからどうなるのか、「運命」にどのように対するのか、知りたい。本書で蒼太は『誰にも判《わか》らないなら、運命なんかないのと一緒だ』と孝弘に言い、〈悔いを残さぬためには——どこまでもあがくしかない〉と思っている。

あともう一つ。第一部で「諦観《ていかん》」が漂っていた夏野のロマンスだが、恭一郎への恋はどうなるのか、その行方《ゆくえ》も知りたい。

デビューから十一年。江戸時代を舞台にした時代小説で知られる知野さんだが、小説家として歩み始める原点となった〈妖国の剣士〉シリーズを読むと、国や時代の枠を乗り越える、スケールの大きな人だと思う。

いま私たちが生きる場所も含めて、この世界はどうなっているのだろう。世界は無限で、どれだけ追い求めても知り尽《つ》くすことはできない。人の命は、自然や妖魔、転生する安良に比べたら短いから。人の恭一郎と山幽の蒼太はいつまで「父子」でいられるのだろう、夏野はどれだけ世界を知ることができるのか。異世界の「運命」を前に、人物たちがどう生きていくのか見守りたい。

本書のあと半年ごとに新作が刊行される予定だ。第二部が始まるこの機にぜひ、本書と既刊を手に取って、これまでとこれからのストーリーを楽しんでいただけたらなと思う。

（あおき・ちえ／書評家）

本書は、ハルキ文庫の書き下ろし作品です。

Haruki Bunko
ハルキ文庫

ち 2-1

天《あま》つ御《み》空《そら》へ　妖国《ようこく》の剣士《けんし》5

著者　知野《ちの》みさき

2023年10月18日第一刷発行

発行者　角川春樹

発行所　株式会社角川春樹事務所
〒102-0074 東京都千代田区九段南2-1-30 イタリア文化会館

電話　03(3263)5247(編集)
03(3263)5881(営業)

印刷・製本　中央精版印刷株式会社

フォーマット・デザイン　芦澤泰偉
表紙イラストレーション　門坂 流

ISBN978-4-7584-4598-6 C0193 ©2023 Chino Misaki Printed in Japan
http://www.kadokawaharuki.co.jp/[営業]
fanmail@kadokawaharuki.co.jp[編集]　ご意見・ご感想をお寄せください。

知野みさきの本

飛燕の簪《かんざし》
神田職人えにし譚

財布や煙草入れなど、身につける小物に刺繡と金銀の箔をあわせて模様を入れる、縫箔師の咲。両親を亡くし、弟妹の親代わりとなって一生懸命に腕を磨いてきた。ある日立ち寄った日本橋の小間物屋で、咲はきれいな飛燕の簪に魅了される。気になって再び店を訪れると、その簪を手掛けたという錺師の修次と出会った。しかし二人が話している隙に、双子の子供が簪を奪って逃げてしまい……。咲が施す刺繡が人々の縁をやさしく紡ぎます——江戸のお仕事人情小説、装いを新たにシリーズ開幕！

ハルキ文庫